尺素清芬

续编

百年画苑书札丛考

朱万章 著

GUANGXI NORMAL UNIVERSITY PRESS
广西师范大学出版社
·桂林·

尺素清芬
CHISU QINGFEN

封面题字 白谦慎

出版统筹 冯　波
项目统筹 廖佳平
责任编辑 成　能
图书设计 彭振威设计事务所
营销编辑 李迪斐 陈　芳
责任技编 王增元

图书在版编目（CIP）数据

尺素清芬：百年画苑书札丛考：续编 / 朱万章著
. -- 桂林：广西师范大学出版社，2022.7
　ISBN 978-7-5598-5012-6

　Ⅰ. ①尺… Ⅱ. ①朱… Ⅲ. ①小品文－作品集－
中国－当代 Ⅳ. ①I267.3

　中国版本图书馆 CIP 数据核字（2022）第 083573 号

广西师范大学出版社出版发行
（广西桂林市五里店路 9 号　邮政编码：541004）
　网址：http://www.bbtpress.com
出版人：黄轩庄
全国新华书店经销
广西广大印务有限责任公司印刷
（桂林市临桂区秧塘工业园西城大道北侧广西师范大学出版社集团
有限公司创意产业园内　邮政编码：541199）
开本：889 mm×1 194 mm　1/32
印张：9.125　字数：231 千字
2022 年 7 月第 1 版　　2022 年 7 月第 1 次印刷
定价：68.00 元

如发现印装质量问题，影响阅读，请与出版社发行部门联系调换。

序 言

在我的案头放着两本和信札有关的书：一是清初李煦的《虚白斋尺牍》，一是清中期袁枚的《小仓山房尺牍》。长久以来，两书均成为我问学之暇静心品赏之物，常常不忍释卷，回味无穷。

究其原因，清人成达可和洪锡豫分别在两书的序言中给出了答案：前者称《虚白斋尺牍》"无论事之鄙细、语之寻常与夫篇之长短而悉登之。此其意有甚深而其情甚切，诚足尚也"，而后者则谓《小仓山房尺牍》"读之意趣横生，殊胜苏黄小品，且其中论政、论占、论文学极有关系"。两公之言，于我可谓心有戚戚焉。惟其如此，每每读到今之学人信札时，因不同其常见的书法作品，又在公开梓行的史乘文集中失载，文献与艺术价值并具，故玩赏久之，往往必欲笔之为文，以解一时之快。在此之前，已有《尺素清芬：百年画苑书札丛考》（初编）一书，多谈及晚清以来的书画鉴定家、学者和艺术家信札，其中不少系与本人有直接或间接交往者。此书之后，又陆续撰写一批文章，凡二十又八篇。因所涉信札之时间、学者和艺术家与前书有相近处，故援引前例，得此《续编》一书。

和初编不同的是，此书所涉人物如齐白石、黄宾虹、张大千、叶恭绰、容庚、谢稚柳、郑逸梅、黄裳、刘九庵、傅大卣、苏庚春、杨仁恺、黎雄才、胡根天、徐孝穆等都是二十世纪有名的书画家或文物鉴定家、学者，他们的信札，或藏于博物馆、图书馆，或在其家属手中，又或为敝斋所藏。因信札所具有的私密性，且乏人做系统的梳理研究，故大多藏于深闺而未识。另有一批信札，所涉人物则是与笔者有过直接交流的，如刘九庵、苏庚春、杨仁恺、史树青、梁纪、杨初、蔡幹、宋良璧、梁守中、周积寅等，故每每捧读其手泽很有亲切感，写起文章来也很有发乎情而明其实的感受。

晚清以降，这一百余年间的艺术家、学者和书画鉴定家的信札是本书关注的重点。从他们散落于文集之外的零篇短笺中，大抵可见其艺术或学术活动之轨迹、治学或从艺之琐事。这些碎片式的记忆，小中见大，可略窥百年来书画鉴藏与学术嬗变的印记。

在艺术家的信札中，从齐白石、黄宾虹与帅铭初的往还可看出二人的艺术在香港的传播与推广，而关于这一点，在既往的美术史研究中几乎无人涉及，这无疑对齐、黄的研究来说是拾遗补阙，其学术价值自不待言；而黄宾虹致诸家的信札，则关涉齐白石和张大千等人的书画润格与市场营销，这同样为认识艺术大师的另类生活提供了有力的佐证；在刘九庵致黄宾虹的信札中，则可看到黄宾虹寓居北平时徜徉于厂肆搜求书画的状态；从画家朱屺瞻与出版家苏晨的信札中，看到的是画家、作者与编者之间的频繁互动；而梁伯誉以毛笔书写的推荐信，使我们领略到传统艺术圈中荐举贤良的古风；谢稚柳、岑学恭致弟子的信札则示人以门径，不啻于金针度人；黎雄才和徐孝穆致友朋的信札，揭开了一段尘封的艺坛往事。

在学者和鉴定家的信札中，掌故大家郑逸梅与书画鉴定家杨仁恺的鸿雁传书，显示其对信札收藏的从一而终，至老弥笃；

叶恭绰致胡根天、容庚的信札则广涉文物考古、书画鉴藏与广东地域文化；陈荆鸿的短札体现文献学者的章草书风；学者书家吴三立与书画鉴定家苏庚春因书法展览而结缘，苏庚春对画家杨初竭尽推广之举，何镜涵、李世尧致苏庚春信札则还原了燕粤俦侣的交游轨迹，周积寅致苏庚春信札也留下了美术学学者与书画鉴定家之间交流的雪泥鸿爪；傅大卣和黄宾虹、苏庚春、宋良璧的信札则可看出其早年参与书画收藏、买卖，以及后期从事文物鉴定、传道与收藏的学术递变历程；藏书家黄裳与苏晨的信札则多与藏书、作文有关；史树青致容庚和柴德赓的信札多谈论古文字学、历史学和文物鉴定；陈少丰致马国权的信札讨论了晚清花鸟画家居巢、居廉研究中的相关话题；梁守中致朱万章的信札则涉及书籍校勘、区域艺术与历史考据等诸多议题。当然，本书信札所涉内容还有很多，未克尽述。

在我们与纸质书信渐行渐远的今天，回顾这批饱含温度与激情的信札，不仅看到了其中蕴含的鉴藏、考古、校勘、治史、书画交易、刻印、交游及其他鲜为人知的人和事，更看到一个时代的艺术家和学人活跃的身影。一个时代在离我们慢慢远去，我们无法留住他们远行的脚步，却可通过这些片玉碎金，将其艺术与人文精神定格在渐趋泛黄的笺纸上，与我们保持超越时空的恒久的精神交流。在一望无际的历史长河中，每一个人都注定是匆匆过客，每一个人都注定是短暂而渺小的，唯有这些充溢着情感交流与精神互动的时代印痕是永恒的。

朱万章

2022 年世界读书日于亮马河北岸

目 录

上 编
艺术家信札

上编

艺术家信札

齐白石艺术在香港的传播与推广
齐白石致帅铭初信札考

齐白石（1864—1957）一生到过很多地方，其艺术的推广与传播除了以北京为中心的京津地区外，还广涉日本及中国的湖南、上海、四川、广东、香港等地。关于齐白石到香港的艺术行迹，已有学者专文论述[1]，勾稽史料尤详。据《寄园日记》记载，1909年齐白石至少两次到过香港，一次为三月廿六，一次为八月十五（均为阴历）。第一次停留了八天，主要活动为访友、观戏、参观博物馆、逛街、看电影；第二次仅停留两天，只是登岸稍作逗留，并无其他行程记录[2]。这一年，齐白石四十六岁，还在他艺术的积累期，在画界和收藏界并无多大影响力，故其香江之行，实质上在彼地并没有留下深刻的印记。直到二十世纪三四十年代，齐白石在北平已声名鹊起，他与香港的诸多画界名流有所交流互动，才使其艺术在香江得以传播，在一通齐白石致帅铭初的信札中，即可印证此点。

---

1 司徒元杰：《齐白石之香江拾零》，载《齐白石研究》第一辑，广西美术出版社，2013。
2 北京画院编《人生若寄：北京画院藏齐白石手稿·日记（上）》，广西美术出版社，2013，第100—106页、140页。

一、关于帅铭初其人其艺

帅铭初是二十世纪三四十年代活跃于香港的实业家和书画家。关于他的生平事迹，并无详细资料记载。在《民国书画家汇传》中有其传略："帅铭初，广东南海人，清光绪十九年（1893）生。工书、擅画，并能作擘窠大字，画则山水、花鸟、人物，皆各极其妙。兼精太极拳，每日勤练，以为修性养生之道。"[1] 民国李健儿的《广东现代画人传》记录则略详细一些，称其原名帅諆，字铭初，广东南海西樵人，生于民国前十六年（1896），擅山水、人物、花鸟，尤以佛像见长，与简玉阶订交，遂被委以南洋兄弟烟草公司职事。曾于1936年赴上海，为西藏班禅大师及荣津堪布上师写像。他还画过居廉、何翀、任伯年、吴昌硕、王一亭等人的画像。其为人有豪侠之气，乐于助人，曾为画人冯少芝奔走乞援。他与广东"国画研究会"主要成员潘达微为亦师亦友关系，"达微且亲授运笔之法"[2]。但两书记载的帅铭初生年完全不同。因《广东现代画人传》的作者与帅铭初同时，且此书于1941年在香港出版，其时帅铭初活跃于香港，他应当亲自提供此资料或该资料得其认可，故可信度较高。而《民国书画家汇传》的作者稍晚，不具备获得第一手资料的条件，故可信度不高。基于此，以《广东现代画人传》之说为准，即生于清光绪二十二年（1896），谢文勇的《广东画人录》亦采用此说[3]，而赵禄祥主编的《中国美术家大辞典》则将"帅铭"和"帅铭初"视作两人，其生年分别采用1896和1893[4]，显然是鲁鱼莫辨，未加甄别。至于卒年，诸书记载阙如。据帅铭初孙

1　恽茹辛编著《民国书画家汇传》，台湾商务印书馆，2008，第138页。
2　李健儿：《广东现代画人传》，香港，1941，第91—92页。
3　谢文勇编《广东画人录（修订本）》，广州美术馆，1996，第83页。
4　赵禄祥主编《中国美术家大辞典（上）》，北京出版社，2007，第240页。

帅铭初像

子见告，其卒年大致在 1978 年，最晚不会到 1980 年，则享寿八十三左右。

诸书并无关于帅铭初生平事迹及艺术历程的完整记录，但从一些零星的记录中，可大致勾勒其艺术活动的轮廓：

1927 年 6 月，在香港成立的以保存国粹为宗旨的香港书画文学社，其活动一直持续到 1937 年，帅铭初与傅寿宜、谭汝俭、潘达微、尹如天、尹知能、张云飞、胡少蘧、劳纬孟、蔡守、李宝祥、冯润芝、邓芬、黎工饮、陈秩云、何稚选、李苏黎等十多人同为社员。[1]

1928 年 5 月在香港创刊的《非非画报》，先后由黎耦斋和周剑影担任主编，帅铭初与高剑父、胡少蘧、高奇峰、张云飞、冯润芝、李宝祥、尹笛云、冯少芝、潘达微、何颖量、邓芬、

1　黎健强、李世庄：《1900—1930 年香港视觉艺术活动年表》，转引自陈雅飞：《民国时期的香港书画文学社》，《书法赏评》2009 年第 3 期。

黄咏皋、尹知能十四人担任美术责任编辑。[1]

另据《申报》记载，在 1948 年，帅铭初与画人甘乃明、简文舒、张大家、黄文宽等十余人在香港思豪酒店举办联合画展。[2]

由此不难看出，帅铭初虽供职于香港南洋兄弟烟草公司，其艺术活动却未尝稍懈，他是这一时期异常活跃的美术家。

帅铭初曾师从广东鹤山籍画家冯师韩，编有《冯师韩先生书画集》并题写篆书"冯师韩先生书画集"[3]，亦曾于 1932 年绘制《冯师韩先生像》。他不仅自己擅画，还兼从事为当时著名书画家允当书画经纪与推广的业务。其中，得其惠泽者，有黄宾虹、齐白石和张大千等人。在《黄宾虹文集全编·书信编》中，收录的黄宾虹致帅铭初的信札就有 11 通，多谈及书画交易、润例及推广事宜[4]。他与广东书画家李凤公、高剑父、赵浩公、邓尔雅、卢振寰、张虹、邓芬、黄君璧、李研山、卢子枢、赵少昂、许世英和李凤坡等均有交游，且有诗画往还。

另据帅铭初后人见告，帅铭初与张大千交善，他们曾一起合作黄牧甫的画像，其人物画吸收了张大千敦煌画法。黄宾虹亦对其绘画有所评论，认为其"大作人物山水，逼真新罗，无任钦佩"[5]。作为一个兼具书画家身份的艺术经纪人，帅铭初自己也有润格鬻画：

帅铭初画例（九华堂所藏近代名人书画篆刻润例）

史皇伊古，先图后书，八法相通，同工异曲，晋顾长康、

1　许志浩：《中国美术期刊过眼录（1911—1949）》，上海书画出版社，1992，第 46 页。

2　《申报》1948 年 10 月 23 日，第 4 页。

3　帅铭初等编《冯师韩先生书画集》，香港冯门同学会，1962。

4　王中秀主编《黄宾虹文集全编·书信编》，荣宝斋出版社，2019，第 107—110 页。

5　黄宾虹：《与帅铭初》，载王中秀主编《黄宾虹文集全编·书信编》，第 109 页。

唐吴道子辈出，以递宋李公麟画佛画人，靡不阿睹传神，深通三昧，匪特嘉陵山水炉峰人物称绝于一时也。自欧风东渐，人趋摄影，古法寝失，殊可慨叹，不知坡公意钓空钩之论，固有藉（借）丹青毫颖之功，用尽得其天然神趣者。帅君铭初，夙精此道，见其生平所作，惟妙惟肖，洵为去古未远，其有写真高躅者，当不交臂失之，特为道地如左。

南海江孔殷时年七十九。

画例

一寸至二寸像每尊伍拾元，三寸至四寸像每尊肆拾元，五寸至六寸像每尊陆拾元，七寸至八寸像每尊壹百元，装身配景面议。佛像、人物、仕女、山水、花卉、禽鱼，轴屏条卷每尺贰拾元，扇册每件拾元。润例先交，约期取件。

简玉阶、杨景文、刘筱云、李凤坡、卢振寰、唐恩溥、王少平、蔡渊若、李凤公、唐大爵、简琴石、赵甫臣、黄鹤霖、李研山、谭荣光同启。

（收件处：广州市逢源路逢源正街十五号贰楼黄君鹤霖，香港轩鲤诗道二百六十一号新新书局，上海极司非而路戊四十五号鹤圃赵君甫臣。）[1]

撰写润格序言者为当时香港名流江孔殷，一并署名拟定润格者多为活跃于香港、广州的书画界名家，其书画收件处位于当时艺术市场和书画收藏较为活跃的广州、香港、上海三地，足见其对画艺的自得之意与推广用心。但帅铭初的影响显然并不在书画，而在于其对时流的推介与传播。在二十世纪上半叶的香港，帅铭初担当了内地重要画家与香港及海外收藏界互动

1　王中秀、茅子良、陈辉编著《近现代金石书画家润例》，上海画报出版社，2004，第341—342页。

的桥梁角色。他与齐白石的交游，大致也是基于这样一种机缘。虽然由于史料阙如，齐白石与帅铭初订交及交游的细节现在暂时无从考订，但从其致帅铭初的一通信札中却可大致勾勒出两人交游的轨迹。

二、齐白石致帅铭初信札勾稽

因帅铭初和黄宾虹、齐白石等人多有书画经营方面的业务往来，故信札往返频仍。据香港一收藏家告知，帅铭初曾将两人的信札装为两册，后为何曼庵收藏。《黄宾虹文集全编·书信编》所刊黄宾虹致帅铭初信札即是来自黄宾虹册。何曼庵仙去以后，这两册信札流入台湾。近十几年来，黄宾虹致帅铭初的信札已开始陆续出现在拍卖市场，而齐白石致帅铭初信札，就目前所见，仅有一通流散出来。这通信札虽然仅是吉光片羽，但透过其信息，可略窥齐白石艺术在香港传播的情况。

这通信札写于纵28厘米、横41.5厘米的宣纸上，比较符合齐白石的习惯。信札书文曰：

> 铭初先生鉴：
>
> 承索刊印，未能尽工，歉甚，并画件已交木天先生寄上矣，印石付值及画件另纸呈上。（远方有索白石刻画者，京华有人与白石接恰（洽）为好，老年人罗石寄件为艰，索画稍易也。）先生刻印作书，头头妙手，齐璜佩仰之至，暂求赐书一便面，并请代索赵少昂君画蝉寄来，不胜感谢，即讯艺安，齐璜顿首。（并请赐一扇面，先生写字，要随意，若有心为好，好不见妙。齐璜将先生当作无闷看。若汇银来，只用北京时用纸币。）
>
> 赵少昂君请代为一言，未另面。十月十三日。

齐白石致帅铭初信札　10月13日

在齐白石保存下来的《邮寄收据》第56页便有这样的记载："帅铭初，香港湾仔道二七一号，十月十五。"在收件地址栏中写着"帅铭初，香港"，邮戳上显示"北京·廿九年十月十五·PEKING（22）"[1]；而在第57页则写着"帅铭初、赵少昂、齐子贞"，收件栏中写着"帅铭初，南洋烟草公司，香港"，邮戳上显示"北京·29.10.14·PEKING（19）"[2]。从邮戳可知，这不是从同一个邮局寄出，且时间前后相差一天。第56页的"香港湾仔道二七一号"即是第57页的"南洋烟草公司"的地址，这在黄宾虹《与帅铭初书》中也有明确注明[3]，说明收件地址是一致的。由此可知，两封邮件是在此信书写之后的第二和第三日寄出，这也正应了齐白石在信中所言"印石付值及画件另纸

1　北京画院编《人生若寄：北京画院藏齐白石手稿·信札及其他》，广西美术出版社，2013，第186页。

2　同上，第187页。

3　黄宾虹：《与帅铭初书》，赵志钧主编《黄宾虹（书简）续》，河北教育出版社，2005，第82页。

齐白石 《邮寄收据》第56、57页 北京画院藏

呈上"。两个邮寄收据与信札正好可以互为印证。另由邮戳上的
时间民国廿九年可知此信的书写时间为 1940 年 10 月 13 日，时
年，齐白石七十七岁（但在此年所作书画中，齐白石往往自署
八十老人），帅铭初四十五岁，两人属典型的忘年交。

　　信中"木天先生"为王木天，是中华书局创始人之一，
1937 年任中华书局副经理。信中谈及"承索刊印"，在《齐白
石全集·篆刻》中，有一方白文方印"帅名初"（非"铭"），系
齐白石为帅铭初所刻，极有可能就是此信所言的"承索刊印"。
信中谈到的赵少昂，为"岭南画派"代表画家高奇峰弟子，广
东番禺人，长期寓居香港，擅画花鸟。在此信之前，齐白石与
赵少昂也有交集。在齐白石的《邮寄收据》第 50 页，有一条和
赵少昂相关的记载："赵少昂，香港湾仔轩鲤诗道三百八十七号，
言寄去画并题画集"，收件栏写着："赵少昂，香港"，邮戳上显

上：少昂

下：帅名初

齐白石为赵少昂和帅铭初所刻印

示的时间是廿九年七月十一日，即 1940 年 [1]；而在《邮寄收据》第 61 页，也有一条相关记载："香港，画册页三张，赵少昂介绍，五百五十七元之画"，收件栏写着："赵少昂，香港"，邮戳上显示的时间是"30.1.20"，则为 1941 年 1 月 20 日。有意思的是，在收据上还钤盖有一方白文方印"少昂画苑"[2]，此印极有可能系齐白石为赵少昂所刻，因已寄出印石，故钤印留念。从齐白石的记录可知，赵少昂也充当了齐白石绘画在香港的介绍人。有趣的是，齐白石在信中谈及"并请代索赵少昂君画蝉寄来"，如今在北京画院即收藏了一件赵少昂的《柳树知了》，所画一蝉栖息于柳枝，杨柳依依，随风飘逸。赵少昂题识曰："廿九年九月廿六日画就，邮寄燕京白石先生，少昂时客红香炉峰"，钤白文

1　北京画院编《人生若寄：北京画院藏齐白石手稿·信札及其他》，第 183 页。

2　同上，第 189 页，

赵少昂 《柳树知了》 纸本设色 86.5×34 厘米 北京画院藏

方印"少昂"和朱文圆印"赵"[1]。此处的阴历九月廿六日为是年西历 10 月 26 日，是在齐白石写信之后的十三日，从时间上是吻合的。故此画当为齐白石托帅铭初"代索"的赵少昂画蝉之作，可与信札互为补充、印证。

在此信中，齐白石还谈及希望帅铭初能赐下一书法便面，而且特意指出"要随意，若有心为好，好不见妙"，不必刻意为之。帅铭初除擅画外，书法也颇有造诣，笔者在编著《广东传世书迹知见录》时，也搜集了他的四件书法，一为致卢子枢信札，另三件为篆书轴和对联[2]，在香港的不少庙宇或祠堂，也可见其擘窠大字。笔者曾见其书于 1960 年的《隶书十三言联》，其书文曰："好消息几时来，春日杏花秋月桂；真精神何处见，十年树木百年人。敦梅中学四十二周年纪念，录吾乡徐太史台英名联，应俭溥校长雅属，庚子孟春，南海帅铭初书。"钤朱文方印"樵山深处""登云里人""铭初"和朱文圆印"帅"。[3]此书结体行笔均练达劲健，有汉碑遗韵。齐白石将帅铭初当作"无闷"看，"无闷"即晚清"海上画派"代表画家赵之谦，其书法具有金石味，帅铭初书法与其相比，确实不遑多让，颇有神似之处，据此亦可看出齐白石对帅铭初书法的推崇之意。

值得一提的是，在齐白石保存下来的《邮寄收据》中，和帅铭初相关的，仅有上述两件。如果不是丢失或别的原因，则说明齐白石和帅铭初通信的频率并不高。上述有关人士所言齐白石致帅铭初的信札装为一册，则甚为可疑。

此外，在现存所见齐白石的书画作品中，有帅铭初上款者，笔者所见有一件《篆书五言联》，其书文曰"保民德乃大，道国

1　北京画院编《北京画院藏花鸟画精品集（下）》，广西美术出版社，2011，第 70 页。
2　朱万章编著《广东传世书迹知见录》，天津人民美术出版社，2003，第 267 页。
3　《香江先贤墨迹》，香港中文大学文物馆，2006，第 86 页。

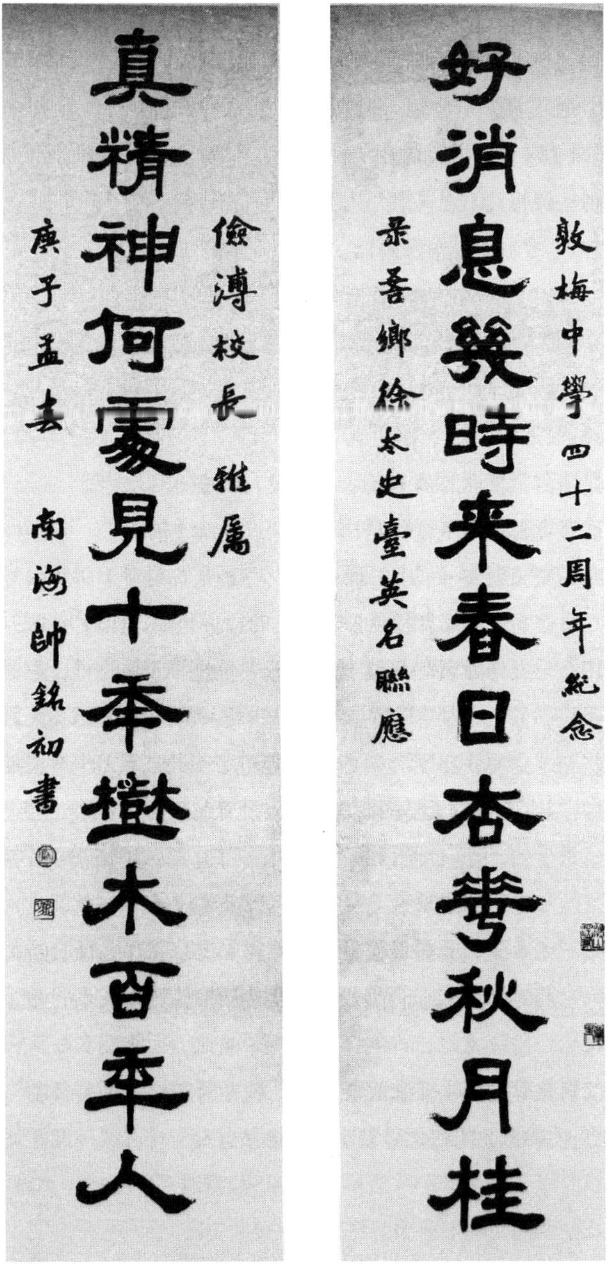

好消息幾時来春日杏華秋月桂

敦梅中學四十二周年紀念

桼善鄉徐本史臺英名聯應

真精神何憂見十年樹木百年人

儉溥校長雅屬

庚子孟夏 南海帥銘初書

帥銘初 《隶书十三言联》 纸本 135.5×34 厘米 香港中文大学文物馆藏

行维艰。铭初仁兄法正，庚辰秋九月，八十老人齐璜"，钤朱文方印"齐大""知己有恩""年高体健不肯作神仙"和朱文长方印"悔乌堂"。"庚辰"即1940年。此间的"秋九月"和信札的"十月十三日"大致接近，故应是同时期所为。在现在所见所有和帅铭初相关的资料中，几乎都集中在1940年。

三、齐白石信札所蕴含的信息解读

归结起来，齐白石信札所示的内容大致可包括以下几方面信息：一是帅铭初"索刊印"，齐白石已刻妥并寄出，但并非赠刻，而是要付润资，因齐白石已说明"印石付值"另纸呈上；二是此次还寄去了"画件"，和印石一起委托王木天邮寄，这些画件也是需要支付润资的；三是说明今后若有人需要刻印和绘画的话，最好在北京有人接洽，若邮寄的话，画件会比较方便一些，而印石"寄件为艰"；四是希望帅铭初能赐下书法便面，但强调一定要随意，不必刻意为之，太好了反而就不好了；五是希望帅铭初代向赵少昂求一幅画蝉的作品。在以上五条中，最能说明帅铭初在齐白石艺术推广与传播中所起作用的是第二和第三条。很显然，齐白石所寄出的"画件"，系通过帅铭初在香港的网络而寻找到的收藏家（当然，也有可能同时包括帅铭初本人）。而第三条所示，齐白石更愿意帅铭初在北京物色一个合适的联络人来与其接洽，如若不然，则只希望以绘画邮寄到香港，至于篆刻，因年老之故邮寄印石较为艰难，因而婉谢。在齐白石写此信之时，正是抗战正酣之年，京港两地还能保持邮路畅通，也算极为神奇的了。而其时亦正是齐白石在日占区的北平闭门谢客之时，他能借助帅铭初在远隔千里的香港找到艺术赞助人，亦算是在困顿的生活中得帅铭初一臂之力。

从帅铭初方面看，他供职的是南洋兄弟烟草公司，在公司

齐白石 《篆书五言联》 纸本 135.5×32.5厘米

里担任宣传干事，从事与烟草并无直接相关的业务。作为一家在当时颇具影响力且具有雄厚经济实力的实业公司，有多方面的资料显示，该公司也从事一些书画展览、推广、出版或收藏等方面的业务。在1934年2月，由南洋兄弟烟草公司出版了一本《壬申书画合作社展览画集》，其封面便印着"南洋兄弟烟草公司赠品"字样，而在版权页，绘画者为"壬申书画合作社"，出版者则为"南洋兄弟烟草公司"[1]。这本画集，刊载了包括李景康、帅铭初、李凤公、傅菩禅等在内的香港画家作品，显示出该公司在书画推介方面的重要举措。帅铭初以宣传干事之职，得天时地利之便，做一些包括齐白石、黄宾虹、张大千等人在内的当时具有一定影响力的画家的推介与经纪业务，也就顺理成章了。所以，在齐白石的简短信札中，我们看到的是齐白石通过帅铭初所营建的一个渠道，使其作品在香港甚至海外多了一条流通路径。

晚清和民国时期的香港，是中外文化交流的汇聚地，亦是商业较为发达、经济较为活跃之地，涌现出大量的书画收藏家。尤其是二十世纪三四十年代，虽然香港一度沦为日本占领区，但其艺术活动却并未停滞。以"岭南画派"和广东"国画研究会"为主流的美术家大多聚集于港，促进了香港地区美术的繁荣。在此背景下，不仅本土的艺术家作品受到追捧，来自北京、上海等文化发达地区的重要书画家作品也一样受到藏家的激赏。以黄宾虹、齐白石等人为代表的画家就是一个例证。齐白石致帅铭初的信札只是一个缩影，据此可略窥其作品在香港地区流转的概貌。虽然由于史料的稀缺以及大量齐白石销往香港作品的散佚或未被发现，让我们对帅铭初经营的齐白石作品在港流

1　《壬申书画合作社展览画集》，南洋兄弟烟草公司，中华民国二十三年（1934）二月。

通的情况还有扑朔迷离之感，很多关键线索也还不够清晰，但其短笺小札，却为我们开启了一扇窗，可隐约看到齐白石作品在香港浮光掠影式的流播。时隔半个世纪后，二十世纪九十年代中国内地的拍卖市场风起云涌，大量的香港藏家所提供的齐白石绘画出现在北京的重要拍卖行，其间，便有不少作品有赖于当初帅铭初的推举。今天再捧读这通历经沧桑的短札，一段尘封的历史似乎变得越来越清晰。

（原载《美术学报》2020 年第 5 期总第 122 期）

张大千的鬻画与推广
黄宾虹信札中的另类视角

黄宾虹（1865—1955）比张大千（1899—1983）年长三十四岁，属典型的忘年交。两人虽然年龄悬殊较大，交集却不少。

在1928年春，黄宾虹与张善孖、张大千、马骀、俞剑华、熊松泉、陈刚叔、蔡逸民组建烂漫画社，黄宾虹为社长，陈刚叔为副社长。在八位创建者中，黄宾虹年龄最大，为六十四岁，而张大千年龄最小，年方三十。在长达半个世纪断断续续的交往中，他们一起参与书画展览、雅集或书画鉴赏、收藏等诸多活动。黄宾虹和张大千都是二十世纪的艺术大家，在二人的艺术生涯中，他们若即若离的交游虽然并未在对方的艺术历程中起关键作用，但透过一些非正式刊布的信札，却可透视出鲜为人知的另一面。

在浙江省博物馆所藏黄宾虹资料中，有一通张大千写给黄宾虹的信札。信札为两页，以毛笔竖写于朱丝栏十六开信笺，其书文曰：

朴翁先生左右：

　　承屡惠大报，感甚。弟去汉皋两月，昨日始归。有友持来汪涤崖山水，甚精，特嘱送呈，先生有意留否？惠价一百廿番，尚可面商之。专此即请撰安！

　　　　制弟张大千爰再拜。

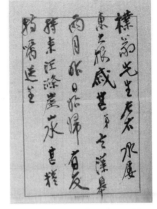

张大千致黄宾虹信札　纸本
浙江省博物馆藏

从信中可知，张大千是在替友人向黄宾虹荐售清代画家汪涤崖作品。汪涤崖为安徽歙县人，是黄宾虹的乡贤，擅画山水，属"新安画派"的小名家。黄宾虹向来喜藏前贤书画，尤其对黄山画苑诸家，一直情有独钟。在其《黄山画苑论略》中就对历代黄山地区画家做了梳理和钩沉，其中就包括汪涤崖："汪霭，字胥原，号涤厓，候选府同。生而颖异，握管成文。佐两兄理家政尽善，推恩姻族乡间，赈饥恤困，经费巨万。性嗜画，笔意苍郁。世宗临雍，绘《五岳朝天图》以献，恩赐笔墨，年八十四卒。(《歙志·义行》)画宗倪黄，气韵出畦町之外，时称逸品"[1]。在浙江省博物馆藏黄宾虹曾经鉴藏的书画中，就有一套汪涤崖的《山水册》。因在张大千信札中并未

1　王中秀主编《黄宾虹文集全编·书画编（上）》，第338页。

说明作品的具体信息，故无法确认该画册是否就是张氏所指的同一件[1]。黄宾虹于 1950 年题跋曰："汪涤崖（霭），居歙之严镇，从祖家珍，世族，以画名，传至康、雍，其时新安派宗倪、黄，山水多用渴笔焦墨，王孟津讥为奄奄无生气。涤崖家赀累巨万，生平多义举，足迹所至，画五岳图及黄山诸胜，俱纪载于志乘。年登耄耋，犹孜孜不倦。此册综合唐宋元明各家，浑厚华滋，饶有启、祯名贤风格，非追踪于董、巨、二米，兼该众长者，泂不易及。可见宣歙旧家庋藏古今书画宏富，甲于江浙。士夫嗜习文艺，不斤斤于功利，流风余韵犹有存者，今已不可多睹，曷胜感慨系之。"此跋与前述小传相互补证，据此可见黄宾虹对汪涤崖是有深入研究的，亦可见其对汪氏的推崇之意。张大千向黄宾虹推荐汪涤崖画，亦可谓投其所好，明珠"明"投了。

在行世的黄宾虹资料中，却不见其与张大千往还的信札。虽然如此，在黄宾虹致友朋的多通信函中，却屡次提及张大千。据不完全统计，黄宾虹信札至少有五通涉及张大千；在朋友致黄宾虹的信札中，则至少有一通谈到张大千。耐人寻味的是，六通信札均写于 1947 年，可见这一时期张大千在黄宾虹的生活中出现频率最高，据此亦可知其时张大千的社会关注度也较高。黄宾虹的五通信札，有两通是写给黄树滋的，其他三通分别写给吴载和、鲍君白和张虹。就关涉张大千的内容看，有三通谈及书画润格，有两通言及张大千艺术及书画收藏。

黄宾虹在致黄树滋的信中两次谈到张大千的鬻画，一次这样写道："张大千来此售画，每张定价法币二十万元，齐白石每尺方四万元，皆甚忙碌。鄙人只择人而与，非经知交介绍不动

1　陆易：《张大千向黄宾虹的一次荐画——一本汪涤崖的山水册页》，载陆易编著《无尽藏：黄宾虹的鉴藏》，西泠印社出版社，2017，第 220—222 页。

一笔，各纸铺索者皆谢绝之，意留传精作，不与人争名利耳。"[1]字里行间，似乎充溢着不屑。另一通信札也透露出同样的情绪："今年学徒之辈收润均加数倍（此间人取张大千每方尺订三五仟元之多，可笑），而鄙人近十余年来无润格，不欲与时贤争胜也。"[2]黄宾虹在 2 月 10 日致吴载和的信札中也提及张大千润格："最好雅事不取金帛，第近来各物日增价值，殊为惊人。因此齐白石每方尺订法币四仟元，张大千每张十六万，与纸铺合同办理，为空前获利之举，鄙意不欲赞同之，仍守择人而予而已。"[3]显然，黄宾虹对作为晚辈的张大千作品过高定价是颇有微词的。事实上，不仅在黄宾虹的信札中谈及张大千的价格高位，在当时的报纸中也有相关报道。同年 10 月 26 日，在北京由中山公园董事会举行的中国画学研究会第二十届展览会，张大千有一幅《青城红叶》标价一千二百万元，"令观众咋舌"[4]。时年不到半百的张大千在画艺上正如日中天，年轻气盛，故通过高定价来自抬身价，也是在情理之中的。但彼时物价飞涨，法币不断贬值，就其单位价格看，确实很高，但如果和同一年的其他书画家相比，似乎就不是特别突出了。1947 年 12 月 27 日，《大公报》刊出书法家金梁的润格，对联四尺为壹佰万元，中堂四尺为贰佰万元，册卷每尺五十万元[5]，张大千与其相比，可谓小巫见大巫，其润例自然就不算高了。当然，在这段时间，黄宾虹也并非如其所说"近十余年来无润格"，事实上，在 1945 年他还拟定了"虹庐润例"："堂幅屏幅每方尺二百元，扇面手卷册页按方尺计，设色双款加倍，题跋点格另议，润资先惠，立索不应"[6]（此处的

1　王中秀编注《编年注疏：黄宾虹谈艺书信集》，人民美术出版社，2016，第 227 页。
2　同上，第 246 页。
3　同上，第 228 页。
4　王中秀编著《黄宾虹年谱》，上海书画出版社，2005，第 485 页。
5　王中秀、茅子良、陈辉编著《近现代金石书画家润例》，第 327 页。
6　王中秀、茅子良、陈辉编著《近现代金石书画家润例》，第 326 页。

定价当非法币），可见，带有私密性质的信札与面对公众的信息未必是统一的。黄宾虹在信札中对张大千、齐白石等人润格的态度，或许折射出此时已名满天下而润金却处于低谷的黄宾虹的巨大心理落差。

1947 年 1 月 5 日，在一通黄宾虹友人陈叔通的来函中，也谈到了张大千。他们虽然没有臧否其润例，但却以另一种方式对其略有批评："大千有天分而无书卷，且未免有意欺人，甚为可惜之，在北平曾晤及否？"[1]信中充溢着对张大千本人及艺术的诟病，这也正印证了一个规律：但凡成就突出者，必同时会获得两种截然不同的评骘。这从一个侧面反映了此时的张大千已经声名鹊起，无可避免地成为大家所关注和议论的话题。至于是否真如陈叔通所说"有天分而无书卷""未免有意欺人"，我想这应是见仁见智了。

黄宾虹在另外两通信札中则谈到张大千的艺事。1947 年 2 月 9 日，他在致鲍君白信札中写道："在甘肃留存壁画，欧人摄影精印，所见仅北宋时物，僧徒绘画，非名手笔，张大千君来平曾谈及之，其临本有十余幅，南方展览矣。"[2]在这一年，张大千在上海出版了《张大千临抚敦煌壁画（第一集）》，分别在上海和成都举办"张大千近作展"和"张大千康巴西游纪行画展"，在此前的 1944 年，张大千先后在成都和重庆举办"张大千临摹敦煌壁画展览"，引起业界轰动。黄宾虹信中所言"南方展览"，当为其临摹敦煌壁画展。此外，黄宾虹在致张虹的信札中则谈及收藏石涛绘画事："承询敝藏石涛写家砚旅公莆田诗册（共有廿余页，其诗尚可考），于廿年前为曾农髯假观未还，渠作古后，见于沪市，已与石溪一册合装成卷，因索值过昂，未克收

1　王中秀编著《黄宾虹年谱》，第 478 页。
2　王中秀编年注疏《编年注疏：黄宾虹谈艺书信集》，第 228 页。

回，至今犹悒悒也。或从沪旧友访之张大千君，当得消息。"[1] 可知张大千与黄宾虹之间的交游，多在于对前人书画的鉴藏方面。"曾农髯"即曾熙，为张大千业师。石涛是黄宾虹和张大千都情有所寄的清初画僧，故在此信中，亦可见他们对石涛《黄砚旅诗意册》有过共同的关注或鉴藏。黄宾虹另有《为黄般若题石涛写〈黄砚旅诗意册〉》曰："清湘画家砚旅公诗册，曩于沪上时有所见，然皆零落分散之余。兹册较笔啸轩著录，内有四首未经载入者，为《重泊剑江》《常山县作》《龙游道中》《舟中浴砚》。今所留存计十八页，为数最多，且王梦楼题诗均全，洵可宝贵。乙亥春臬，般若先生游沪上，出以示余，因志眼福。天都黄宾虹。"[2] 黄般若为广东"国画研究会"成员，与张大千交善。由黄宾虹信札中所引出的石涛绘画的鉴藏话题，可看出黄宾虹与张大千有着基于书画收藏为基础的共同朋友圈。

虽然在前述信札中黄宾虹流露出对张大千润例及炒作方式发出近乎牢骚的感喟，但在公众场合，他依然保持着对后学张大千的认可与勖勉。在《美展国画谈》一文中，黄宾虹将张大千仿石涛，许征白、郑午昌仿梅清，俞剑华仿龚贤，冯超然、吴湖帆、陈志清仿"四王"并列，认为"置之古迹中，几可乱真，又多自造格局，力求新异，而不流于粗俗"[3]，充分肯定张大千摹古之功。在《题〈张大千临石涛山水图卷〉》中，黄宾虹也说："清湘子、梅瞿山皆以游宿黄山，图写峰峦泉壑，烟云出没，状态穷极奇奥，画臻上品。季爰张兄先生酷嗜两家真迹，搜罗富有，日夕把玩，寝馈深之，故能落笔精审，大合细入，无非前哲典型。近将裹粮汇笔，览胜黄海，古松异石，一一收之囊中，由

1　王中秀编注《编年注疏：黄宾虹谈艺书信集》，第233页。
2　王中秀主编《黄宾虹文集全编·译述编·题跋编·诗词编》，荣宝斋出版社，2019，第33页。
3　黄宾虹：《美展国画谈》，《艺观》1929年第3期，载王中秀主编《黄宾虹文集全编·书画编（上）》，第467页。

师古人以师造化，其必有方驾前轨而无难者"。[1] 可见在深谙画理的黄宾虹眼里，张大千确是一个"师古人以师造化"的可造之才。明乎此，也就知道，黄宾虹在信札中所表露出的真情实感，均无损于两人形象。相反，无论对张大千还是黄宾虹本人来说，这些当初并未公诸于世的私人函件使其变得温暖而有血有肉。

（原载《荣宝斋》2022 年第 1 期总第 206 期）

1　王中秀主编《黄宾虹文集全编·译述编·题跋编·诗词编》，第 51 页。

大师的另一面
黄宾虹信札中的齐白石

　　在二十世纪中国美术史的视野中，黄宾虹和齐白石都是两座不可或缺的重镇。在黄宾虹与友朋往还的信札中，曾多次出现和齐白石相关的记录。透过散落于信札中的吉光片羽，我们可以看到在二十世纪四十年代，黄宾虹和齐白石的艺术传播情况与被社会接受状态，以及在当时艺术赞助人眼中的市场价位。

一

　　黄宾虹（1865—1955）和齐白石（1864—1957）都是二十世纪有名的书画家，两人年龄相若（齐比黄年长一岁），又同享高寿（黄九十一岁，齐九十四岁），又同时在一段时间寓居北平，且有过交集，有共同的朋友圈。

　　两人同在北平期间，有过若即若离的交游。据王中秀编著的《黄宾虹年谱》记载，黄、齐二人最早有过间接交集是在民国十五年（1926）12 月。其时，两人都有作品参加在上海文监师路日本俱乐部举行的"鼎脔同人书画展览会"[1]，而彼时齐白石在北平[2]，因而两人应无几率会晤。在 1928 年 6 月 3 日，齐白石和黄宾虹等二十余人被教育部推举为全国美术展览审查委员会委员[3]。1929 年 9 月，黄宾虹等人被推举为中日现代绘画展览会鉴别委员，而齐白石有作品参选并入围[4]。故在 1928 或 1929 年或之后，两人或有机会见面相识，但目前所掌握的资料，并无相关的明确记载。在此后的十余年间，黄宾虹和齐白石均有作品参加"中日现代绘画展览会"（1929）、"巴黎中国画展"（1933）、"柏林中国美术展览会"（1933）、"日内瓦中国画展"（1934）、"墨社第二届画展"（1937）、"京华美术学院成绩展览"（1940）、"雪庐画社时贤扇展"（1941）、"汪采白遗作展"（1942）、"大东亚美术展览会"（1942）、"齐白石、溥心畬先生画展"（1946）等展览，且两人还有共同的女弟子吴咏香[5]。即便两人有如此多的可能的交集，但据目前所掌握的资料，直到 1946 年止，均无两人会晤的准确记录。1944 年 1 月 11 日，北平艺专同人刘凌沧、邱石冥、赵梦珠、黄均等邀集在北京中山公园为黄宾虹祝寿即席挥毫，齐白石虽然没有到场，但在雅集画册补绘寿桃，题"华实三千年"[6]。直到 1946 年 3 月 12 日，北平"故都文物研究会"在中山公园召开成立大会，黄宾虹和齐白石等人受邀参与此会，并合影留念。这一年，黄宾虹和齐白石都已年过朝杖之年，在与会者中，两人都属年高德劭者，故在现存十二人的合影照里，两人均并列居中[7]，这是目前所见两人同时出现在一个场景中的

1　王中秀编著《黄宾虹年谱》，第 183 页。

2　胡适：《章实斋年谱　齐白石年谱》，安徽教育出版社，1999，第 228—229 页。

3　《广州民国日报》1928 年 6 月 12 日，王中秀编著《黄宾虹年谱》，上海书画出版社，2005，第 191 页。

4　王中秀编著《黄宾虹年谱》，第 240 页。

5　同上，第 429 页。

6　同上，第 457—458 页。

7　同上，第 470—471 页。

影摄念纪會大立成會究研物文都故

1946年3月12日，故都文物研究会在北京中山公园成立，右五为齐白石，右六为黄宾虹，左五为溥心畬，左六为陈半丁。

最早文献记载。次年（即 1947）11 月中旬，山东画家于希宁到北平举办个人画展，委托黄宾虹修函拜谒齐白石，齐白石亲临展场，并合影留念。在照片中，黄宾虹、齐白石两位最年长者，居于前排正中。[1]此外，1954 年 4 月 9 日，书法家王传恭在致函黄宾虹时说："十五年前由俞瘦石、齐白石两世伯之介，得识公于石驸马后宅高斋，嗣又偕汪慎生兄晋谒数次，并承赐折笺，至今已几易沧桑，不知长者尚能忆及否？日昨至友徐忠仁兄奉命来杭迎驾北来主持中央民族艺术大计……首都友好、艺林学子翘首文旌，毋任饕鼓。何日抵京，盼嘱忠仁电告，当赴站恭

1　王中秀编著《黄宾虹年谱》，第 486 页。

1947 年 11 月 15 日,于希宁画展在北平举行,前排左二起:于非闇、周养庵、齐白石、黄宾虹、陈半丁,右一为汪慎生;后排左四于希宁、左六王雪涛、左八李可染。

逖也。"[1]按此时间倒推十五年,则至少在 1939 年,是由齐白石等人引荐王传恭认识黄宾虹。可见,作为北平享有盛誉的黄宾虹、齐白石二老,在二十世纪三四十年代,均相互引荐他人结识对方,说明两人在彼时具有同等的社会地位和一定的社会影响力,均成为后辈晚学争相夤缘的对象。

二

耐人寻味的是,在二十世纪四十年代,关于黄宾虹、齐白石两人公开交游的文字记录并不多,但在黄宾虹和友人往还信札中,则多次提及齐白石。这些早前仅限于两人之间具有私密性质的个人函件,如今已公开梓行,化身为公共资源,据此可

1　王中秀编著《黄宾虹年谱》,第 547 页。

从不同视角看出其时的齐白石与黄宾虹的关系，亦可从不同角度看出齐白石的艺术形象。

据不完全统计，黄宾虹往还信札中涉及齐白石的有九通，受信人有黄树滋、吴载和、汪聪、朱砚英和张虹，来信者有傅雷和张虹，时间集中在 1946 年至 1948 年。张虹是唯一一个往还信札都提及齐白石者，而黄树滋、朱砚英则是至少有两次信札涉及齐白石的受信人。故所有信札虽然有九通，实际涉及的往还信札者，除黄宾虹本人外共有六人。

涉及齐白石的往还信札，大抵可分为两类：一是谈及其书画润例，一是涉及对其绘画展览及评介。关于前者的信札较多，共七通；关于后者的信札仅有致朱砚英及傅雷来信各一通。

在这批关涉齐白石润例的信札中，时间最早的是在 1947年 2 月 7 日，黄宾虹在致族人黄树滋的信札中说："张大千来此售画，每张定价法币二十万元，齐白石每尺方四万元，皆甚忙碌。鄙人只择人而与，非经知交介绍不动一笔，各纸铺索者皆谢绝之，意留传精作，不与人争名利耳。"[1] 这里谈到齐白石的画价是"每尺方四万元"。同年 2 月 10 日，黄宾虹在致函篆刻家吴载和时也说："最好雅事不取金帛，第近来各物日增价值，殊为惊人。因此齐白石每方尺订法币四仟元，张大千每张十六万，与纸铺合同办理，为空前获利之举，鄙意不欲赞同之，仍守择人而予而已。"[2] 这里谈到齐白石画价是"每方尺订法币四仟元"。前后仅相差三天，但齐白石的画价却相差十倍。显然，这应该是黄宾虹笔误。联系上下文及当时的物价，"四仟元"当为"四万元"之误。在同年 3 月 12 日，黄宾虹再致黄树滋时谈道：

1　王中秀主编《黄宾虹文集全编·书信编》，第 327 页。
2　上海书画出版社、浙江省博物馆编《黄宾虹文集·书信编·正编》，上海书画出版社，1999，第 61 页。

"日昨令坦偕令媛来寓，惠贶香茗，高情盛意，感佩良深。承询拙画，近无润格，拟少酬应，分工著述，而远方来索者，仍然络绎不绝，赠润具比时人齐白石、溥心畬二君为率，每方尺五十万元，受之有愧，却之不恭，劳顿颇甚，臂酸目眵，尚希诸友原谅。"[1] 在 1947 年的八月初三，张虹致函黄宾虹："敝友黎心斋为公征诸友请求大笔山水共笔金七十万元，上款另列。吴伟佳送上笔金五十万元，请大笔赐山水一幅，尺度由尊裁。吴伟佳喜吾公细秀之笔。又伟佳兄请代求齐白石斗方四页，每页一平尺（写虾一页，余不拘），送笔金五十万元，计一百七十万元，请检收。"[2] 前面谈到时人参照齐白石、溥心畬画价为黄宾虹定润例，每平尺五十万元，后面谈到齐白石四平尺斗方五十万元，平均每尺十二点五万元，可见，即便在同一年，价格的不稳定性也是很明显的。此外，前者每平尺五十万元是面向大众公布的润格，而后者每平尺十二点五万元是实际收到的润资。据此不难看出，除去物价因素外，齐白石订立的润格和实际成交的画价还是有很大的距离。这一时期，由于通货膨胀，国民政府发行的法币贬值程度令人咋舌，"物价每月上涨一倍或更多——有时候特别多"[3]，在 1948 年，甚至出现"在市场上买一张饼也需要四万元左右"[4]的情况。1948 年，黄宾虹在致张虹的信札中写道："皖中索拙笔书画者，纷纷而来，画无润例，每尺自动者均三百万，云与齐白石等量齐观，可笑也。"[5] 这时的画价已经涨到每平尺三百万。黄宾虹在 1946 年 7 月 5 日致弟子黄居素时也说："日内货物高涨不已，人心傍皇（彷徨），想到处皆同，罄

1　王中秀编注《编年注疏：黄宾虹谈艺书信集》，第 229 页。
2　王中秀编著《黄宾虹年谱》，第 490 页。
3　中国人民银行总行参事室编《中华民国货币史资料第二辑（1924—1949）》，上海人民出版社，1991，第 537 页。
4　刘轶、董敏：《民国时期货币发行和币制改革探析》，载《兰台世界》2014 年第 28 期。
5　王中秀编注《编年注疏：黄宾虹谈艺书信集》，第 255 页。

竹难宣也。"[1] 从齐白石画价从每平尺四万到每平尺五十万（实际成交每平尺十二点五万元），再到每平尺三百万，便可看出其时物价上涨的程度，或可从一个侧面看出这一时期经济和社会环境的动荡与混乱。若以当时一张饼四万元的价格计算，齐白石每平尺三百万元可兑换七十五张饼。有趣的是，在当时通货膨胀的情况下，有的书画家采取了用美元订立润格，如徐悲鸿在1947年自拟的画润为两鹭一千美元，大奔马八百美元，中幅立马、小奔马和猫四百美元，水禽和竹分别为三百和两百美元。[2] 更有甚者，也有书画家以大米来订润例，如书画家卢子枢在1945年订立的画例便是"小幅高二尺横九寸白米五十斤，中幅高四尺横二尺白米八十斤……扇面每件白米二十斤"[3]；而丰子恺也是以米易画，但计量单位则为"斗（或石）"，他于1949年3月所订立的画润为"册页（一方尺为限）或扇面白米三斗，二方尺（长二尺宽一尺）立幅或横幅白米一石，二方尺以上以面积计每方尺白米五斗"[4]。在此情况下，其时已声名鹊起的齐白石的画价以最高每平尺三百万元（约合七十五张饼）看，在当时并非高位。若以法币计量，画家吴子深于1945年9月3日所订立的绘梅竹双清，"二尺为限，取润三十万元"[5]；书法家金息侯于1947年12月27日所订的润例为"对联四尺一百万，加一尺增十五万……扇面跨行二字五十万，单行一百万，行楷一百万，碑文寿序千字一亿元"[6]；书法家张元济于1948年元月1日订立的润例"楹联四尺以内五十万元，五尺以内七十五万元，六尺

1 王中秀编著《黄宾虹年谱》，第201页。
2 王中秀、茅子良、陈辉编著《近现代金石书画家润例》，第327页。
3 同上，第327页。
4 同上，第329页。
5 同上，第326页。
6 同上，第327页。

以内一百万元"[1]；丰子恺于1948年元月订立的润例"漫画册页（一方尺）每幅三十二万元。立幅或横幅，以纸面大小计，每方尺三十二万元"[2]。齐白石的润格与他们相比，相差不大，可见其画价在彼时基本维持在一个较为普遍的中等水准。

这一时期，黄宾虹与齐白石画价大致相当，无论就实际成交的润资，还是拟定的润例，两人都不分轩轾。1946年，黄宾虹在致弟子鲍君白时说："再者，澳门、香港具藏家嗜及拙笔，曾为订润，每尺十万。鄙见以为书画雅事，遍应苦于乏暇，非传播则来者无闻，自去年自订润格，附于时贤之次，适于同好之索取。"[3]此时的黄宾虹润例为"每尺十万元"，而在1947年，齐白石自订润例："一尺十万。册页作一尺，不足一尺作一尺。扇面，中者十五万，大者二十万。粗虫小鸟，一只六万，红色少用五千，多用一万。刻印，石小如指不刻，一字白文六万，朱文十万，每圆加一角。"[4]这与黄宾虹的润例相当。而时人画价接受程度，也认为两人是"等量齐观"的。1947年4月26日，黄宾虹在致文史学家汪聪的信札中说："亦有列拙笔与齐白石、溥心畬同值以资索件者，皆婉言谢之。"[5]同年，黄宾虹在致女弟子朱砚英（1901—1981）时也说："南粤多富商，近由熟人介绍惠润者不少，以拙笔比例齐白石，然非知交者皆却之矣。"[6]黄宾虹两次提到以"拙笔比例齐白石"，虽然对此颇不以为然，甚至认为"可笑也"，但在时人的眼中确实就是如此。需要提及的是，现存的齐白石书于二十世纪四十年代的两则润例，其价位与1947年自订润例悬殊极大，一则书于1940年："花卉加虫

1　王中秀编著《黄宾虹年谱》，第328页。
2　盛兴军主编《丰子恺年谱》，青岛出版社，2005，第434页。
3　王中秀编著《编年注疏：黄宾虹谈艺书信集》，第208页。
4　齐良迟主编《齐白石文集》，商务印书馆，2005，第378页。
5　王中秀编著《编年注疏：黄宾虹谈艺书信集》，第232页。
6　王中秀主编《黄宾虹文集全编·书信编》，第34页。

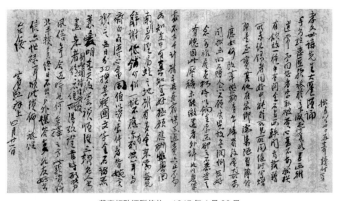

黄宾虹致汪聪信札　1947年4月26日

鸟，每一只加十元，藤萝加蜜蜂每只加二十元，减价者亏人利己，余不乐见。庚辰正月初十日。"[1]一则书于1948年："扇面：大者三十元，中者二十五元。红色：重用十元，少用五元。刻印：朱文廿元，白文十五元。以上每元加一角。出门之画回头加印、加字不答应。三十七年十月，本主人。"[2]两则润例虽然相差不大，但却只是1947年拟定的润例万分之一多一点。显然，在1940年时，物价尚未飞涨，而到1948年时虽然物价已经暴涨，但所参照的货币应当和1947年的法币不一样，极有可能为银元或其他等值的货币。这是需要特别说明的。

　　黄宾虹、齐白石两人在二十世纪四十年代均已到耄耋之年，且分别在山水画和花鸟画领域独占鳌头，堪称画坛祭酒。在1948年8月18日，《申报》刊出署名为"铢安"者撰写的《故都二老》，可看出两位当时在北平的情况：

1　许礼平、苏士澍主编《齐白石法书集》，文物出版社，1997，第33页。
2　北京画院编《人生若寄：北京画院藏齐白石手稿·信札及其他》，第210页。

左：齐白石自书《润例》 纸本 72.6×24.5厘米 1940年 辽宁省博物馆藏
右：齐白石自书《润例》 纸本 68×96.5厘米 1948年 北京画院藏

故都近来有两位八十以上的老画家，齐白石、黄宾虹是也。濒老（白石字濒生，他的名字叫璜，取田于渭滨之意，于今果然年登耄耋，竟成预兆），他的住宅是他自己卖画钱积蓄起来购置的，他素有善于居积之名。据说房屋不止一处，所以晚景颇为不恶，只因小心过严，房门箱匣，钥匙累累，佩带随身，好像减少了雅人风趣。其实他为人是极慷慨而重风义的，其雅在心而不在形式。宾老在北平只住了十年，中经离乱，闭门不与外事，自得其乐，与濒老同，而精神之健似犹过之。濒老室中，从来不挂一张字画，座上也没有一样古玩，除作画外，没有一样嗜好。宾老则一间斗室，虽然小得不足回旋，而所读的书，从地上一直堆到顶蓬，顶蓬已经坍了下来，书沾了雨，他也不介意。他的书并不讲究版本，但是很多专门而罕见的。他尤其喜欢搜罗乡邦文献，考证表彰，不遗余力。案上堆满了古印、古玉之属，虽然自己不再刻印章，对于金石文字，仍常常有新的见解，喜欢用籀文写联语，随手送人，毫不吝惜。求画的人虽然很多，每天早起，还要用粗纸临古人的画，完全为的是自娱，不杂丝毫名利之心。他的物质生活简单之至，然遇琉璃厂人送字画来，只要真是上乘，他不惜重价收购，比人家买他的画，出的价高多了。出其余技，从事园艺，在尘封蠹蚀的书架上，可以发现他手种的菖蒲，在北方干冷的气候中，这是很不容易做到的，尤其矮矮的一扇板门旁边，恐怕只有三尺地，手种了一丛瘦竹，真令人涤尽尘俗之气。宾老现已南归，他的北平故居，不知将来谁写入续《日下旧闻》矣。[1]

据此不难看出，两人性情相异，在二十世纪四十年代的北平都过着砚田耕耘、自得其乐的悠游生活。美术史论家俞剑华在 1948 年 3 月 31 日的《申报》上的《忆黄宾虹先生》一文中也说："目下寿逾八十老画家，在沪有姚虞琴、萧屋泉二老，在平有齐白石、黄宾虹二老。"[2] 可知当时在北平，因为年龄及在画坛的地位，黄宾虹与齐白石是并称的。1942 年 4 月 28 日，在北平举行的"大东亚美术展览会"中，中日画家均有作品参展，黄宾虹、齐白石两人也都有出品，当时的新闻这样报道画展的盛况："我国则精品尤多，黄宾虹山水、齐白石之兰花……皆极精到，蔚为大观。"[3] 故在当时画坛，黄宾虹和齐白石分别是以山

1　铢安：《故都二老》，载《申报》1948 年 8 月 18 日。
2　俞剑华：《忆黄宾虹先生》，载《申报》1948 年 3 月 31 日。
3　王中秀编著《黄宾虹年谱》，第 443 页。

水和花鸟执牛耳，从两人的润例及市场认可度亦可印证此点。

三

涉及对齐白石绘画展览及评介的信札受信人和来函者主要
为朱砚英和傅雷。

1946 年 11 月，由北平故都文物研究会组织的"齐白石、
溥心畬先生画展"在上海展出，黄宾虹和曹克家、邵伯䌹、陈
云诰等有作品一并参展。为此，黄宾虹在这一年致朱砚英信札
中谈及此事："故都展览有齐白石、溥心畬二君及拙作，均有该
会在各处收购，预先已筹备消受主顾，在京沪宣传，尚有杂志
刊物及文献馆、美术馆之组织。闻此次开消（销）甚巨，约已
去数千万元矣。拙画本无润例，均由熟人介绍而来，京津每尺
方壹万元，不足尺者以尺计，宽广者照加。皖粤来者有增倍者
双款居多。鄙志以不卖画、不开展览会，于学问方有进益。友
好中索取者情不可却，均应之，能多留传亦一佳事。贵处来件
仍照每尺方壹万元，近航费增涨，而每幅需五六十遍而成，墨
色才有变化也。"[1] 信中谈及的"故都展览"，乃指故都文物研究
会举办的展览，该研究会分设文献馆、书画研究组、乐曲研究组、
围棋、编辑部五个部门。在创始之初，该会欲邀请黄宾虹为文
献馆馆长，但黄宾虹婉拒了，1946 年黄宾虹在致朱砚英的信札
中就提道："北平有一故都文物研究会，由张巡抚使继、张委员
畏苍领衔，由会员推鄙人为美术馆馆长，意不欲就。"[2] 王中秀认
为此处的"美术馆"，实指"文献馆"[3]。他同时认为黄宾虹婉拒

1　王中秀编注《编年注疏：黄宾虹谈艺书信集》，第 216 页。
2　王中秀主编《黄宾虹文集全编·书信编》，第 30 页。
3　王中秀编著《黄宾虹年谱》，第 476 页。

故都文物研究会的邀请，除人事原因外，或者还有其他诸如政治等深层次原因[1]。黄宾虹在信札中谈及的润例为"每尺方壹万元"，这与上文谈及的同年在澳门、香港"每尺十万元"有所差距，足见其时黄宾虹画价在北平和港、澳的艺术赞助人中接受度不一样。除去地区间的物价差异因素外，或可反映出南北两地对黄宾虹绘画的不同认可度。而彼时齐白石在北平的润格大致在每尺十万元，亦可看出其时在北平地区，齐白石绘画的受众要比黄宾虹略胜一筹。

1946 年 11 月 29 日，黄宾虹的友人及绘画的重要推广者傅雷，在致黄宾虹信札中也谈到在上海举办的"齐白石、溥心畬先生画展"事："迩来沪上展览会甚盛，白石老人及溥心畬二氏，未有成就，出品大多草率。"[2]看得出来，傅雷对齐白石、溥心畬绘画并不十分认同。有意思的是，在时隔十五年后（即 1961）的 7 月 31 日，傅雷在致好友、寓居新加坡的画家刘抗的信中也谈到对黄宾虹和齐白石的评介："近代名家除白石、宾虹二公外，余者皆欺世盗名；而白石尚嫌读书太少，接触传统不够（他只崇拜到金冬心为止）。宾虹则是广收博取，不宗一家一派，浸淫唐宋，集历代各家之精华之大成，而构成自己面目。尤可贵者他对以前的大师都只传其神而不袭其貌，他能用一种全新的笔法给你荆浩、关仝、范宽的精神气概……"[3]他对齐白石评价有所提升，但和黄宾虹相比，仍然略逊一筹。

有趣的是，同样是这个展览，当傅雷对齐白石、溥心畬作品颇有微词的时候，时任全国美展编辑、上海市美术馆筹备主任的施翀鹏则对展出的黄宾虹作品提出了批评："至于他的作品，

1　王中秀：《黄宾虹著作疑难问题考辨之六：1946：故都文物研究会》，载王中秀主编《黄宾虹文集全编·译述编·题跋编·诗词编》，第336—343 页。
2　赵志钧主编《黄宾虹（书简）续》，第 152 页。
3　傅雷：《傅雷文集·书信卷》，傅敏主编，上海远东出版社，2016，第 36 页。

擅长山水，过去在《申报》发表了很多的纪游画，三峡、峨眉、桂林的独秀峰等，在我的脑海中印象很深。不过，他的山水，自居'文人画'，题款跋语，大多传北苑、文、董等一脉，长处是丘壑很多，章法极有变化，就是皴法太乱，层次不很清楚，用笔很有书法意味，而魄力太小，用笔软弱，树法亦支离破碎，盖山水画中树木等于人的眉目，假定眉目糊涂，这个人便没有精神，甚至不像一个人！这点，不知宾虹先生自己的理论是怎样？最近他还在北平，这次附在齐白石画展中几幅山水，更觉一团漆黑，毫无层次。我真不懂宾虹先生为什么有如此作风？看看他的跋语，还是有本有源，北苑、思翁、难道北苑、思翁也有这种漆黑一团的作品吗？尝见两宋人画，虽然颜色浓重很多，但是层次总是分得很清楚。"[1]由傅雷和施翀鹏对是次画展中齐白石、黄宾虹出品的另类评价可看出，即便盛名如黄宾虹、齐白石者，学术界对他们的艺术认知与接受也需要一个漫长的过程。

四

进入主流艺术视野时，黄宾虹是以山水驰誉画坛，齐白石则以花鸟擅名。后来，有学者更认为，"齐白石以其花鸟画笔墨趣味作的山水画，和黄宾虹以其山水画笔墨精神作的花鸟画，最初都得不到世人普遍的认可，而到最后又都赢得超凡的声誉"[2]。在此之外，黄宾虹兼擅画论及篆书，而齐白石兼擅人物和书法、篆刻，两人同时成为二十世纪卓有建树的艺术大家。当然，必不可少的因素还在于，两人年龄相仿，又都同登寿域，故在

1　施翀鹏：《略有瑕疵的黄宾虹》，原载《艺术论坛（创刊号）》（现代艺术论专号）1947年。转引自王中秀编著《黄宾虹年谱》，第476页。

2　王中秀编著《黄宾虹年谱》，第437页。

二十世纪四十年代后，年近鲐背之年的两人能得到美术界和学术界的普遍认同。1953 年 3 月 1 日，夏承焘在其《天风阁学词日记》中也说："午后访黄宾虹先生，过华东美专分校，适为宾老开九十寿辰展览会，到五百余人，谭启龙主席来致词。……近日北京寿齐白石九十三岁，南、北两画家，老享盛名。"[1] 可见其时两人一直是并称且同享盛名的，后来甚至有美术史论者将两人称为"南黄北齐"[2] 或单独相提并论[3]，足见两人的地位是相颉颃的。

黄宾虹与友朋往还的信札，大抵可从侧面看出黄宾虹、齐白石两人在二十世纪四十年代的艺术传播与被社会接受状态。虽然作为私密的函件，黄宾虹在信中似乎表现出不屑与齐白石等量齐观的微妙心理，但在当时的艺术赞助人眼中，黄宾虹与齐白石等人的市场价位确实就是相当的。由于齐白石晚年活跃于北京，而黄宾虹虽然曾寓居于此，但晚年主要活动于杭州、上海，故两人在四十年代的市场又有南北之间的微小差距，但总体来看，黄宾虹和齐白石的市场价值和社会地位在当时是不相伯仲的。因从鲜为人知的信札来解读两人真实的艺术发展状态，也就使得两人在美术史中的形象变得更为丰满与鲜活。

（原载《齐白石研究》第九辑，广西师范大学出版社 2021 年 12 月出版）

1　夏承焘：《夏承焘集·天风阁学词日记》，转引自王中秀编著《黄宾虹年谱》，第 537 页。

2　阮荣春、胡光华：《中华民国美术史（1911—1949）》，四川美术出版社，1992，第 156—159 页。

3　李铸晋、万青力：《中国现代绘画史·民国之部》，文汇出版社，2003，第 119—136 页。

黄宾虹与厂肆旧友的翰墨缘
从刘九庵的一通信札谈起

　　有次到浙江省博物馆参观，无意间在黄宾虹专题展览中发现一通刘九庵致黄宾虹的信札。刘九庵（1915—1999）早前在北京琉璃厂开古玩店，专营字画，后来供职于故宫博物院，从事书画鉴定工作。而黄宾虹（1865—1955）在民国时期曾寓居北京多年，参与故宫博物院的书画鉴定工作，闲来常去琉璃厂鉴赏选购字画。笔者曾撰写《黄宾虹与苏庚春》[1]，谈及黄宾虹早年经常在琉璃厂活动，与先师苏庚春结下翰墨因缘。故今次看到刘九庵信札，很是兴奋，引起了我的极大兴趣。回到北京后，我查阅了搜罗黄宾虹史料极为翔实的王中秀编著的《黄宾虹年谱》，书中并未谈及刘九庵，更没有著录此札，再查有关黄宾虹和刘九庵的所有文献，也未找到此信的踪迹。因而可判定此信为黄宾虹和刘九庵研究视野之外的佚文，故弥足珍贵。

　　此信为一页，书写在白色蕙兰花笺上，全文曰：

1　朱万章：《苏庚春与黄宾虹》，载《中华读书报》2018 年 5 月 30 日。

张珩（左）与刘九庵（右）在广东鉴定书画后游览肇庆七星岩　二十世纪六十年代

宾翁先生道席：

　　前闻文旌莅都，欢欣何极！即欲走谒以候兴居，后晤厚如、半丁、孝同诸君，均道我公精神矍铄。犹念昔时，真可谓得湖山烟云之养，予羡甚羡甚！兹有书画数事，拟送呈鉴赏，但恐开会期间，时促不及此耳。

　　今会闭幕在即，稍暇当有雅兴矣。敝处于每星期日开书画展览，征得素心堂好者书画多件陈列，届时敢请驾临参观指导，是所至幸！而联合同展者，亦即昔日尝送书画与公翁鉴赏往还者也。倘无暇枉顾，或请赐教，即行持往呈鉴也。

　　谨此敬请文安。

　　　　　　　　　　　　　　　刘九庵顿首，十一月一日。

（敝寓西琉璃厂万源夹道十四号）

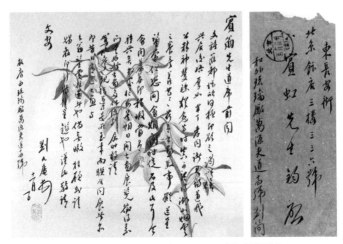

刘九庵致黄宾虹信札　1951年11月1日　浙江省博物馆藏

　　信末钤朱文椭圆印"和莽为文美写"，信封上书"东长安街北京饭店三楼三三六号，黄宾虹先生钧启，和外琉璃厂万源夹道十四号刘简"，邮戳为"北京，一九五一，十一月二日，（十三）"，乃刘九庵写信的次日。无论从写信的时间，还是邮戳标记，时间都很清楚明了，但不知何故，在展览说明牌上，却赫然注明写信时间为"1951年10月22日"，为此笔者专门发信询问了有关主事者，回答说可能是弄错了。

　　信虽不长，但信息量很大。信中谈及黄宾虹"莅都""开会期间"，是指1951年10月13日黄宾虹从杭州启程到北京，参加23日在京召开的中国人民政治协商会议第一届全国委员会第三次会议。据24日的《人民日报》报道，此次会议特邀名单二百七十一人，其中黄宾虹与冀贡泉、段慧轩、靳树梁、黄方刚、陶峙岳、师子敬、赵祖康、涂羽卿、姚雨平、贺衡夫、卢作孚、萨福均、陈垣、马约翰、税西恒、梁漱溟、房秩五、黄元白、周震鳞、周作民二十一位社会人士列席了会议。在此次会议中，

黄宾虹为年龄最长者，夏承焘（1900—1986）在其日记中记录了黄宾虹参加会议的情况："留京一月。会中高年，翁为祭酒。毛主席躬来敬酒，问耆年好学……"[1] 在王中秀的《黄宾虹年谱》中也谈到在京一月间，与陈铭枢同居一室，分别与北京老友李济深、陈叔通、何香凝、卞孝萱等相见，"厂肆旧友亦奔走相告"。而刘九庵即是其"厂肆旧友"之一。

1951年11月，黄宾虹列席全国政协第一届第三次会议时留影

信中"厚如"为苏宗仁，北京（原籍安徽）人，富收藏，曾将著名的北宋百一砚捐赠给中国历史博物馆（即现在的中国国家博物馆）；"半丁"为陈半丁，浙江山阴（今绍兴）人，寓居北京；"孝同"为惠孝同，北京人。陈、惠两人既是年高德劭的画家，擅画花鸟、山水，也都雅好书画鉴藏。三人均与黄宾虹有过交游往还。

黄宾虹于1936年应邀赴北京鉴定故宫所藏书画，他在此年致许承尧的信札中谈及鉴定情况："近日为友人邀рабочие画工役，每日须依银行钟点办事，颇形劳碌。然因此得见无数宋元明清书画，亦有唐以上者。"这对于潜心书画创作与绘画史研究的黄宾虹来说，无疑是一件赏心乐事。而晚清民国以来，不少宫中书画散佚，一些破落的达官贵人家中的书画珍藏亦流入市场，麇集于故都，这对于黄宾虹来说，也具有同等的吸引力。故在

---

1 《夏承焘集·天风阁学词日记》1952年1月2日条，转引自王中秀编著《黄宾虹年谱》，第527页。

这一年，黄宾虹在致许承尧的信中还提道："燕京寥落，固非昔比，然宾朋之乐，宴会繁盛，酬酢往来。古物弆藏，时流市肆，赏心惬目，尚为他省所不及。此次玺印奇字获十数纽。宋元明人书画，力不能致，亦得寓目，良堪自喜。唯以有限之轮入，供无厌之诛求，尤足自笑。"黄宾虹虽然有机会饱览故宫所藏书画，也多次因大饱眼福而发出感喟，但对这些书画，似乎并未表现出浓厚的兴趣，甚至还颇有微词："然认识是非，苦无标准，如前所有故宫博物，于书画最次，所谓民族性画正不易见，而朝臣院体市井江湖赝本恒多，题跋移换失实，贻误后学不少。"[1] 正因如此，他常常流连于厂肆，广泛搜集古书画，以补充宫中所见书画之不足。他之所以不遗余力地购藏书画，除了特别的书画癖外，还在于以画证史，以充实其未尝稍懈的绘画史研究。正如其在 1954 年致函香港鉴藏家刘作筹时所言："鄙人北游燕都，搜集金石书画，拟从著述最新参考资料，播扬国光。"这在其《中国画史馨香录》《黄宾虹美术文集》《黄宾虹金石篆印丛编》等论著中都得到验证。

耐人寻味的是，虽然黄宾虹并不十分看好故宫书画，而对流散于厂肆的书画倾尽心力，并倾其所有购藏之，但在近期获见由浙江省博物馆研究人员陆易编著的《无尽藏：黄宾虹的鉴藏》中，可知黄宾虹的书画收藏并非如他所倡导的"真精新"，其中也不乏赝鼎，如明代画家吴宣、黄琼、顾源、施霖、周璕款的山水画，就基本是伪作。[2] 他的鉴定眼光似乎与传统书画鉴定家有所迥异。他侧重的是作品的技法与艺术水准，也比较关注画史上的很多冷门、偏门书画家（如"新安画派"的小名家等），而对很多书画家的笔墨个性则钻研未深，因而偶有输眼之

1　黄宾虹 1953 年致郑轶甫函，载王中秀编注《编年注疏：黄宾虹谈艺书信集》，第 307 页。
2　陆易编著《无尽藏：黄宾虹的鉴藏》。

时。当然，这是后话了。

由于黄宾虹对散佚书画情有独钟，厂肆诸君，但凡遇到心仪的书画，亦常常主动送到黄宾虹寓所，以供其鉴选。1941年客居北平时，黄宾虹在致陈柱尊的信札中就谈道："仆终日闭门，惟厂肆古物书画，送观者尚不绝迹。""鄙人北来，谢绝一切酬应，惟收藏古书画往来，时睹古物，然价已倍蓰于南方。"在与女弟子顾飞的通信中也表达了相同的情境："鄙人终日杜门，惟厂肆中人以金石书画造门，无不容纳，因此常得见有佳品。"1948年，再次客寓北平的黄宾虹在致函女弟子朱砚英时也提及："北平古物，虽连年出外，不为不多，其随时发见者亦时有精品。粤友张谷雏君来枉顾敝寓，亦就厂肆收购六朝唐宋元明书画真迹百余件，中多希（稀）世之品，将来渠拟记之笔札，刊行著录，因此神气清快。"据铢安在《故都二老》一文谈到黄宾虹居北平时，"他的物质生活简单之至。然遇琉璃厂人送字画来，只要真是上乘，他不惜重价收购，比人家买他的画，出的价高多了"。黄宾虹除赴厂肆选购书画或在寓所"容纳"厂肆中人送画鉴选外，他和厂肆也多有互动，如1948年孙会元的宣和斋古玩铺开张，黄宾虹还专门画了一幅《萱草百合图》，在画中题识曰："夏日舒长，会元先生宣和斋乐成之祝，予向"，以示其祝贺之意。黄宾虹赴京开会之时，虽然鼎革不久，百废待举，但琉璃厂仍然在短时期内保留着昔时经营古玩书画的景象。正是基于这样的缘由，欣闻其来京的刘九庵便不失时机地致函黄宾虹，表达邀请其观摩选画或送画上门的意愿。

有趣的是，在信札之后，刘九庵还附了一份展览邀请函和书画目录，为我们了解当时的厂肆经营状态提供了难得的资料。邀请函为朱笔小楷印刷，全文曰：

刘九庵信札后所附之展览邀请函

历代文物书画展览

吾国文物书画艺术，精美绝伦，向为世界各国所景仰。每有所获，则珍若拱璧。除由各博物馆搜集保存，供诸大众观赏，而私人收藏者，多不肯轻易示人，欲睹无缘，至为憾事。兹为推广流传，普及爱好起见，特向各方征集书画精品多件，订于每逢星期日展览，逐期更换，甚盼雅好诸君届期莅临参观指导，无任欢迎。

谢肇康、李世尧、李伯五、刘九庵、苏凤翔公启。

日期：每逢星期日展览。

地址：西琉璃厂万源夹道十四号

据陈重远《鉴赏述往事》记载，刘九庵于 1942 年在琉璃厂创立了墨缘阁，主营鉴定及买卖书画[1]，这种状况一直持续到

1　陈重远：《鉴赏述往事》，北京出版社，1999，第 475 页。

鼎革后。又据刘九庵之孙刘凯编《刘九庵先生年谱简编》记载，在 1950 年 9 月以前，刘九庵住在琉璃厂附近的南新华街三号，从事书画经营。从 1950 年 9 月到 1956 年，移住到万源夹道十四号，仍然从事书画经营[1]。写信的 1951 年，正是其在万源夹道十四号从事书画经营之时。与刘九庵同时发出邀请函的几位同仁，由于没有相关的文字记载，我们对其情况并不甚了解。就目前所掌握的资料，谢肇康曾经向中国历史博物馆（中国国家博物馆的前身）捐赠书画；李世尧，字雍民，与满其昌（西伯）、樊文同（君达）、牛长春（伯生）、崔振崑（伯源）、陈林川、陈万书、李俊山等同为琉璃厂字画古玩店贞古斋学徒，兼擅书画，与苏庚春交善，笔者藏其致苏庚春信札一通。贞古斋为先师苏庚春之父苏剔夫于民国八年（1919）创立，主营鉴定和买卖明清书画。

刘九庵在信中所言"联合同展者，亦即昔日尝送书画与公翁鉴赏往还者也"，可知谢肇康、李世尧、李伯五、苏凤翔亦为黄宾虹"厂肆旧友"。

目录书写在黄色朱梅花笺上，上为朱丝栏，全文曰：

书画目录

王黻、马电画双芝轩图册（题者十余人）、七处浅绛山水条、释雪林山水册（邵齐熊、王鸣盛、邵齐焘、张大受等题）、方士庶仿元缪俣枯树条并录元明题跋，又端午景条一件、清初遗民致闫古古手札四本、傅青主山水条（苗仙麓藏，题者十数人）、孙夏峰札册、明清书画扇面二百余个、张恂山水条、吴小仙画枯柳（一老人倚牛观书，精神之至）、龚半千横额（山辉川媚四

1　刘凯编次，齐渊审校：《刘九庵先生年谱简编》，载《刘九庵书画鉴定文集》，文物出版社，2007。

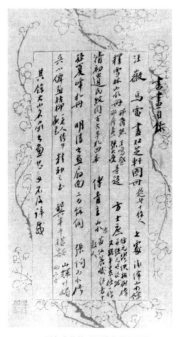

刘九庵信札后所附之书画目录

字），其余大小名家书画甚多，不及详载。

从目录看，这些作品除"浙派"的吴伟（小仙）、"金陵画派"的龚贤（半千）及书画家傅山（青主）作品外，并未有重量级的书画，对于黄宾虹来说，是否具有足够的吸引力，则不得而知。黄宾虹收到此信后，是否亲临厂肆，或召集厂肆中人送画上门，目前也无法考证，没有任何文字记录。笔者为此专门询问了刘九庵后人，在其所藏刘九庵往来信札中，亦无黄宾虹来函，说明黄宾虹接到此信后可能未能及时复函。此时的黄宾虹，已届米寿之年，再加上鼎革后重赴故都，旧地重游，一方面忙于会务，应接不暇；一方面与诸多旧友久别重逢，忙于应酬周旋，他是否还有足够的闲暇和心情选购厂肆书画，则是一件存疑的事。在其后人捐赠给浙江省博物馆的藏品中，亦未见到刘九庵所附目录中的书画，亦可从侧面佐证此点。

在刘九庵写信之后的第四年，黄宾虹即归道山，而刘九庵亦于写信之后的第五年（即1956），正式入职故宫博物院，在保管部征集编目组负责征集、鉴定书画工作，后来成为全国文物鉴定委员会委员，与启功、徐邦达、谢稚柳、杨仁恺、傅熹年、谢辰生同为中国古代书画鉴定七人小组成员之一，著有《刘

黄宾虹 《墨笔山水》 纸本墨笔 1953 年 天津博物馆藏

九庵书画鉴定文集》《宋元明清书画家传世作品年表》等，成为二十世纪中国著名书画鉴定家之一。

黄宾虹赖厂肆之助，得以搜罗名家翰墨，饱览古今法书名画，滋养其书画创作，并助其研习画史。刘九庵与黄宾虹的交游，是鼎革前后厂肆书画经营者与学人、书画家往还的缩影。刘九庵亦正是因这一段在书画市场中摸爬滚打的经历，才成为卓然名家。而这一切，在日新月异的当下，均无法复制或再现，故在这一通不足五百字的简札中，我们似乎看到了一个时代正与我们渐行渐远。

（原载《东方博物》第七十二辑，中国书店 2019 年 11 月出版）

黄宾虹艺术在香港的传播

帅铭初致黄宾虹信札笺释

帅铭初（1896—约 1978）为广东南海人，二十世纪三四十年代供职于香港南洋兄弟烟草公司，擅书画，山水、花鸟、人物兼工，尤以人物肖像及擘窠大字见长。他长期寓居香港，与当地书画家及收藏家关系亲密，成为中国主流画坛中不少画家在香港的重要联络人和艺术推广者。笔者前文以齐白石致帅铭初的信札透析齐白石艺术在香港的传播与推广，而在黄宾虹（1865—1955）的艺术生涯与画艺推介中，帅铭初也担当了非常重要的角色。

在《黄宾虹文集全编·书信编》中，收录了黄宾虹致帅铭初的信札十一通。[1] 这些信札，可略窥黄宾虹和帅铭初的交游情况及黄宾虹在香港地区的鬻画生涯。但长期以来，关于帅铭初致黄宾虹的信札，则一直不见于美术史视野之中，黄宾虹与帅铭初间的交游及艺术推广的资料，均来自黄宾虹单方面的信息，因而其透视的角度并不完整。近日，笔者在浙江省博物馆发现

1　王中秀主编《黄宾虹文集全编·书信编》，第 107—110 页。

二十世纪三十年代后期的黄宾虹

了一批帅铭初致黄宾虹信札，使得黄宾虹与帅铭初之间的往还及黄宾虹艺术在香港的传播变得愈发清晰和立体。正如蔡守（1879—1943）在1939年致黄宾虹的信札中所说："香港帅铭初书来，谓每月介绍绘事，润毫可三五百金，信然，则足下笔墨生涯亦不恶也。"[1] 正因如此，解读帅铭初致黄宾虹信札，对于从经纪人和推广者视角来重新审视黄宾虹艺术在二十世纪上半叶的传播和推广，也就变得尤为重要。

一、帅铭初致黄宾虹信札笺释

帅铭初致黄宾虹信札，共九通，每通一页或两页不等，凡十五页，另有信封一个。每通信札均为毛笔竖书，但信笺各有不同。现就目前所见的帅铭初信札，并对照已刊印的黄宾虹致帅铭初的十一通信札，结合时人的相关记录，以时间为序，对这批信札笺释如次：

第一通写于1938年元旦，书写在三十二开花笺，一页。花笺上印有汤涤绘设色兰花，署款"汤涤写"，钤白文方印"定之所作"，花笺右下侧钤有朱文方印"涵芬楼制"，故可知此笺当为商务印书馆出品。信札书文曰：

1　王中秀编著《黄宾虹年谱》，上海书画出版社，2005，第415页。

帅铭初致黄宾虹信札　1938 年 1 月 1 日　浙江省博物馆藏

好个岁首万象更新！恭维宾公老先生财同春至，福与时增，可贺可贺。昨除夕承赐佳联，珍如拱璧，当即望风拜领，感谢高谊，永铭寸心。襄尧兄收到画册四页，拜读之下，不胜喜悦。惟尚有一联未见寄下，他盼望殊切，嘱笔求赐钟鼎文字联一对，则感激无既云云。襄尧兄有画缘，稍暇再要求教云云。专此敬复籍（借）伸谢悃并致春禧百福！

小弟帅铭初顿首，元旦。

因黄宾虹在 1937 年写给帅铭初的信札中提及"昨寄奉联件"[1]，而帅铭初在此信中说"昨除夕承赐佳联"，与此切合，故可推知黄宾虹的信札当写于 1937 年岁末，而帅铭初此信当在 1938 年岁初。

第二通写于 1938 年 3 月 10 日，书写在十六开印有朱色文字的公文笺上，凡两页，每页抬头均印有"中国南洋兄弟烟草股份有限公司（香港分公司职员用笺）"，右侧印有"第号第页"，左侧印有"中华民国年月日，香港湾仔道二七一号"，下侧印有电话及电报挂号。信札书文曰：

宾虹老先生侍右：

遥启者：兹接到大作山水一卷，内裹尧款一张，铭初款一张，无款一张，素影款一张，均妥交，感谢无既。裹尧兄极爱先生书画，兹再送润金叁拾元，求画幼笔设色山水一幅，附纸度。又前裹尧求书钟鼎文字联一对，请用朱丝栏纸（四尺高）写，顺时付下。又纸度一条，求画细笔设色山水，赐款铭初，送润拾元，聊表微意，幸毋责我，共计肆拾元，由邮局担保付上，敬乞查收。尚有两位朋友要求书画件，俟他交到款项时奉教也。先生润例纸，请多寄十张八张，因各友索取故也。匆匆奉覆，敬致春禧百福！

小弟帅铭初顿首，三月十日。

信中"素影"即女画家杨素影，广东顺德人，高剑父弟子，擅画草虫、花鸟，兼擅诗词，著有《素影诗草》和《玉尺楼随笔》。

第三通写于 1938 年 10 月 21 日，凡两页，书写在三十二开便笺纸之背面，正面依稀可辨有朱色"中国南洋兄弟烟草股份

1　王中秀主编《黄宾虹文集全编·书信编》，第 107 页。

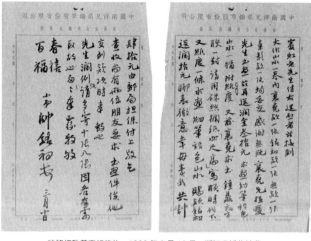

帅铭初致黄宾虹信札　1938年3月10日　浙江省博物馆藏

有限公司"等字样。信札书文曰：

宾虹先生侍右：

　　十月十五日来书并画五件敬谨拜领，弟对于各画友当尽力推许介绍画件，以为心安。今裹尧兄常常过谈，谓其欲得先生一件精品青绿，笔润多少请说明，当照奉上云云。此君收藏近人书画甚多，买古画亦不少（适间高剑父先生过谈，顺候先生起居）。先生有收藏赵㧑叔、任伯年、虚谷和尚等画否？能转让他何如？博文册度太大，似不符，谅他必要写明。此君专写册页，张张一样大，俟交他看看或另函付上，求写过何如？现在港上港币十四、十五元，可换国币壹佰元，匆匆奉覆，即致道安！

　　　　　　　　　　　　　　　　弟铭初顿首，十月廿一日。

　　先生有暇时请赐弟一折扇，一便字，一便画，谢谢！刻又有同事见尊画甚喜，属转求画一小幅（高约一尺，阔七寸），送港币五元（该款日间交去令郎），赐款（叔璜）。此君与弟是知交，

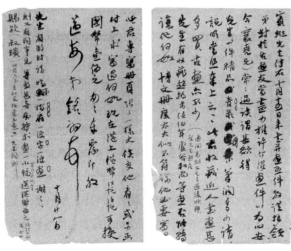

帅铭初致黄宾虹信札　1938年10月21日　浙江省博物馆藏

极爱书画，与先生同乡。

信中提及"十月十五日来书"，但在《黄宾虹文集全编·书信编》并未见到黄宾虹写于此日或前后的信札，故当为佚札。帅铭初提出的"欲得先生一件精品青绿"，很快便得到黄宾虹的回应。其时黄宾虹因眼疾问题，已很少再画青绿山水了，故在一件作于1925年的旧作上补题以答之："曩余旅沪所见唐宋元明名迹甚夥，日夕临摹，垂二十年，置诸箧衍，寄存金华山寺中，未尝视人。今铭初先生索拙作青绿山水，久不为此，愧无以应，适来浙东，因捡旧制，亦颇潇洒自喜，邮奉清鉴，近性益懒散，无复如是之绚烂矣。戊寅，虹叟重题于白沙寺中，时年七十有五。"[1]信中高剑父为"岭南画派"创始人之一，与黄宾虹很早便有交

1　王中秀编注《编年注疏：黄宾虹谈艺书信集》，第108页。

往。早在 1912 年春天，高剑父与其弟高奇峰在上海创办《真相画报》，盛邀黄宾虹撰《真相画报叙》，为之绘图和征集古代金石书画作品[1]，并于 1929 年撰写《美展国画谈》时对高剑父、高奇峰、陈树人等人绘画做了评述。[2] 高剑父亦曾与黄宾虹有过书信往还，现有信札藏于浙江省博物馆。[3] 在王中秀所编《黄宾虹年谱》中，涉及高剑父的内容有多条，但此信内容则失载，故可补其阙如。

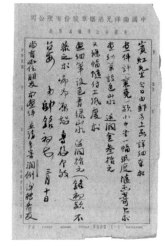

帅铭初致黄宾虹信札　1939 年 3 月 10 日
浙江省博物馆藏

第四通写于 1939 年 3 月 10 日，信笺与第二通同，凡一页。信札书文曰：

宾虹先生：

今日由邮另上函详细，奉求画件计（襄尧）款小中堂一幅，纸度随函寄上，求画幼笔设色山水，送润金叁拾元。又条幅随付（附）上纸度，求画细笔设色青绿山水，送润拾元（铭初）款。不恭之求，希为原恕。专复即致台安！

弟帅铭初顿首，三月十日。

（尚有两位朋友求画件，并请多寄润例，俾转各友。）

1　王中秀编著《黄宾虹年谱》，第 94 页。
2　黄宾虹：《美展国画谈》，《艺观》1929 年第 3 期，转引自黄小庚、吴瑾编《广东现代画坛实录》，岭南美术出版社，1990，第 125 页。
3　浙江省博物馆编《金石书画》（第一卷），西泠印社出版社，2016，第 203 页。

其中，"润例"两字右侧，以双勾画了重点线。黄宾虹于1939 年致其广东友人张虹的信札中言及："帅铭初日前常通讯，嗜仆所作前数年细笔画，拟写游香港景赠之，迄巡未果。"[1]与此信中的"求画细笔设色青绿山水"吻合，故可推知此信的书写时间当为 1939 年。

第五通写于 1939 年 12 月 28 日，正文凡两页，书写在三十二开便笺上，抬头印有朱色"中国南洋兄弟烟草股份有限公司（香港局职员用笺）"及地址和电话，内文为朱丝栏竖排。其信札书文曰：

> 宾虹老先生侍右：
>
> 　　二次来书并画件均拜领。前十一月卅日曾上书谓民三、思荣两位求画件，今又有树勋、普周两位求画件，有暇时望赐墨宝寄下，因所求者都是老友所托，总望不吝赐画，费神之极。铭又不厌之求，望赐画五尺一条，至润金共计陆拾元，已即交上海唐燮君转竹林弟小妹收。又襄尧君云，先生有旧作山水（纸度约高三尺零），求赐一件，润金多少请示知，当照奉上。铭昨岁所绘小册一件，偶检出照片敬呈法鉴，亦求指政，无任感荷。铭公私事忙，作画只得星期日执笔，尤望时时赐教，幸甚幸甚。专此敬致道安！
>
> 　　　　　　　　　　　弟铭初顿首，廿八年十二月廿八日。

在正文之外，尚有一页不规则便签，上书"民三、思荣两位求画，送润金廿元。树勋、普周（此君学画多年）两位求画，送润金廿元。铭初五尺一条，送润金廿元。共计陆拾元整"。

1　王中秀编注《编年注疏：黄宾虹谈艺书信集》，第 119 页。

帅铭初致黄宾虹信札及便签
1939 年 12 月 28 日
浙江省博物馆藏

　　第六通写于 1940 年 6 月 17 日，凡两页，信笺与第三通同。
信札书文曰：

　　宾虹老先生侍右：

　　　　日前寄下各画件早经拜领，日昨令公子用明先生偕同高弟
　　子吴咏香女士到敝处，并拜读其作品，钦佩无暨。我岛上女画
　　士得来有此杰作也。弟介绍李凤公先生、张唛丹女士与他认识。
　　日间岛上开一港澳画人近作展览会于冯平山图书馆，到时当多
　　多介绍画人与他认识也。特此奉告，敬致道安！

　　　　　　　　　　　　　　　　弟帅铭初顿首，六月十七。

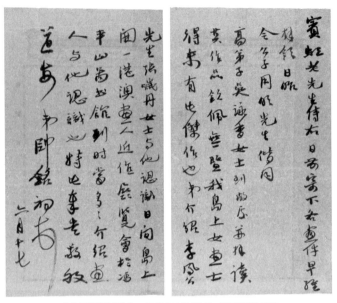

帅铭初致黄宾虹信札　1940 年 6 月 17 日　浙江省博物馆藏

　　信中"用明先生"即黄用明，为黄宾虹儿子，寓居香港铜锣湾清风街七号。吴咏香，福建闽侯人，先是受业于齐白石、溥儒，后游于黄宾虹、张大千门下，1948 年移居台北，擅画山水、花鸟。1940 年，身为北京古物陈列所国画研究室研究员的吴咏香赴香港省亲，翌年在香港举办画展[1]，故从信的内容推知，此年应为帅铭初与吴咏香初识，此信的书写时间当为 1940 年 6 月 17 日。"李凤公"即李凤廷，广东东莞人，广东"国画研究会"重要成员，擅画山水、花鸟和人物，著有《玉雅》《凤公画语》等。张哕丹，生平事迹不详，广东香山籍词人杨玉衔有《望湘人·题张哕丹女弟自绘芍药图和贺方回》词，黄宾虹在 1935 年致张虹的信札

1　王震昌等编《中国美术年鉴·1947》，上海社会科学院出版社，2008，第 79 页。

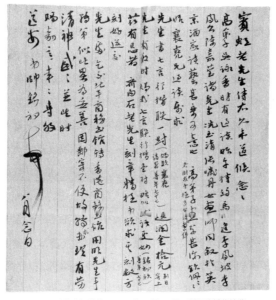

帅铭初致黄宾虹信札　1940 年 8 月 20 日　浙江省博物馆藏

中也谈道："张哕丹女士善画喜游，当所乐闻。"[1] 故知其乃杨玉衔
弟子，擅画花鸟。

　　第七通写于 1940 年 8 月 20 日，一页，书写在不规则信笺上，
朱丝栏竖排，书文曰：

> 宾虹老先生侍右：
>
> 　　久未道候，念念。
>
> 　　高弟子吴咏香时有过谈，昨午特约马小进、李凤坡、李凤公、
> 陈嘉莹诸先生，冼玉清、张哕丹女画师同叙于英京酒家，谈艺
> 甚乐，可喜也。高弟子画学甚深，钦佩钦佩（各朋友弟极力介

1　王中秀主编《黄宾虹文集全编·书信编》，第 210 页。

绍他画件）。昨襄尧兄过谈，属求先生书七言行楷联一对（赐款襄尧，请署尊年七十七），送润金拾元（别日寄上）。先生有假（暇）时，赐我七言联行楷一对，略加跋语更妙（铭初款，尊年七十七）。兹有恳者，齐白石老先生刻章精极，弟欲求其刻数方，刻好送交先生处，乞交北平商务（印）书馆转香港商务（印）书馆用明先生手转弟，似此略为妥善。因邮寄不便，故转求办理，有劳清神，感感，并望时赐嘉言，幸幸，专致道安！

弟帅铭初顿首，八月念日。

信中"马小进"，名骏声，号退之，广东台山人，曾为中国同盟会会员和"南社"社员，著有《罗浮游记》。早在 1912 年 3 月 13 日，黄宾虹便与马小进一起在上海愚园参加南社的雅集，同年马小进还向黄宾虹乞画山水以编同人集册，随后在 1917 年，胡适还托马小进途经上海时带印石与润金请黄宾虹转求徐星洲为其治印。[1]"李凤坡"即李景康，广东南海人，擅诗文，著有《披云楼诗草》《七言律法举隅》，在 1935 年夏，黄宾虹赴香港时，曾到位于沙田的李凤坡的慧业堂谈艺[2]；陈嘉莹，生平事迹不详，只知其擅画花鸟；冼玉清为学者兼书画家，广东南海人，民国时期寓居于澳门、香港，后为中山大学教授，著有《广东丛帖叙录》《更生记》《广东女子艺文考》等，黄宾虹曾为冼玉清绘《雁荡山图》（广东省文史研究馆藏）。[3]信中提及请齐白石刻印之事，在齐白石于 1940 年致帅铭初的信札中也有提及[4]，故可推知此信写于 1940 年 8 月 20 日。而帅铭初在信中建议黄宾虹署"尊年

1　王中秀编著《黄宾虹年谱》，第 85、104、133 页。
2　王中秀编著《黄宾虹年谱》，第 361 页。
3　朱万章：《超越写生的山水佳构》，载《中国文化报》2020 年 7 月 19 日第 4 版。
4　朱万章：《齐白石艺术在香港的传播与推广——齐白石致帅铭初信札考释》，载《美术学报》2020 年第 5 期。

帅铭初致黄宾虹信札　1940 年 8 月 30 日　浙江省博物馆藏

七十七", 推知其时间亦为 1940 年, 故可互为印证。

第八通写于 1940 年 8 月 30 日, 凡两页, 书写在印有"中国南洋兄弟烟草股份有限公司"字样的便笺背面, 书文曰:

宾虹老先生侍右:

惠书并题砚铭, 心感无既, 当敬谨拜领矣, 谢谢! 俟刻好拓出呈阅。各友求先生画件, 如收到润金后统交, 今嗣君用明兄收先生有近作或旧作, 画不拘大小, 能让与友, 每件开列润金, 寄示三五件, 俾弟介绍与友何如矣? 咏香画盟, 时有晤教, 对于各友, 亦有介绍画件, 匆匆奉复即致道安!

弟帅铭初顿首, 八月三十。

先生患目疾, 惜远隔一方。本港有医生能医目疾, 可称华佗再世。弟患数十次皆得之医治, 只用外搽药散, 一经施治,无不药到回春。弟感其功，已介绍十余人，均全（痊）愈称谢。
未知先生何时来港一行，念念！

弟铭又顿首。

在此年之后，帅铭初与黄宾虹在很长一段时间音讯阻隔。
直到1949年，黄宾虹回到杭州，寓居栖霞岭，帅铭初从两人
共同的好友陆丹林处探知其新址，遂再次有了鸿雁往来，因而
便有了帅铭初致黄宾虹的第九通信札。该信札也是目前所见帅、
黄交集的最后见证。此信札写于1949年4月29日，一页，书
写在中间印有朱色"中国南洋兄弟烟草股份有限公司"字样的
竖排朱丝栏信笺上。此信有牛皮纸信封，印有"中国南洋兄弟
烟草股份有限公司缄"及地址、电话，上书"杭州栖霞岭十九号，
黄宾虹先生台启，帅"，邮戳显示时间是1949年4月30日。信
札书文曰：

宾虹老先生座右：

　　自壬午国际变幻，己丑又复南北分争，八年来以致奉教久
疏，无时或释。倾接陆丹林兄书，欣悉先生寓址，特具寸简敬
候起居。近维诸事如意，动定吉羊为颂为慰。此间风云变幻，
谅无骚扰，至以为念。弟仍寓旧址，顽健如昔。公余以笔墨消遣，
不致荒废，战云笼罩中百事无聊，惟有念佛消灾并祝先生康健。
吴咏香女士闻居故都，其住址顺望示知，俾通音问，关河遥达，
良晤何期？诸维珍重并致道安！

晚弟帅铭初顿首，四月廿九日。

　　（通讯：香港轩鲤诗道二六一号新新书局，香港湾仔道
二七一号南洋兄弟烟草公司。）

信中谈及"壬午国际变幻"，"壬午"为1942年，在此前一

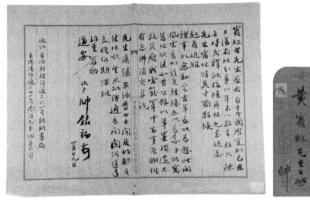

帅铭初致黄宾虹信札及信封　1949 年 4 月 29 日　浙江省博物馆藏

年的 1941 年 12 月 7 日，日本偷袭美国的珍珠港军事基地，随后引发美国直接参与第二次世界大战，使国际形势发生了根本变化，故有"国际变幻"之说。"己丑又复南北分争"，"己丑"为 1949 年，其时国共纷争正炽，南北之间战火频仍。在此大环境下，帅铭初致函黄宾虹问候，并言"战云笼罩中百事无聊，惟有念佛消灾并祝先生康健"。信中陆丹林，字自在，号非素，广东三水人，"南社"成员，学者兼艺术活动家，曾活跃于上海和香港，与其时文化界人士多有交游，著有《革命史谭》《当代人物志》等，黄宾虹与其有多通信札往还。

二、以帅铭初为中心的黄宾虹作品收藏

需要指出的是，黄宾虹致帅铭初的十一通信札，已经在《黄宾虹文集全编》中刊布，但就两人互通信函的数量及内容看，和帅铭初的九通信札并未形成往还的对应关系。据此可知，双方所留存下来的信札，应该还有不少散佚。黄宾虹致帅铭初信札，最早的写于 1937 年，最晚的写于 1940 年；帅铭初致黄宾虹的

信札，最早者为 1938 年，最晚为 1949 年。就书信的地点，黄宾虹寄信和收信之地有北京、上海和杭州，而帅铭初寄信和收信之地均在香港。虽然就目前所掌握的材料看，两人互通的信札并不完整，但据此亦可大致见两人交游、其时艺事与黄宾虹艺术在香港的传播等状况。

明显的是，在两人的信札中，谈及最多的是黄宾虹作品的收藏。在帅铭初信札中，多涉及艺术赞助人、收藏作品和润金。而在黄宾虹信札中，多是对帅铭初信札中谈及的购藏作品的部分回应。帅、黄二人通信的 1937 年至 1940 年间，黄宾虹已届古稀之年，年事已高，再加上眼睛患疾，作画的数量明显减少，因而鬻画往往择善而从之。黄宾虹在 1939 年致族侄黄树滋信札时就说道："从未开一书画展览会，亦不卖画，惟知交择人，而来索者，以湘粤为多。……此间对生友，拙画概不酬答，往往有携润金来亦谢去。远道函索者，择人而与之，非全不应酬也。"[1] 这里所谓的"湘粤"的"粤"，即指包括帅铭初等人在内的一批广东人。从两人的信札可看出，黄宾虹对帅铭初所提出的收藏其书画的要求，几乎是有求必应，足见与帅铭初算是"知交择人"了。现将帅铭初信札中所涉黄宾虹的艺术赞助人、收藏作品内容、润金及大致时间等列表如次：

1　王中秀编注《编年注疏：黄宾虹谈艺书信集》，第 109 页。

收藏者	收藏作品内容	润金	大致时间
帅铭初	对联		1938 年元旦
襄尧	画册（四页）		
帅铭初	山水		1938 年 10 月
襄尧	山水		
无款	山水		
杨素影	山水		
襄尧	幼笔设色山水	叁拾元	
襄尧	钟鼎文对联（四尺高）		
帅铭初	细笔设色山水	拾元	
叔璜	小幅画（高约一尺，阔七寸）	伍元	
襄尧	幼笔设色山水（小中堂）	叁拾元	1939 年 3 月
帅铭初	细笔设色青绿山水	拾元	
民三	画	陆拾元	1939 年 12 月
思荣	画		
树勋	画		
普周	画		
帅铭初	画五尺一条		
襄尧	山水（约高三尺）		
民三	画	廿元	
思荣	画		
树勋	画	廿元	
普周	画		
襄尧	七言联（一对）	拾元	1940 年 8 月
帅铭初	行楷七言联		
两位朋友（佚名）	书画件		1938 年 10 月
两位朋友（佚名）	画件		1939 年 3 月

　　据此不难看出，在香港的购画者有帅铭初、襄尧、叔璜、杨素影、民三、思荣、树勋、普周诸家，其中购画最多为襄尧和帅铭初本人。襄尧共有至少七批次收藏经历，他不仅收藏黄宾虹作品，还企望黄宾虹能转让赵之谦、任伯年和虚谷的作品（若有的话）。他所收藏的黄宾虹作品，除常见的墨笔山水外，更特

地藏其青绿或幼笔设色山水，而且对其钟鼎文对联亦青睐有加。帅铭初的收藏至少有六批次，既有山水，亦有对联。山水有细笔设色，对联有行楷七言联。从作品形制看，以条幅居多，其次为册页和对联。从收藏者身份看，襄尧为书画收藏家，帅铭初本人具有收藏家、画家和艺术活动家的多重角色，杨素影为画家，普周学画多年，其他诸家有的是帅铭初同事和黄宾虹乡友（叔璜），有的则身份不详。

至于润金问题，黄宾虹则表现出传统文人对孔方兄的豁达姿态。他认为"若豪华显贵之家，自应依润例取资，而文人画友，遂不必斤斤于锱铢可也"[1]，"拙画远道友好所索，均可应酬，且不计值，就近非知音，照润不应"[2]，"知交如尊属之件，何必沾沾于阿堵也？"[3]甚至提出"不嫌拙劣，请勿言润可耳"[4]，可见其对鬻画的态度。在黄宾虹于1941年致女弟子朱砚英的信札中也谈到对于画润的情况："拙画可索可赠，本不需润，因前在沪有人索去多件，转售德国女子孔德。渠喜研究中国书画、言语文字，可面谈，将拙画携来补添上款。因此拙画只赠知画之人，然知者绝少，间接索取皆谢去，有诗文投赠者应之，惟择其品学之优者，否则取润，以增购书画为参考艺事，及刻拙稿文字之用，故多寡不计。友人知余之意，常常远来。所不愿酬应者非照画格不与也，富贵中人、不谈风雅者耳。"[5]可知黄宾虹对真正喜欢其画的文人和附庸风雅或以画牟利者是区别对待的。

而在帅铭初方面，从信札中不难看出，收藏者不分"显贵之家"，还是"文人画友"，大多是依润例向黄宾虹支付润金，

1　上海书画出版社、浙江省博物馆编《黄宾虹文集·书信编》，第85页。
2　黄宾虹1938年致帅铭初函，载王中秀主编《黄宾虹文集全编·书信编》，第107页。
3　黄宾虹1940年致帅铭初函，载王中秀主编《黄宾虹文集全编·书信编》，第109页。
4　黄宾虹1937年致帅铭初函，载王中秀主编《黄宾虹文集全编·书信编》，第107页。
5　王中秀编注《编年注疏：黄宾虹谈艺书信集》，第136页。

显示出良好的职业素养。关于润例，黄宾虹在 1939 年致黄树滋的信札中也谈道："至不得已，可将拙画润单奉观，尚是前二十年商务印书馆美术主任时，友代订也。"[1] 故可知其时他所依据的润例基本上采用二十年前所订。查相关资料，并未发现其二十年前左右（即 1919 年前后）所订者，但却找到两则分别定于1923 年和 1924 年的润例。前者是专为山水画所订，刊于《艺观》画刊第一期："直幅四尺二十四元，五尺三十六元，六尺四十八元，八尺八十四元，横幅加倍，屏条六折。以上均照直幅为次，扇册每页十元，手卷每尺十二元，青绿泥金加倍，点品劣纸不应。癸亥冬日宾虹复识"[2]；后者是为书画所订，源自黄宾虹手书原件："四尺六十元，五尺八十元，六尺一百元，条幅同例，卷册每页二十元，扇页每页二十元，双款设色加倍，花卉篆书减半，题跋另议论。润须先惠，约期取件。甲子春订"[3]。按照帅铭初在第三通信札中所说："现在港上港币十四、十五元，可换国币一百元"，黄宾虹的润例应该均为"国币"，而帅铭初所支付的润金均为港币。以襄尧于 1938 年 10 月所购"幼笔设色山水"为例，他付了港币"叁拾元"，折算成国币则为两百元，这已经远远超出了黄宾虹两则润例中"八尺八十四元"和"六尺一百元"的最高价。若按第二则润例中所言"双款设色加倍"，与"六尺一百元"刚好吻合，则此件作品至少要六尺才算持平，若少于此尺幅则其润金便超出润例了。再以襄尧于 1939 年 3 月以港币"叁拾元"购藏"幼笔设色山水（小中堂）"为例，尺幅大致在三尺，按照润例，只需付国币一百元左右即可，而他实际支付了国币两百元，多出一倍的润金。据此大抵可看出，以帅铭初

1　王中秀编注《编年注疏：黄宾虹谈艺书信集》，第 109 页。
2　王中秀、茅子良、陈辉编著《近现代金石书画家润例》，第 127 页。
3　王中秀、茅子良、陈辉编著《近现代金石书画家润例》，第 147—148 页。

为交游中心的收藏家群体，他们在购藏黄宾虹作品时，基本上是超出其润例标准的。黄宾虹在创作数量较少且供不应求的情况下，仍然对帅铭初等人的购藏一一满足，也就在情理之中了。一个画家的成功，离不开艺术赞助人的激励与追捧，黄宾虹即是其例。

三、关于黄宾虹的眼疾问题

在黄、帅信札中，谈及频率最高的除了购藏黄氏作品外，基本上就算是黄宾虹的眼疾问题了，这也是一直困扰黄宾虹晚年的主要因素。

1938年，七十五岁的黄宾虹在致帅铭初信札中说："仆近来贱目内障，时就启明医院诊治，笔墨疏懒。"[1]两年后，黄宾虹在致帅铭初信札中再次提及："但仆近因目生内障，已向启明医院大夫诊治，难于仓促奏效，所幸左目微明，尚可作字，远光不及平时多矣。"[2]"适因贱目内障就诊，迟迟未答，至以为歉。"[3]黄宾虹不仅对帅铭初多次言及，在这一时期致其他至交的信札中也不时流露出这种痛苦而不安的情绪，如1939年致陈敬第信札说："近因贱目发生内障，以近视不甚自知，只觉昏眊不明，早晨尚可握管也。"[4]1942年致段拭信札时说："鄙人目力日差，写字尚可依行下笔，作画已大不胜""近来贱目内障，西医需用刀圭手术，时尚因循，惟每日早晨有数十分钟明晰，可以写画，日出之后，即昏翳如雾中"[5]。在这一时期，"贱目内障"四字几

1　王中秀主编《黄宾虹文集全编·书信编》，第108页。
2　同上，第109页。
3　同上，第109页。
4　王中秀编注《编年注疏：黄宾虹谈艺书信集》，第110页。
5　上海书画出版社、浙江省博物馆编《黄宾虹文集·书信编》，第90—91页。

乎成了黄宾虹如影随形的生活日常，挥之不去，足见眼疾对其晚年生活及创作所产生的重要影响。

帅铭初在 1940 年 8 月致黄宾虹信札时对其眼疾做了回应，并提出了解决方案："先生患目疾，惜远隔一方。本港有医生能医目疾，可称华佗再世。弟患数十次皆得之医治，只用外搽药散，一经施治，无不药到回春。弟感其功，已介绍十余人，均全（痊）愈称谢。未知先生何时来港一行，念念！"但由于其时兵灾肆虐，关山难越，再加上黄宾虹年迈而行动不便，故最终并未赴港医治，但帅铭初在信札中所表现出的关切与用心则是殷殷可鉴的。

正是因为黄宾虹晚年的"贱目内障"，使其山水画风发生了根本转变。除了渐臻化境的老辣与浑厚，他还在画中表现出了厚重的笔墨，尤其是画面中出现大片的积色和积墨，愈到晚年愈甚，这多半是与其"目力日差"分不开的。

四、关于帅铭初的画艺

作为南洋兄弟烟草公司的职员、艺术活动家和艺术中介者，帅铭初本身也是一个画家。他擅长画花鸟及人物、佛像，曾画过居廉、何翀、任伯年、吴昌硕、王一亭等人画像，曾得广东"国画研究会"画家潘达微"亲授运笔之法"[1]，有《松竹图》行世。两人也谈及帅铭初画艺问题。帅铭初在 1939 年 12 月 28 日致黄宾虹的信札中说："铭昨岁所绘小册一件，偶检出照片敬呈法鉴，亦求指政，无任感荷。"黄宾虹在观摩帅铭初作品照片随即复函："大作人物山水逼真新罗，无任钦佩。"[2] "新罗"即清代"扬州画派"的代表画家华嵒。虽然就黄宾虹而言，这样的点评多少带有友

1　李健儿：《广东现代画人传》，第 91 页。
2　上海书画出版社、浙江省博物馆编《黄宾虹文集·书信编》，第 84 页。

吴咏香像

朋间的客套与溢美，但大抵亦可见出帅铭初绘画在黄宾虹视角中的印记。帅铭初在 1939 和 1949 年的信札中也谈及作画之事："铭公私事忙，作画只得星期日执笔，尤望时时赐教，幸甚幸甚"，"公余以笔墨消遣，不致荒废"，可见即便在烽火未靖、冗务繁忙的情境下，帅铭初仍然未尝稍懈。正是因其本人深谙画理，且笔耕不辍，成其推介包括黄宾虹、齐白石等人在内的重要画家的优势。

五、和黄宾虹弟子吴咏香相关的话题

黄宾虹女弟子吴咏香在移居台北之前，其艺术活动区域大部分集中在北京。她曾拜于黄宾虹门下，"作画理之研究，博览书画论说，画风一变，风格益峻"[1]。因其南下香港省亲及举办画展，故与帅铭初结缘。在 1941 年春，吴咏香画展在香港举行，取得圆满成功，吴咏香在致黄宾虹的信札专门提及帅铭初等人的襄助："此次画展成绩尚称圆满，丹林、铭初诸先生皆甚热心帮忙，观众达三千余人，文艺界诸人见生所作尚系参考古画，与近新画派不同，颇加许可，曾一再往观。"[2] 除了在展览方面的协助外，吴咏香在港期间，帅铭初还积极介绍活跃于港岛的艺术家或学者如李凤公、张哕丹、马小进、李凤坡、陈嘉莹、冼

1　王扆昌等编《中国美术年鉴·1947》，第 79 页。
2　王中秀编著《黄宾虹年谱》，第 429 页。

玉清等与其结识，并带其参加一些书画展览会等活动，尽可能让其多认识一些当地的画人。除了介绍画友，更重要的是为其推介画作，正如其在 1940 年 8 月 30 日致黄宾虹的信札中所说："咏香画盟，时有晤教，对于各友，亦有介绍画件。"显然，作为一个画坛晚辈，吴咏香能受到如此厚待，这无疑缘于她是黄宾虹的高足。在黄宾虹于 1940 年致帅铭初信札中也借吴咏香之口对其表达了谢忱："敝徒吴咏香女士在香港均荷指示，渠已感谢无既。"[1]虽然吴咏香在香港停留的时间并不长，但在时隔八年以后，时移世易，帅铭初仍然通过致黄宾虹的信札传递了惦念："吴咏香女士闻居故都，其住址顺望示知，俾通音问。"吴咏香实则已于一年前从北京移居台北了，而当时因音讯阻断，其未能知悉。当然这已是后话。

结语

在两人的信札中，涉及的人物多达数十位。有的是名噪一时的美术家或学者，有的则是名不见经传者。帅铭初的信札谈及陆丹林、李凤坡、李凤公、马小进、冼玉清、黄用明、吴咏香、张㘬丹、陈嘉莹、高剑父、赵之谦、任伯年、虚谷、唐燮君、竺林弟、襄尧、叔璜、杨素影、民三、思荣、树勋、普周等人；黄宾虹信札则涉及黄用明、陆丹林、金华寺僧、朱小姐、竺林弟、张虹、华嵒、德里斯珂、吴咏香、何澄一、杨回回等。除赵之谦、任伯年、虚谷、华嵒等清代画家和无法考证姓名和生平的部分藏家，及黄宾虹子黄用明、女弟子吴咏香而外，帅铭初信札中涉及的多人均为广东籍书画家或学者，显示出以帅

1　王中秀主编《黄宾虹文集全编·书信编》，第 109 页。

铭初为中心的朋友圈与黄宾虹的翰墨因缘。因帅铭初本身是广东人，其生活之地在香港，故其交往的地缘因素是显而易见的。而在黄宾虹方面，他与帅铭初的信札多半带有非主动因素，再加上其早年南下广东、香港，甚至一度成为广东"国画研究会"成员，故与广东画坛一直保持着非常密切的关系。在他的艺术生涯中，广东籍书画家如蔡守、陆丹林、张虹、黄居素等人都在其画艺的传播与推广中居功至伟，因而帅铭初的带动鬻画与推广也就顺理成章了。

黄宾虹在 1939 年致帅铭初信札时表达了发自肺腑的感激："帅铭初君以同道中人，非仆请托，远路为仆介绍作画，心甚感荷，兼之寄润，更有不安。"[1]1940 年在致帅铭初的信札中又再次强调了这种感念："今又承揄扬拙笔，为贵友索画，齿及润金，尤形悚恶。"[2] 对黄宾虹艺术的推举，在帅铭初的艺术生涯中，留下了浓墨重彩的一笔。虽然帅铭初的推介并非黄宾虹艺术在香港等南方地区传播的决定性因素——事实上，在这一时期，还有包括黄居素、张虹、蔡守、陆丹林等多位广东籍人士共襄盛举，但在黄宾虹艺术传播途径的拓展与晚期艺术的揄扬方面，其贡献仍然是不可或缺的。对长期湮没于美术史视野之外的帅铭初致黄宾虹信札的梳理与探究，其意义或许也正在于斯。

（原载《美术研究》2022 年第一期总第 199 期）

1　王中秀主编《黄宾虹文集全编·书信编》，第 108 页。
2　同上。

画家、作者和编者的交集

朱屺瞻致苏晨八通信札笺释

朱屺瞻（1892—1996）一直是笔者关注的二十世纪重要画家之一。他笔墨老辣、干练，尤其是到了晚年，渐入佳境，愈老愈天真，笔健韵足。笔者一度关注过他所创作的葫芦画，亦曾撰文阐述[1]，后来则较为垂注其信札。因其信札不同于常见的书画，多具纯任天真之态，且内容也多不见于正式出版物中，可从多方面了解其为艺、为人。

笔者曾于 2016 年的广州拍卖市场搜集其致苏晨（1930—）信札八通。这些信札，连同其他相同上款的书画，构成苏晨藏品的专场。苏晨是广东花城出版社原副社长，也是一名笔耕不辍的作家，和他往来者，多为文学界和艺术界名流，故这批信札极具文献与艺术价值。尤为难得的是，因信札直接来自苏晨本人，真实性毋庸置疑，且苏晨对文献很早就具有卓识和前瞻眼光，很多信札都做了附记和说明，这对了解当时信札的语境与来龙去脉无疑意义重大，省去了后人诸多的考订工夫。

---

1 朱万章：《"到处天机奔放"——朱屺瞻的葫芦画》，载《中国艺术》2018 年第 1 期。

左：朱屺瞻（左）与苏晨
右：朱屺瞻致苏晨信札

朱屺瞻和苏晨通信的时间集中在 1982 年至 1984 年间，其时朱屺瞻已是九十高龄，而苏晨则不到花甲之年，正是年富力强之时。两人通信的时间虽然不长，却可略窥朱屺瞻晚年的生活状态与艺术行迹。现将八通信札笺释如次：

第一通书于印有"新华艺专校友会"字样的十六开横格朱丝栏信笺，铅笔竖写，书文曰：

苏老大鉴：

惠函与大文稿收到敬读，专函致感并谢，此复即颂冬安！

屺瞻上言，十一月廿日。

此信无信封，但苏晨在此信背后附纸中注明："1982 年""大文指《壮美》"，则此信的书写时间为 1982 年 11 月 20 日。苏

刊载于《广州日报》1982年2月19日的朱屺瞻画展新闻，
右为朱屺瞻，左为关山月，中为王震

晨所指的《壮美》一文，收入其在这一年梓行的《野芳集》[1]中。该文是对朱屺瞻绘画的评论。文中，苏晨谈到朱屺瞻最近出版了《朱屺瞻画集》和《癖斯居画谭》，且"刚刚应邀来广州举行个画展"。据《朱屺瞻年谱》记载，这次广州画展叫"朱屺瞻国画展览"，是由美协广东分会、美协上海分会联合举办，地点在广东省博物馆，开幕时间是1982年1月18日，作品有一百三十余件。这次展览的规模较大，参与盛事的有来自全国各地的著名画家李苦禅、尹瘦石、许麟庐、周怀民、关良、谢稚柳、陆俨少、应野平、吴青霞、钱君匋、刘旦宅、罗铭、何海霞、张望，还有广东的关山月、黎雄才、胡一川、黄笃维、廖冰兄、蔡迪支，以及中央、省市领导王震、吴南生、欧初等，共有四百多人参加了开幕式，并举行了学术座谈会[2]。当时的媒

---

1 苏晨：《野芳集》，百花文艺出版社，1982，第95—99页。
2 冯其庸、尹光华：《朱屺瞻年谱》，上海书画出版社，1986，第110页。

朱屺瞻 《秋风骤雨图》 纸本设色 136×68 厘米 广东省博物馆藏

体报道指"研究技艺，交流经验，南国画坛呈盛况"，并称其绘画"浑朴超然，独辟蹊径"[1]。在广东省博物馆书画藏品中，有一件朱屺瞻的《秋风骤雨图》，作于1982年，且征集入藏的时间也是这一年，则应该就是来自本次展览的作品。在此之前，朱屺瞻曾于1976年和1980年先后为广东省博物馆陶瓷鉴定专家宋良璧画过《兰花》和《双蟹》斗方，说明朱屺瞻和广东省博物馆的渊源要远远早于在该馆举办展览的1982年。而与苏晨的结识，从来信及苏晨的文章中，时间大致可确定在1982年。苏晨的文章中还记载，在广州画展中，苏晨几次与朱屺瞻交谈，得到了朱屺瞻的画集和画论集，随后，朱屺瞻选画了一个锦装大宣册《梅花草堂主人拙墨》和两把南朝鲜（今韩国）精工佳制的"全州合竹扇"送给苏晨。在苏晨后来出版的藏品集萃中，还选刊了这两把精美的画扇：一为兰花，一为墨竹。《墨竹》扇上题识曰："壬戌首春，屺瞻。"[2]"壬戌"即1982年，这个时间和画展的时间是吻合的。两扇不仅是绘画作品，更是两件精致的工艺美术佳制。

第二通书于十六开横格朱丝栏信笺，钢笔横写，书文曰：

苏晨同志大鉴：

承赐书籍，敬颂道谢，兹寄上年历一本，请收并求指教。贵恙近来谅已痊愈是念，草此即颂冬安！

弟屺瞻顿首，十二月九日。

信封上书"广州大沙头四马路花城出版社，苏晨同志收，上海巨鹿路朱寄"，贴邮资为十分的邮票，邮戳显示时间为1982

1　陆明：《朱屺瞻国画展览展出》，载《广州日报》1982年2月19日。
2　汇正艺术编《砺堂自珍集》，花城出版社，2016，第30页。

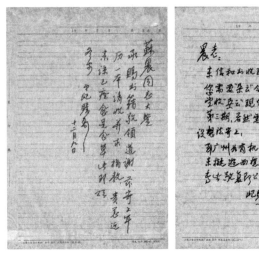
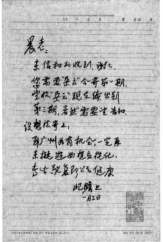

左：朱屺瞻致苏晨信札　1982年12月9日
右：朱屺瞻致苏晨信札　1983年1月3日

年12月19日。苏晨在此信背后附纸中注明："应为1982.12.9
写信，等年历来，19日才寄出。年历为长三开，用朱老作品"，
则此信的书写时间为1982年12月9日。

　　第三通书于十六开横格朱丝栏信笺，钢笔横写，书文曰：

晨老：

　　来信和书收到，谢谢！

　　您需要"朵云"今寄第一期，望收。"朵云"现在续出到第三期，
若然需要望告知，设想法寄上！

　　到广州如有机会，一定再来，拟游西樵与从化。专此敬复
即颂健康！

　　　　　　　　　　　　　　　　　　屺瞻上，一月三日。

　　此信无信封，钤有苏晨的朱文长方收藏印："辽东苏氏积

左：朱屺瞻致苏晨信札（代笔） 1983 年 3 月 10 日

右：朱屺瞻致苏晨信札（代笔） 1983 年 3 月 20 日

微小室"，此印乃钱君匋于 1981 年 10 月为苏晨所刻。由此可推知此信当写于该时间之后。又信中提及《朵云》已经出到第三期，《朵云》为上海书画出版社编辑出版的中国绘画系列研究集刊，第三期出版时间为 1982 年，则此信书写时间又当在其后。

第四通书于十六开横格乌丝栏信笺，圆珠笔横写，书文曰：

苏晨同志：

新年好，刻接贵社《随笔》编辑部通知，《略谈钱君匋的艺术》一文已编入《随笔》一事。此稿本人从未写过，什么内容也不知道，可能是弄错了。此事您是否知道？烦劳一查，绝不能以我（的）名字发表文章，特此拜托，费神费神。

春节期间我邮寄上《朵云》第一集，无人收件，原物退回，未知还需要否？您的大作已拜读，写得太好了，实不敢当。特此感谢，专此并祝春安！

朱屺瞻上，1983.3.10。

钤白文方印"朱屺瞻"。此信无信封。信中提及春节期间邮寄《朵云》第一集之事，刚好与上一信互证，据此推出上信的时间为 1983 年 1 月 3 日。信中"烦劳一查，绝不能以我（的）名字发表文章"还画了横线，以示强调。此信的字迹与朱屺瞻常见书法迥异，缺少一种人书俱老的气韵，故苏晨在此信背后附纸中注明："此信似非朱屺瞻笔迹，疑是授意夫人代笔，特用印以示确为朱屺瞻之意。苏晨附记。"

第五通信书于十六开横格朱丝栏信笺，圆珠笔横写，书文曰：

苏晨同志：

来函收悉。君匋同志寄来的文章非我所写。我只记得当时君匋拿来一篇序，嘱我签名，而内容如何尚无暇一览，却于情面就签了名，想来即寄给你的文章吧。为此，请你无论如何设法把该文抽去（编辑部我已发函），拜托了。

又，《朵云》我即寄上。感谢你写了许多文章，文笔流畅，只是太溢美了，惭愧不已。如有机会来沪，请来敝舍一聚。专此，即祝祺安！

朱屺瞻，83.3.20。

钤白文方印"屺瞻"。此信笔迹也非朱屺瞻亲笔，唯签名及年款当为亲署。苏晨在此信背后附纸中亦有附记："关于《略谈钱君匋的艺术》一文，由钱君匋寄我，上有朱屺瞻签名。后朱屺瞻于 3 月 10 日、20 日先后两次写信给我，要求从《随笔》杂志上抽下此文，有照办。经问，情况部分如第二封信所谈。另外是因为钱君匋与他的年轻女弟子某关系不正常，朱屺瞻认

左：朱屺瞻致苏晨信札　1982 年 8 月 1 日
右：朱屺瞻为《随笔》杂志所绘封面

为不道德。苏晨附记。又，此信非朱屺瞻笔迹，签名是朱屺瞻笔迹。"由苏晨附记不难看出，朱屺瞻之所以不愿以己名署上别人代笔的《略谈钱君匋的艺术》一文，并非全是爱惜自己的羽毛，实则是事出有因，此因则不足与外人道矣。

第六通信书于十六开横格乌丝栏信笺，钢笔竖写，书文曰：

> 晨老：
>
> 　　你好，惠书并赐亚老等著作书都已收到，敬谢。为《癖斯居画谭》提出尊见写赐大文，至为感激。委为《随笔》画封面，今草草画就，从邮局寄上，未知合用否？请教，此复即颂暑安！
>
> 　　　　　　　　　　　　　　弟屺瞻顿首，八月一日。

此信无信封。苏晨在此信背后附纸中有附记："1982 年秋获赠朱屺瞻老人大著《癖斯居画谭》后，我曾于当年 8 月 12 日在乌鲁木齐旅次作《常砺》一文，发表后寄朱屺老，老人阅后写来此信，时间当是 1983 年。亚老著作，指由我签发之广东人民出版社版《柳亚子诗选》，《随笔》为我所主持之杂志。"信中所言亚老著作《柳亚子诗选》是由徐文烈笺，刘斯翰注，广东人民出版社于 1981 年 12 月出版；《癖斯居画谭》为朱屺瞻画学文集，由上海人民美术出版社于 1981 年 3 月出版。信中谈及朱屺瞻为《随笔》画封面之事，在 1983 年第 1 期封面刊有一幅朱屺瞻画的大写意的芋头图，上有作者题识曰："辛酉大寒节遨游羊城漫写，朱屺瞻"，钤白文方印"朱屺瞻""癖斯居"和朱文方印"太仓人"。"辛酉"为 1981 年。封面刊出此画的时间为 1983 年 1 月，若按苏晨所言此信写于 1983 年，则朱屺瞻寄出画的时间是 1983 年 8 月 1 日，显然是不可能。故推测此信真正的时间应为 1982 年 8 月 1 日，应当为苏晨误记。至于画中题识的时间 1981 年，则是指朱屺瞻"遨游"羊城的时间，而非作画的时间。

第七通书于十六开横格朱丝栏信笺，钢笔竖写，书文曰：

苏晨同志：

你好！此次到广州因去深圳，所以少遇见和领教，后期又去从化住过短短二十余天，后来忽忽回上海，不及辞行话别，歉甚歉甚！承赐"花城"《常砺集》《小荷集》，均已收到，于《常砺集》中写我的常砺，实在当不起，颇为惭愧。专此敬复即颂健康愉快！

朱屺瞻顿首，四月十日。

信封上书"广州市花城出版社，苏晨同志台启，上海巨鹿路朱寄"，贴有邮资为十分的航空邮票，邮戳显示时间为 1984 年 4 月 12 日，故此信当书于同年 4 月 10 日。《常砺集》是苏晨的另一本散文集，由山东人民出版社 1983 年 9 月出版，书名由朱屺瞻题笺，封面配了一幅朱屺瞻用朱砂所绘的寿石翠竹（局部）。该书的第一篇便是苏晨专门为朱屺瞻写的《常砺》一文。该文写于 1982 年 8 月 12 日的新疆旅途中。文中，苏晨讲到因收到朱屺瞻寄赠的《癖斯居画谭》在旅途中阅读，对时年已九十一岁的朱屺瞻的老骥伏枥很有感触，谈及其画艺、画论及两人的交游。

朱屺瞻致苏晨信札　1984 年 4 月 10 日

在该书的序言部分，苏晨还特地对其画艺做了点评："他那么大年纪，画起山水来，笔下还是那么淋漓酣畅，烟润辽阔，神完气足，雄浑壮丽；画起花卉来，笔下也还是那么洗炼概括，野趣横出，恣纵绚烂，韵致丰盈。不管是画山水还是画花卉，笔下都在勃勃生机间透着一股天地造化的生生不息之气。"[1]显然，这是对朱屺瞻及其画艺有过真切体会而生发的论述。因不乏溢美之辞，故朱屺瞻有"实在当不起"之谓。《小荷集》亦为苏晨的散文集，由三联书店香港分店于 1984 年 3 月出版。在此年的1 月 10 日，朱屺瞻还到过一次广州，入住广东迎宾馆，随后赴中山、新会参观孙中山和梁启超旧居，于 27 日到深圳，参加次日在深圳展览馆揭幕的"朱屺瞻画展"。在与朱屺瞻致苏晨信札同场拍卖会中，尚有一件朱屺瞻致苏晨实寄封一枚及齐白石印

1　苏晨：《常砺集》，山东人民出版社，1983，第 2—3 页。

朱屺瞻致苏晨信札及信封　1984 年 9 月 1 日

拓一开。实寄封上书："本市大沙头四马路花城出版社，苏晨同志启"，所用信封上印有"深圳展览馆"字样[1]。由此可知，此次朱屺瞻来广州，并未与苏晨会晤，但曾在广州寄信给苏晨（疑为展览请柬）。

第八通书于十六开横格朱丝栏信笺，钢笔横写，书文曰：

苏晨同志大鉴：

敬启者，顷接尊著《野石子集》，专函道谢，并颂秋安！

朱屺瞻上，九月一日。

信封上书"广州大沙头四马路花城出版社，苏晨同志收，上海巨鹿路 820/12 朱寄"，信封背面贴邮资十分的邮票，邮戳

1　《广东崇正 2016 年秋季拍卖会·古逸清芬（信札·古籍·善本）》，924 号，广东崇正拍卖有限公司，2016。

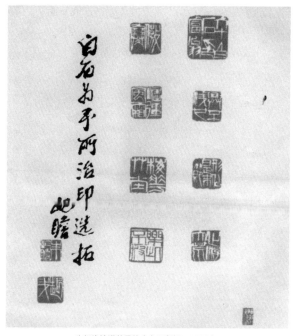

朱屺瞻钤赠苏晨的齐白石印拓　1983 年

时间为 1984 年 9 月 1 日，则此信的书写时间当为同一天。《野石子集》亦为苏晨新出的散文集，由河南人民出版社于 1984 年 7 月出版。

苏晨将朱屺瞻的八通来信按时序装在塑料书夹中，最末还附了一页彩色打印的印拓，以电脑字体注明："朱屺瞻与齐白石的七十六方印章"，但实际只有八方，分别为白文方印"六十白石印富翁""兴不浅也""形似是末节""心游大荒""傲寒""倔强风霜""梅花草堂"和朱文方印"乐此不疲"。左侧为朱屺瞻题识"白石为予所治印选拓，屺瞻"，钤白文印"朱屺瞻""起哉"。据苏晨的《印章的风景》记载，该印拓系 1983 年 6 月赴济南出差，途经上海拜访朱屺瞻，在其寓所，由朱屺瞻在齐白石为其刻制的七十六方印中挑出八方拓出，题字，其后再挑出齐白石为其所刻姓名和别号印，一共十方[1]。

在 2020 年梓行的苏晨新著《遐荒集》中，苏晨还有一篇《"六十白石印富翁"朱屺瞻》，便是以齐白石所刻印文为题记述朱氏与印章相关的往事[2]。此文虽然与《印章的风景》的记述大同小异，但此时已年届九十有一的苏晨仍然对此印拓记忆犹新，足见其印象之深。此时，离两人的通信时间已有近四十年，而朱屺瞻已经辞世二十四年。白云苍狗，令人不胜唏嘘，很多往事已成云烟过眼，唯有这些雕刻着时光痕迹的寸缣短札，记录着一段流年往事，为后世留下不被尘封的印记。

（原载《书法》2021 年第 8 期总第 383 期）

1　苏晨：《印章的风景》，岭南美术出版社，2010，第 62—65 页。
2　苏晨：《遐荒集》，新华出版社，2020，第 147—155 页。

荐举中的书评与艺评

从梁伯誉的推荐信谈起

梁伯誉（1903—1979），一名梁伯舆，号龙溪居士，广东顺德人，自幼从族伯梁育侬习花鸟，于民国十六年（1927）入广东"国画研究会"，从李凤公习人物仕女，随李瑶屏（1883—1937）画山水。记得笔者在 2006 年参与策划"守望传统：广东国画研究会·一九二三至一九三七年"时，搜集到一份民国十七年（1928）的"国画研究会"《会员一览表》，上列 181 人，其中第 138 名即"梁伯舆"。因该展览作品来自香港中文大学文物馆和广东省博物馆，而两馆均无梁伯誉画作，故其时并无机会见其绘画面貌。后来反而在广州、香港两地的拍卖行和展览会中，经常见其作品，对其绘画风格有所了解。他是一个长于山水和花鸟的传统画家，兼擅人物。其山水融南派与北派于一炉，从"四王"而上溯到马远、范宽，借古开新，颇见深厚的画学功底，时人称其"积数十年之学力与经验，深悟取古人之技巧，而供自己运用，故为画不为蹊径所拘，力求其变"[1]，是很有道理的。

1　郑春霆：《岭南近代画人传略》，香港广雅社，1987，第 161 页。

梁伯誉推荐信信封

梁伯誉长期客居香港，以开馆授徒为业，故从学者众，影响遍及海内外。在其弟子中，黄硕瑜与笔者最熟。黄硕瑜本为广东台山人，寓居香港，后移居加拿大，在加拿大开设嘉华画廊。二十世纪七八十年代以来，与国内外诸多艺术家如赵少昂、李可染、程十发、李苦禅、赖少其、苏庚春等均有交往。九十年代后期，黄硕瑜回到广州，在越秀区的北京路重开嘉华画廊。我们经常在画廊的书房喝茶论道，谈论广州、香港和加拿大的艺术状态。在画廊中，我也经常见到他和其师梁伯誉的合影照片或梁伯誉为其画作题跋的资料。再后来，我北上供职后，交游便明显少了，但通过微信等方式交流则多了。近日在整理前几年黄硕瑜割爱的一批信札中，见到梁伯誉的一通推荐信，遂又勾起了对这种状态的怀念，并由此而追溯至梁伯誉其人其艺。

推荐信为四页，以毛笔竖书在小十六开信笺上，信笺为抬头印有"梁伯誉画室用笺"字样的专用笺。信封亦为专用信封，印有红色字体的详细地址，并有"梁缄"二字，上用毛笔书"荐书，黄锡儒仁弟执存"。信封并无邮票及邮戳痕迹，封口处亦无粘贴之痕，故应当为直接交付或托人转交。推荐信书文曰：

荐书

敬启者：

　　本人为旅居香港的老画家，专研中国山水及花鸟画，历五十年，并设立私人画院教授国画为职业，历年以来，从余学画之学生甚众。兹为我的学生黄锡儒作下列之推荐。

　　他由一九六一年起至一九六八年止，跟余学画长达七载，成绩达到高度水准。余认定他是我最优秀学生之一,一九六八年秋季开始,其已具有资格开设私人画苑招生教画。一九七一年及一九七三年,其曾在香港大会堂展览厅开过两次个人画展。其中有些作品以香港及九龙郊外风光做题材,运用中国绘画实地写生的技法,写出清新创意之作品,有卓越的表现,令到(场)观众感到惊异和赞美。我对他的成就也感无限欣慰。

一九七五年,黄锡儒移民到加拿大多伦多,首先开设画廊。一方面把其本人作品介绍于世,并接受当地艺术团体邀请,做过多次公开示范表演,获得好评,且对当地艺术风气有推助的贡献。又从他今年初为多伦多珠城酒楼绘写几幅四尺乘八尺的巨画,其中之一为题名"飞瀑奇观",另一幅是"寒林积雪",均以当地的尼加拉瀑布及雪地做背景,用国画写实技巧而成,画面雄伟,笔法构图,都创新意,余极称评。假如他能遍游加国各地风光,写出各处胜景,余相信其潜质更有优良的表现。

最后,如果他能得到当地有关艺术机构给他的提名角逐或助奖扶持,余相信他对艺术将来的贡献,更必多所发扬的。故乐于为之推荐。

香港中国画家,梁伯誉。一九七七年十二月十二日。

钤朱文圆印"梁"和白文方印"伯誉"。被推荐者黄锡儒即为黄硕瑜。此信一度藏于黄硕瑜斋中,故推测此信并未真正发挥其"推荐"功能,或黄硕瑜索求推荐信只是以备不时之需,而后来以开画廊和画画为业、事业较为畅达的黄硕瑜,显然并未遇到这样的"不时"。

和一般推荐信不同的是,梁伯誉所拟此信既有对黄硕瑜艺术传承的记述,也有对其艺术的评介,更有对其艺术历程详尽的介绍,言之有物,有理有据,读起来饶有趣味。梁伯誉写此信时年已七十有五,且体弱多病,在此情况下,仍然字斟句酌,敬啓者，本人為旅居香港的老畫家，專研中國山水及花鳥畫歷五十年，並設立私人畫院教授園畫為職業，歷年以來從事教學之學生甚眾，茲為我的學生黃錫儒作下列之推薦。

他由一九六一年起至一九六八年止，跟余學畫長達八載，成績達到高度水準，余認定他是我最優秀學生之一。一九六八年秋季開始，其元具有資開設私人畫苑招生教畫。一九七一年及一九七三年，其曾在香港大會堂展覽廳開過兩次個人畫展，其中有些作品以香港及九龍郊外風光做題材，運用中國繪畫寫生地的技法，寫出清新創意之作品，有卓越的表現，令到觀眾感到驚異和讚美，我對他的成就也感到無限的慰。

一九七三年黃錫儒移民到加拿大多倫多，首先開設畫廊，一方面把其本人作品介紹於世，並接受當地藝術團體邀請，作過多次公開示範表演，獲得好評，且對當地藝術風氣有推動的貢獻。又從他令年初為多倫多寫畫幅四呎乘八呎的巨畫，其中之一高題名「飛瀑奔瀉」，另一幅是「寒林積雪」，巧以雪地做背景，圍國畫寫實技巧而成，畫面雄偉，筆法精鍊，都創新意，余極稱許。假我他能遍遊祖國各地風光，寫出各雲臜景，余相信其將覽更有優良的表現。

最後如果他能得到貴地有關藝術的提名而選或或助獎扶持，余相信他對藝術構造他的貢獻，更必多，聽善提的故業於為，誠於荐。

香港中國畫家　梁伯譽　[印]

一九七七年十二月十二

梁伯誉推荐信　1977年12月12日

一丝不苟,显示出对晚辈的提携与关爱。此信洋洋洒洒五百余言,其端整秀逸的小行楷, 一如其稳健而洒脱的画风, 是传统学术滋养下阐幽发微的结晶。

由于梁伯誉长期活跃于香港, 中国主流学术圈和美术界对其人其艺并不了解, 其作品流播也不广。就笔者阅历所及, 仅广东顺德博物馆藏其《踏雪寻梅图》《秋晚归犊图》和《花鸟四屏》。至于书法作品, 则不多见。记得笔者在 2003 年编撰《广东传世书迹知见录》时, 曾著录其三件书作, 一为香港艺术馆藏其书于 1947 年的《行书七言联》, 另外两件为香港翰墨轩所藏作于 1952 年的《行书七言联》和无年款的《行书七言诗》[1],可惜只见其目而未见其图。时隔十多年后, 今得以摩挲欣赏其手泽, 零距离领略其运笔轨迹及老辣劲练的笔触, 亦算是有眼福了。

(原载《书法》2021 年第 4 期总第 379 期)

1　朱万章编著《广东传世书迹知见录》,第 290 页。

金针度人师徒缘

谢稚柳致梁纪信札

谢稚柳（1910—1997）为书画鉴定家和书画家。在其弟子中，有两个来自广东，均以画花鸟见长，兼擅山水，一为吴灏，一为梁纪（1926—2017）。长期以来，谢稚柳与弟子均有多通信札往来，其中与吴灏的通信，大部分已于《谢稚柳书信集》中刊出 [1]，而其致梁纪的信札，则鲜为人知。

和已刊布的致吴灏信札一样，谢稚柳致梁纪的信札大抵包括行迹、交游、画艺探讨及生活琐事等。因其系非正式面对公众的文书，故与其常见的文章或论著不一样的是，这些信札更富有生活情趣，亦更具可读性。写信者往往随心所欲，无拘无碍，尽情地袒露心迹，可有效地作为平常所见正式材料的完善和补充，在笔者获见的一通写于 1985 年 12 月 16 日的信札中即可看出端倪。

该信札凡两页，所用为印有红色"郑州市黄河游览区黄河碑林"字体的牛皮纸信封，上以毛笔书："广州德政中路红胜坊

1　谢定伟编《谢稚柳书信集》，上海书画出版社，2013。

1985 年，谢稚柳在广州留影，左起·苏庚春、谢稚柳、吴南生、梁纪

20 号，梁纪同志收，上海乌鲁木齐南路 176 号 51 室谢稚柳寄"，其地址和姓名盖住了信封的印刷字体。信封右上角贴两张邮资为八分的邮票，邮戳显示时间为 1985 年 12 月 16 日。信笺为印有谢稚柳梅花图的花笺，上书"壮暮堂"三字。信札书文曰：

纪弟：

上半年自美回后，即去山东避暑，又去合肥举行画展，又去北京参加故宫纪念会，至十月始回上海，而鉴定组近期又已开始。老、忙、懒、忘，此四字我都兼而有之，可笑可笑。见赠山鹧，尚未致谢。此鸟已长大，须做一大笼子，正在定制，尚未制就，故鸟尾都坏了。日来忙于要搬家，大致要有一星期，可以搬过去。地址我一时记不清，搬好后告弟也。如有事来信，可寄上海博物馆我收。顷以搬家理物，发现弟七月寄来水仙，此时我正在山东，不能及时回信。水仙二幅寄还。水仙花瓣之根处（近花心处），可用嫩绿，再稍加深，如此使花瓣显得有凹凸，亦使画面有精神也。弟近想不忙否？顺致冬祺！

　　　　　　　　　　　　　　　　　稚柳上，十二月十六日。

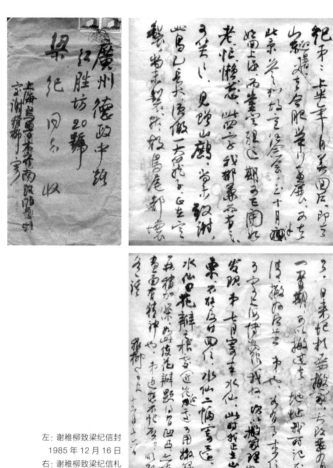

左：谢稚柳致梁纪信封
1985年12月16日
右：谢稚柳致梁纪信札
1985年12月16日

　　信中提及的1985年上半年以来的行迹，在郑重的《谢稚柳系年录》中有详细记载：5月，谢稚柳和徐邦达、杨仁恺、杨伯达四人应美国纽约大都会博物馆邀请，赴美国参加"文字与图像：中国的诗、书、画"国际学术研讨会并访问美国收藏中国书画的重要博物馆，后再考察加拿大的博物馆，于6月9日经由日本回国，并于7月22日乘船赴山东青岛，往石岛避暑。随后于

9月30日到合肥参加"谢稚柳陈佩秋书画展"开幕仪式，复于10月10日到北京故宫博物院参加六十五周年纪念活动。[1]信中言及"鉴定组近期又已开始"，是年10月21日，中国古代书画鉴定组又开始在上海博物馆鉴定藏画。信中谈到的搬家，则是指谢稚柳举家由上海的乌鲁木齐南路迁居到巨鹿路，谢稚柳因此而将居室命为"巨鹿园"。郑重的《谢稚柳系年录》记载搬家是本年的一月，但从此信内容及信封手书地址"乌鲁木齐南路"看，应当是在十二月，故或可补订该书之误记。

值得关注的是，在此信中，谢稚柳特别向弟子讲授了水仙的画法："水仙花瓣之根处（近花心处），可用嫩绿，再稍加深，如此使花瓣显得有凹凸，亦使画面有精神。"显然，这是示人以门径，金针度人。无独有偶，1975年8月3日，谢稚柳在致另一个弟子吴灏的信札中也谈及水仙画法的问题："美美初作便如此至可喜，有一点必须相告者，画册上某种情况恐已不真；如水仙，中间之花盏，应为黄色，后花蒂应为绿色，原本上皆不如此，则不必照其原样临也，水仙用蓝色，太过矣。弟以为何如？"信中，"美美"是指吴灏的女公子吴美美，擅画花卉，以宋代院体花卉为模范，工整秀逸，颇得谢稚柳嘉许。两信中的画水仙之法，亦可谓谢稚柳的画学心得。在谢稚柳传世绘画中，笔者所见有五六件画水仙之作，且大致有两类，一类为白描或水墨，一类为赋色小写意。前者以干笔焦墨所绘，运笔双钩，或水墨晕染，颇有郑所南遗韵，这类作品多成于早年；后者则以深绿兼水墨画茎，花瓣及花蕊处如两信所言：以嫩绿点染花瓣之根处，花蕊为黄色，后花蒂为绿色。画面的颜色以绿、黄和白为主色调，丰富多彩，艳而不俗，反而给人以清新淡雅之感。这类画多成

1　郑重:《谢稚柳系年录（增补本）》，上海书店出版社，2009，第236—247页。

于晚年。谢稚柳并有《水仙》诗曰："凌寒讶许梅兄瘦，矾弟临风碧可怜。蓬莱弱水三千里，不托微波亦是仙。"[1] 可见其对水仙及其画水仙是情有所寄，因而运之于笔下，自能得心应手。因此对梁纪、吴灏等弟子的训勉也就真正能做到发乎情而运于笔。在梁纪、吴灏等人的画作中，经常在不经意中流露出谢稚柳的笔意，显然，这是和谢稚柳的言传身教及梁、吴二人亲炙其中而浸淫尤深分不开的。尤其在水仙的画法方面，在梁纪少有的数件水仙画作中，都能清晰地寻找到谢稚柳的笔墨痕迹。

有趣的是，信中还提及梁纪向其师寄赠"山鹧"之事。谢稚柳、梁纪师徒对花鸟画都是情有独钟，梁纪遥寄鹧鸪，既是以资老师把玩、遣兴，更是提供写生佳物。在谢稚柳晚年所绘的小写意花鸟画中，经常可见一只鹧鸪或栖息在松枝、或伫立于梅干、或徜徉于竹丛、或俯视于树梢、或蹲伏于荷茎、或独立于山石、或昂首于花枝……各尽其趣，栩栩欲活，这会不会就是梁纪的"见赠"之功，使其师由写生而写意，从而变化万端，曲尽其妙呢？

（原载《书法》2021年第2期）

1　甘学军编《谢稚柳诗画选集》，文物出版社，2005，第19页。

画家与学者的交集

黎雄才致陈中凡

　　黎雄才（1910—2001）是"岭南画派"创始人高剑父的高足，属"岭南画派"第二代传人，以画山水、松树见长，是二十世纪卓有所成的名画家。陈中凡（1888—1982）是二十世纪有名的文学史家、诗人，著有《中国文学批评史》《汉魏六朝文学》《古书读校法》《清晖集》等。两人分属二十世纪艺术与学术之翘楚，在二十世纪四十年代有过短暂的交集。

　　1944 年，黎雄才在成都举办画展，翌年二月，陈中凡在四川撰写了《一年来成都所见的画展》一义，对一年来在成都所观摩西画和国画展作了点评，所涉及的艺术家包括吴作人、秦威、韩乐然、商子中、李有行、丁风也、张大千、关山月、黎雄才、赵少昂、赵望云、杨乡生等。其中关于黎雄才的篇幅较多："黎雄才在岭南画家中，年龄最轻，而天才最高，功力最厚。听说他十岁即从其父开始习画，十四五岁入广州春睡画院，从高剑父游，十七八岁负笈日本，肄业东京美术学校。去年秋末去成都，不过才二十九岁，其所作山水，超脱雄秀，已足使老宿惊叹不置。如所绘《珠江细雨》《漓江春晓》《峨山栈道》《枇杷门户》《梅溪月色》《潇湘雨夜》等幅，都是神妙独绝的作品。但是人物画很少，间有一二幅，完全胎袭前人，似乎非其所长。花鸟也不能独辟蹊径。我们对于这位天才艺人，未免恭维过分，一面增加他的自信心，一面反足以阻碍他的进步。希望他更努力学习，由西南再到西北，以人物为中心，山水为背景，摆脱前代一切矩矱，再开辟出一个新天地来。"[1] 这一年黎雄才实则是三十六岁，文中说他"不过才二十九岁"有误。看得出来，陈中凡对黎雄才的山水画颇多赞誉，但对其人物画和花鸟画则颇有微词，认为还有很大的发展空间，并希望其挣脱前人的桎梏，"再开辟出一个新天地来"。显然，这是对后学的嘉勉与鼓励。在 1946 年，黎雄才还和陈中凡有过至少一次通信，据此可看出二人早期的交游情况。

黎雄才信札凡两页，书写在左下侧印有小花的花笺上。其文曰：

觉玄先生有道：

久未奉教谕，至以为念，想近法体佳胜为祝。晚于前星期被窃，所有财物已大部份失去。幸数年来所得之画稿尚存，惟画具一部分未用而放于皮箱中，已失。当此生活环境之下，实不容易恢复。尤可惜者，为各友之书画、相片和唐人写经等，其他如日记部（薄）之友朋地址杂记文件等。现虽已托各方面之友人寻查，但相信得回一部份之希望也。微现在每日只有埋头作画，不敢再想。出外跑多年而无损失，想不到回到广州会如此，言之悲慨也。匆匆不一，祝友安！

晚雄才顿首，十二月廿九日。[2]

1　原载《新艺月刊》1卷3—4期合刊，1945年3月出版，现刊于陈中凡：《清晖集》，柯夫编，书目文献出版社，1987，第279—284页。

2　吴新雷、姚柯夫、梁淑安、陈杰编纂《清晖山馆友声集》，江苏古籍出版社，2000，第534—536页。

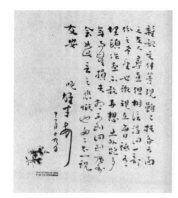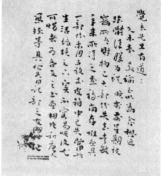

黎雄才致陈中凡信札　1947年12月29日

这一年，黎雄才已从四川回到广州。从信中可知，他在广州失窃，丢失了画具、友朋之书画和照片，以及唐人写经和日记、文件等，在《陈中凡年谱》中，也记录了此事 [1]。有意思的是，陈中凡在收到此信后，就此事向画家好友黄宾虹去函征询，委托其在上海代为查询黎雄才失窃的书画。但陈中凡的信札现在已见不到了，却留下来黄宾虹的复函。

黄宾虹信札凡两页，毛笔书写，行草书，全文曰：

斛玄先生鉴：

前奉手教，聆悉贵友遗失书画，曾向各市估关照，至今寂然无闻。此物或在他埠去销，唯精品之件，仍在本埠流通，觅之较易为力，希代转达可耳。《美术丛书》照预约留订，因近已截止，决不展期矣。专此，即颂著绥！

黄宾虹启，九月十日。

1　姚柯夫编著《陈中凡年谱》，书目文献出版社，1989，第56页。

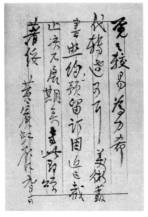

黄宾虹致陈中凡信札　9 月 10 日

此信在《清晖山馆友声集》中注明书写的时间是 1947 年。[1]
黎雄才失窃是在前一年的 12 月，经过近九月的时间，从陈中凡
致函黄宾虹，到黄宾虹"向各市估关照"，再到黄宾虹复函，从
时间上是吻合的。但不知何故，王中秀编著的《黄宾虹年谱》，
却将此信的时间定为 1929 年，称黄宾虹"覆书陈中凡，云广东
画家黎雄才所失窃之画，经查询未流入沪市"[2]，而在其后所编的
《黄宾虹文集全编·书信编》中，却又将此信的时间确定为 1930
年[3]，明显有误植之嫌。一方面，在此信中所谈到的《美术丛书》，
是由黄宾虹与邓实主编，初版于 1911 年，其后相继在 1915 年、
1928 年、1936 年和 1947 年有再版或重印版。信中言及《美术
丛书》"预约留订"，亦是和 1947 年重印相切合的。另一方面，
黎雄才在 1929 年或 1930 年年仅弱冠，正在广州春睡画院跟随

1　吴新雷、姚柯夫、梁淑安、陈杰编纂《清晖山馆友声集》，第 81—83 页。
2　王中秀编著《黄宾虹年谱》，第 238—239 页。
3　王中秀主编《黄宾虹文集全编·书信编》，第 131 页。

高剑父习画，与陈中凡尚未订交，谈何失画之举？

　　作为一个术业有专攻的文史学者，陈中凡对美术却极为关注，尤其对"岭南画派"的"二高"（高剑父、高奇峰）推崇有加。他在《题吕凤子画册》有"晕染法殊域，岭南数二高。镕铸任炉冶，新旧能并包"[1]句，在《题徐悲鸿〈大吉岭〉及〈喜马拉雅山〉图》和《题黄君璧〈峨山金顶图〉》中两次提到"当代画坛（派）推岭表，二高西法肆探讨（剑父、奇峰昆季）"。[2]黎雄才作为高剑父的弟子，也和其他"二高"的弟子们如关山月、赵少昂一样受到垂注，自然也就在情理之中了。

　　黎雄才和陈中凡的交游资料并不多。他与陈中凡的信札，即是其侧影，但他却因此而与黄宾虹有过间接的交流，这在黄宾虹信札中可见。实际上，早在二十世纪三十年代，初出茅庐的黎雄才就有作品和黄宾虹、齐白石等当时的名家耆宿一起参加国际性美术大展，如 1933 年 11 月，黎雄才有两件作品参加在德国柏林举行的中国美术展览会，此次中国第一批出品的画家有黄宾虹、齐白石、王师子、潘天寿、郑午昌、张大千、卢子枢、李凤公、高剑父、陈树人、黎雄才、方人定、苏卧农、周一峰、叶少秉等数十人；在 1934 年 7 月，黎雄才与黄宾虹、齐白石、王师子、汤定之、王震、余绍宋、刘海粟、吴湖帆、潘天寿、郑午昌、张大千、卢子枢、赵望云、滕白也、晏少翔、李凤公、高剑父、陈树人、黎雄才、方人定、苏卧农、周一峰、叶少秉、王梦白、鲍少游等一百多人的作品参加在瑞士日内瓦举办的中国画展。[3]透过黎雄才在二十世纪三四十年代的展览、信札等雪泥鸿爪，可略窥其早期艺术的形成及其艺术轨迹。

　　　　　　　　　　　（原载《艺术品》2020 年第 6 期总第 102 期）

1　陈中凡：《清晖集》，柯夫编，第 32—33 页。
2　同上，第 50、195 页。
3　王中秀主编《黄宾虹文集全编·书信编》，第 310、330 页。

三峡画风的传与承

岑学恭与蔡幹

　　岑学恭（1917—2009）是卓有所成的山水画家，原籍内蒙古绥远新城，长期寓居重庆、成都，曾任重庆美协国画组组长和四川省文史馆巴蜀诗书画研究会会长等，其绘画多以三峡为主题，描绘三峡巍峨陡峭的峡谷与奔流不息的江水，表现气势雄伟的山河景象，故有"岑三峡"之称，有人甚至将其和弟子们形成的画派称之为"三峡画派"，出版有《巴山蜀水》和《岑学恭国画选》等。蔡幹，原名蔡国幹，别署梁河、长铸山人，祖籍广西，1944年出生于广东番禺，早年曾跟随广东"国画研究会"代表画家卢子枢习画，后游于岑学恭门下，擅画山水，兼擅荷花、鱼虾，其山水师法岑学恭，画风一脉相承。

　　蔡幹经常到吾师苏庚春犁春居中请益，由于此因缘，大约在二十世纪九十年代中期，我与其相识。甫一订交，便为其画风所讶异。作为一个土生土长的广东人，其画风竟然全无粤人的秀美与甜熟，画面充溢着一股浑厚苍茫之气。一了解，才知道他一度追随岑学恭，耳濡目染，浸淫尤深。近年我北上供职后，与蔡幹交往渐疏，但无时不关注其绘画状态。前年返穗，我们在其位于天河立交附近的画室重聚，品茗论道，乐何如之。未几，我们一起合作画了两幅葫芦，一幅我画葫芦，他补浓叶；一幅他画葫芦，我补浓叶。两人各藏一幅，以志鸿爪。临别时，他拿出岑学恭的两封信札相赠，说存于彼处易失，在我处或可于学术研究有裨益。回到北京后，我将信札夹在书中，时间一久，便淡忘了。庚子大疫，蜗居家中凡两月，遂翻出一些书刊聊以度日，未曾想两通信札因此而重见天日。

说是两通信札，实则只是一通半。一通为完整的信札，另一通则掐头去尾，只剩中间一页，据蔡干讲，其他几页均不慎丢失了。第一封信写于 2002 年 11 月 12 日，书写在小十六开信笺，绿格竖排，印有"岑氏专用信笺"字样，为钢笔竖写，书文曰：

> 国斡：
>
> 　　好久未通信了，念念。你寄来的糖我打开盒子才发现你的红帖子，知道孩子结婚嘉礼，没有准备写一幅字，不知道名字称呼，望你把孩子和她爱人的名字、结婚年月日一并告诉我。今年冬天是暖冬，成都在 20℃ 左右，广州更要热些。你在画画吗？有什么活动？盼来信。今随函寄上杂志一本、画报一张，是最新出的，杨初老可好？请代向他问好！专此向您全家祝贺孩子的嘉礼并问好。
>
> 　　岑学恭手上，二〇〇二·十一·十二。

钤朱文方印"岑"。信中提及的杨初为广州画家，擅画人物。据蔡干回忆，他最早与岑学恭相识，便和时任广州中国画会副会长的杨初和黄志坚有关。1986 年，因重庆、成都和广州三地联合举办画展，蔡干便随杨、黄先到重庆，经一位姓徐的部长介绍，在成都认识了岑学恭。蔡干在成都青羊宫参观画展后还专程登门拜访了岑学恭，晤谈之下，甚是投缘，岑学恭送了一幅山水画给蔡。自此之后，蔡由此执弟子礼。1989 年 8 月，蔡

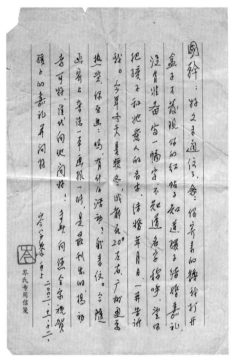

岑学恭致蔡幹信札　2002 年 11 月 12 日

幹在所在单位办理了停薪留职去了四川，在成都一个叫八里庄的地方住下来，每月开支四十五元。当时，早上坐车去岑学恭家，跟随其习画，中午就在家吃面条。大概平均每年回广州一次，这样断断续续地学画，一直持续到 1993 年左右。

　　第二封信只有一页，左上角标注序号"3"，既无上款也无署款。此信亦书写在"岑氏专用信笺"上。从序号可知，前面尚有两页，后面则至少还有一页或更多。其书文曰：

　　　……们称他为"巴山蜀水"。举办这次展览，除了祝贺的意义，第二是藉（借）此机会把四川风光介绍给马来西亚的朋

岑学恭致蔡幹信札（残） 时间不详

友们。第三是以文化交流的形式向马来西亚、吉隆坡爱好绘画的朋友们请教，请朋友们欣赏和指教。

在此更为感谢的是马来西亚政府的鼎力支持，隆重的为我们举办这次画展，我们特别感谢展览会主持人——尊敬的刘贤镇部长，尊敬的中国驻马来西亚钱锦昌大使，特别……

此信不完整，没有显示时间，但从信中提及的内容，可推知确切时间：一是提及在马来西亚举办展览事，查岑学恭艺术活动历程，他在1995年与罗其鑫、岑小麟在马来西亚吉隆坡联合举办"巴山蜀水·三人联合画展"；二是查中国驻马来西亚大使钱锦昌履职的时间是 1994 年 1 月至 1999 年 1 月，这与岑学恭参加的三人展时间是吻合的，故信中提及的展览事，当就是指三人的联合展览，因而推测出此信的确切时间为 1995 年。信中谈及的"刘贤镇部长"，全名叫丹斯里·刘贤镇，曾任马来西亚科学、工艺及环境部长。

据蔡斡介绍，他和岑学恭之间的鸿雁传书非常频繁，每年春节前，他都会寄一些广州的应节糖果、点心之类的给岑师，而岑师收到后都会及时回信答谢。到了 2009 年后，就再也没有收到过回信，甚至有一年还收到邮局退回的包裹。他有一种不祥的预感，便委托我打听情况，才知道岑学恭已于 2009 年 7 月仙逝，令人黯然。岑学恭致蔡斡的诸多信件，因为搬家或其他原因，现在大多已找不着了。仅存的一通半信札，一为祝贺女儿嘉礼及问候近况，一为分享域外展览喜事，均饱含老师对爱徒的关爱与重视。文人古风，于兹可见。

在蔡斡的画室，我曾见过一件由蔡斡创作、岑学恭题词的山水画。岑氏题跋曰："风帆出三峡，国斡画，学恭题"，钤朱文椭圆印"锦绣河山"、朱文方印"岑氏"和白文方印"岑学恭印"。画中，壁立的山峰在云海中若隐若现，一片孤帆出没于波涛汹涌的峡谷。无论艺术造型，还是意境，都能看到为师的影子。岑氏特意在此画上捉笔题识，亦算是对蔡斡传其画风的最好嘉许了。

（原载《艺术品》2020 年第 4 期总第 100 期）

岑学恭题蔡幹《风帆出三峡图》

竹刻名家的手泽

徐孝穆致宋良璧短札

徐孝穆（1916—1998）是二十世纪卓有建树的雕刻家和篆刻家。他是江苏吴江人，系南社诗人柳亚子的外甥，长于刻竹、刻砚及刻茶壶等，兼擅篆刻与绘画。因其供职于上海博物馆，基于同行的关系，再加上在雕刻方面的突出成就，与重要书画家及各大博物馆同仁均有交往。在笔者曾服务的广东省博物馆，书画鉴定家苏庚春和陶瓷鉴定家宋良璧（1929—2015）也与其保持密切的关系。在一通徐孝穆致宋良璧的短札中，便可看出此点。

宋良璧为河南西平人。自广东省博物馆创建之初，他便在该馆从事文物保管、征集、展览及其他相关工作，算是文博界的元老了。他曾在广东省博物馆保管部主任的任上工作多年，在笔者1992年入职该馆时，他虽然已经退食，但却未休，几乎每天都坚持回来上班，直到年近八十的时候仍然如此，是一个将毕生兴趣和精力都奉献给文博工作的老行尊。他的专研特长为陶瓷鉴定，兼擅青铜、玉器杂项的鉴别，编有《广东省博物馆藏陶瓷选》，著有《古陶瓷研究论集》等。

徐孝穆致宋良璧信札仅一页，书写在十六开专用信笺上，

笺上印有红色行草书"孝穆用笺"字样。信札为钢笔竖书：

良璧同志您好！

我的书，现居然出版了。五本书已由邮局寄上，请查收！并复！拖了很长时间，非常抱歉！现我住的地方新华书店尚有货，倘需要，希来信，原来我准备出版刻竹、刻砚及刻茶壶的，

因为他们现在都讲经济效益，不敢出版，只好随他以后再说了。至于我刻的竹、砚、壶等，现在都要卖数千元一件，我曾有价捐献给南博及辽宁省博物馆，不知你馆需要收藏？亦可捐（有价）几件给您们的，希回信。最近南方日报社建馆七十周年，我也给他们刻了一件竹刻给他们。专此即颂大安！

徐孝穆，23/5

因信封丢失，无法确认邮戳时间，且作者未署年款，只能从信的内容推知其时间。查徐孝穆生前梓行的论著或图录，主要有 1965 年由上海博物馆印行的《装裱书画材料的防霉实验》和 1988 年上海书店出版的《徐孝穆刻竹》。从上下文看，信中所指出版的新书当指后者，据此可知此信的大致时间应为此年。再由信中谈及南方日报社建社（徐孝穆误为"建馆"）七十周年，按南方日报于 1949 年 10 月创刊，建社七十周年则为 1989 年。在此之前的 1988 年应邀为其刻竹以祝贺七十华诞是吻合的，故可与前述时间相互印证，确定此信的书写时间为 1988 年 5 月 23 日。

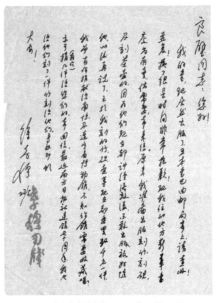

徐孝穆致宋良璧信札　1988年5月23日

　　早在二十世纪四十年代，徐孝穆已经在艺术界崭露头角。1947年编辑出版的美术年鉴对他有过这样的描述："擅长国画、竹刻。氏生平孜孜好学，宏博深邃，癖金石，擅竹刻。卒业上海新华艺专，名列前茅，专心致志好古敏求，二十年如一日，虽至繁剧，亦不辍。每有作品，备供社会欣赏，辄皆争藏。天性倜傥，酷嗜音乐，精研中西乐曲，每谱数曲，喧传一时，盖其禀赋春和之气，活泼啸傲，不觉随时流露也。"[1]在该年鉴中，还选刊了徐孝穆的竹刻两件。据此可知，时年三十有二的徐孝穆在上海滩已经小有名气，不仅擅长刻竹，还擅国画，精通中西乐曲，可谓多才多艺。鼎革后，徐孝穆一直从事其雕刻事业。

1　王康昌等编《中国美术年鉴·1947》，第110页。

但由于历次政治运动，文化并未受到重视，竹刻艺术类出版更是滞后，因此，待其已经七十三岁才出版其一生的心血——《徐孝穆刻竹》，因而颇感意外和惊喜，故在信的开始便用了"我的书，现居然出版了"这样感喟的语句。该书由郭沫若题写书名，扉页中何香凝题楷书"孝穆刻竹"，封面配一幅徐孝穆的刻竹，并有谢稚柳题："李约瑟博士清赏，胡道静持赠，徐孝穆刻，稚柳为之图"。封面作品是徐孝穆应科技史学家胡道静邀请，为英国生物学家和科技史学家李约瑟雕刻的竹臂搁（该臂搁现藏英国伦敦图书馆）。从书名题字及配图看，可谓极一时之盛，足见徐孝穆在当时的影响力。但令人唏嘘的是，徐孝穆拟将刻竹、刻砚及刻茶壶出版成一个系列的想法，在那

徐孝穆刻竹
选自《中国美术年鉴·1947》

个追求"经济效益"且出版资源极度贫乏的年代，自然未能遂愿。可喜的是，在徐孝穆身后，《刻划始信天有功：徐孝穆竹刻艺术作品集》（2016）和《徐孝穆竹刻艺术拓片集》（2019）等相继付之梨枣，这对他来说，不啻是偿还了一个迟到的心愿。

信中可知，徐孝穆的雕刻作品被南京博物院和辽宁省博物馆等各大重要博物馆收藏。此外，在浙江宁波的天一阁博物馆

徐孝穆刻砚盒　广东省博物馆藏

也收藏有他的刻梅竹竹扇骨。他还打算向宋良璧供职的广东省博物馆"有价"捐献其刻竹、刻砚或刻茶壶等，因不见宋良璧的复函，无法确知宋良璧及馆方对此事的态度。查该馆文物档案资料，并无徐孝穆捐献作品的记录，但却收藏了一件徐孝穆刻的端砚。该端砚的砚盒上刻有翠竹一丛，有"大石画，孝穆刻，壬寅二月"字样。"大石"即画家唐云，擅画花鸟山水，与徐孝穆交善。"壬寅"为 1962 年。据查此端砚在徐孝穆写信之前已经入藏，故后来广东省博物馆并未考虑接受其"有价"捐献，或许便与已经收藏此砚有关。

徐孝穆所书虽为寸笺短札，但行笔洒脱，一如其在竹刻中行云流水的线描，遒劲而富有力度。这应是与其长期奏刀分不开的。

（原载《书法》2021 年第 11 期总第 386 期）

下编

学者、鉴定家信札

至老弥笃的信札收藏

郑逸梅与杨仁恺的书信往还

郑逸梅（1895—1992）被称为"掌故大家""报刊补白大王"，著有《艺林散叶》《书报话旧》《文苑花絮》《近代名人丛话》《艺海一勺》《人物品藻录》，于晚清民国以来艺苑、学林、报界、影坛等领域的名人掌故、轶事多所发微，影响甚巨。不仅如此，他还喜藏名人信札，从明代王守仁开始，直至当代名流，都有搜集。据其自述，他所庋藏的信札最多时有近万通，而"经十年浩劫，沦失十之八九"，最后仅剩下二三千通了。在这批信札中，正如他自己所说："收罗名人信札，而什袭珍藏者，颇不乏人，予固其中之一。"其中一部分信札便来自潘景郑所赠与，而另外一小部分，则来自友朋往来。在其生前和身后相继梓行的《郑逸梅收藏名人手札百通》和《郑逸梅友朋书札手迹》，正是其信札收藏的缩影。

郑逸梅在收藏信札方面，厚古而不薄今，即便是一些年龄比自己小很多的时人信札，只要有一定的文史或艺术价值，一律照收不误。他所收藏的这些友朋信札，大多来自公事或私交的正常往还，但有时候也忍不住写信向友朋求取信札，以达其收藏的目的，颇有一种"为赋新词强说愁"之感，极富趣味性。

郑逸梅致杨仁恺信札

近日在阅读他和书画鉴定家杨仁恺（1915—2008）的鸿雁传书时便体验到这一点。郑逸梅比杨仁恺年长二十岁，按理应属长辈，但在其致杨仁恺的书札中，却有屈尊之意，全然没有长者的架子。其书札全文曰：

仁恺先生：

别久思深，想彼此有同情也。昨承王运天同道转来尊贻大著一巨册，拜读之下，莫名倾佩。盖化数十年之力成此一书，殊非易易。而在出版界出书难能得问世也，且书价高，盛情分赠，凡此种种，皆可喜可感也。特此申谢。

弟近来右腕僵木，书不成字。春蚓秋蛇，幸恕草率。闲来却喜收罗今昔贤彦尺牍，藉（借）以解闷。未知先生能赐一手札，俾得珍庋否？请用毛笔作传统式，繁体字、直行、不加标点。纸奉上，信手为之，不求工整，聊留纪念而已。惟有渎清神，甚为惶恐。匆此敬颂著绥！

九七叟郑逸梅上言，上海长春路 160 弄 1 号，20006。

信中谈及的王运天，为原上海博物馆书画研究与文献专家，曾从王蘧常游。笔者于 2019 年在广州参加马国权遗著《章草字典》首发活动时与其相识，时有往还。经微信询问，信中所言"大著一巨册"，当为《国宝沉浮录》。此书是杨仁恺就清宫散轶书画做的一次较为完整的梳理与研究，于清宫流散书画的研究居功至伟。此书于 1991 年由上海人民美术出版社首次出版，后陆续在辽海出版社、上海古籍出版社再版，影响甚巨。郑逸梅得到的赠书，当为 1991 年的初版。郑逸梅在信中明确提出希望杨仁恺能"赐一手札"，并随信寄去信笺，注明写信的格式为繁体、直行，这也正符合郑逸梅在《尺牍丛话》中所提出对当代名人信札的收藏理念："与其当代名流，毋宁十年前之先辈。盖所谓名流，多用钢笔洋纸，以趋时尚，不若先辈之拈毫拂素，行间字里，饶有古香古色也。"郑逸梅提出这些近乎苛刻的"要求"，显然是在刻意追求一种"古香古色"。

郑逸梅致杨仁恺的信札凡两页，书写在印有"上海市普陀区教育学院"字样的十六开公文信纸上，信笺底端印有该学院的地址及电话号码。值得玩味的是，郑逸梅在《尺牍丛话》中曾对这种古风渐逝的现象颇有微词："书札上印有某公司某机关字样，及电话号数者，最为恶俗。朋好遗书，有以上字样等者，予辄将周框裁去，然后留存，似较雅致。"在郑逸梅自己所书的信札中，不仅印有"某公司某机关字样，及电话号数者"，还用"钢笔洋纸"、横写，种种被其定为"恶俗"者几乎占全了，可见其在信札书写方面"宽于律己，严以待人"的可爱之处。实际上，在其收藏的时人来函中，这类形式的信札似乎并不鲜见，如赵景深的印有"北新书局用笺"、冒效鲁的印有"深圳新沪电器实业公司"、应野平的印有"上海大学美术学院"、顾也鲁的印有"上海电影制片厂"、周汝昌的印有"人民文学出版社"、林培瑞的印有"漓江饭店"，且均有"电话号数者"，却并未见其将"周

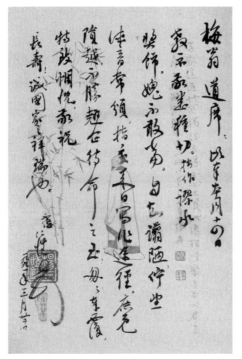

杨仁恺复郑逸梅信札　1991年12月22日

框裁去"，足见其理论和实践确乎有一定距离的。

杨仁恺收到郑逸梅来信后，很快便回了信：

梅翁道席：

　　顷奉本月十四日教示，敬悉种切。拙作谬承奖饰，愧不敢当。自知谫陋，仁望德音常颁，指示来日写作途径，庶免陨越，不胜翘企待命之至，匆匆奉覆，特致悃忱。敬祝长寿，诚国家之祥瑞也。

　　　　不佞仁恺顿首，一九九一年十二月廿二日。

钤白文方印"杨仁恺玺"。信笺为小十六开花笺，上印有张大千所绘王子猷赏竹的画面，题"子猷迳造竹所，独往自胜，不必七贤六逸相呼聚，方为此君重也。己卯七月醉游，饮中写小册一页，大千居士张爰"，钤白文方印"张季"和朱文方印"大千居士"，另有朱文随形印"荣宝斋制"。花笺上张大千之画作于1939年。

杨仁恺的复函，除"不加标点"未按郑逸梅提示所做外，其余均按要求交了一份合格的"作业"。郑逸梅的信札并未署年款，从杨仁恺信札年款及内容可知，郑逸梅来函当书于1991年12月14日。时年郑逸梅九十有七，而杨仁恺七十七岁。郑逸梅在写此信之后不到一年时间，即以九十八岁高龄遽归道山。郑逸梅少壮时即酷爱信札收藏，其间历经天灾与人祸，物换星移，浮生若梦，接近期颐之年尚有如此的文人清趣，亦算是超越年龄界限的痴迷，至老而弥笃了。韦力在其《著砚楼清人书札题记笺释》中谈到郑逸梅以九旬而获赠七十五岁的潘景郑所藏信札，颇有感喟："二老以此等高龄，尚有如此替前人保留文献之心，其境界当已远超出常人收藏之意，臻入化境，不再受年龄、物我之围，而改朝换代，烟云散尽之后，老来尚有如此清友翰墨往来，亦令人深羡。"今观郑逸梅与杨仁恺往还信札，确乎当可同怀视之。

（原载《文汇报》2020年6月7日第8版）

叶恭绰与胡根天交游考

以信札和日记为中心

      叶恭绰（1881—1968）和胡根天（1892—1985）都是广东籍学者、书画家和文物鉴藏者。1949 年以后，叶恭绰长期活动于北京，1951 年 7 月被聘为中央文史研究馆副馆长，1955 年任北京画院院长[1]，而胡根天的主要活动则在广州。胡根天早年任广州市立美术学校校长，后历任广州博物馆馆长、广州市文史研究馆馆长、中国美术家协会广东分会副主席等，长于油画、中国画、书法及诗词，著有《胡根天文集》[2]，出版有《胡根天作品集》[3] 等。

      由于工作关系及对文物尤其是广东乡邦文物的研究与喜好，两人有书信往来，互相探讨请益。在现存的文献资料中，最早关于两人交集的记录是胡根天于 1953 年 10 月 22 日所写的日记[4]：

1   中央文史研究馆编《中央文史研究馆馆员传略》，中华书局，2001，第 5 页。

2   广州市文史研究馆编《胡根天文集》，广州市文史研究馆，2002。

3   广州美术馆编《胡根天作品集》，广州美术馆、开平美术馆，1993；广州市书法家协会编《胡根天作品集》，岭南美术出版社，2011。

4   承蒙胡根天后人胡宇清惠示未刊日记稿，在此深谢！

胡根天

　　上午，总结在京参观四间博物馆所得经验，分别优点和缺点以及结合广州博物馆今后的做法，并准备明日到社管局谈话——先打电话约定第二处王处长。

　　下午到东安市场买书。

　　晚，郑可来旅馆同往灯草胡同32号参访叶恭绰，谈话。此老对广东文化事业开展颇关心并及北京美术工艺情况，并谈及毛主席、周总理对于掌握文化艺术政策非常正确，但一般工作同志则较不了解，以至发生偏差。又谈及周总理重视国画，曾向徐悲鸿提意见。因徐主持中央美术学院，没有国画部门，认为国画老师难找，学生也难招。周表示应该国画部门政府可给国画学生出路。谈了二个钟头才走。叶托调查"平英团"史迹。

在此之前的 1950 年 9 月，广州人民政府筹建"广州人民博物馆"（1954 年 4 月 4 日更名为"广州博物馆"），馆址设于广州镇海楼东侧的仲元图书馆，胡根天则被广州市人民政府任命为广州人民博物馆首任馆长。而在 1951 年 8 月，华南土特产展览交流大会筹备委员会成立，广州市市长朱光任主任委员，下设美术工作委员会，欧阳山任主任委员，胡根天、黄新波等任副主任委员 [1]。因此，这次北京之行参观拜访，胡根天是以博物馆馆长和美术工作副主任委员的双重身份去的。他在参访叶恭绰时，自然也就谈到了两个话题：一是关于广东文化事业的发展问题，一是关于美术工作情况。尤为珍贵的是，日记中谈到周恩来关于中央美术学院开设国画专业的话题。看得出来，此时的叶恭绰与中央最高层保持着极为密切的关系，"毛主席、周总理对于掌握文化艺术政策非常正确"。后来，于 1955 年创设北京画院，并由叶恭绰任首任院长，也就顺理成章了。日记中谈到"叶托调查'平英团'史迹"，"平英团"乃成立于广州的一个反英组织，时间大致在 1840 年鸦片战争以后。据此可见，胡根天北京之行访叶恭绰，并非单向行为，叶恭绰也有托胡根天了解广州方面史料的意向。这一年，叶恭绰七十三岁，胡根天六十二岁。

在北京之行的第二年（即 1954），胡根天在 5 月 21 日的日记中有这样的记录：

> 函叶恭绰，广州博转向地志性，请指示有关：一、古代百越民族的生活情况及文化成就；二、秦汉以来中原文化对岭南的影响；三、海外交通和中外文化交流的关系。这三项的研究

---

1 吴瑾：《胡根天先生年谱述要》，载广州市书法家协会编《胡根天作品集》，岭南美术出版社，2011，第 211—212 页。

胡根天日记　1954年5月21日

资料或照片如尚保存，请送或借一份广州镇海楼收藏。见唐《王涣墓志铭》，北京开全国出土文物展，广州也送出一批参加展览，有什么意见。广东美展在八月举行完毕送京参加全国美展。

现在已无从找到胡根天致叶恭绰信札，但从此日记中大致可知其内容。幸运的是，在胡根天后人手中，找到了叶恭绰的回函。复函凡五页，以毛笔书写在十六开大小的宣纸上，信封上书"广州市五层楼广州人民博物馆胡根天馆长，北京灯草胡同卅二号，叶"，邮戳漫漶。现将信札释读如次：

前月惠书，正拟奉复，以冗累中止。旋又不适，至今恐劳盼望，故先复数行。承示地志博物馆要点三，皆极正确，与我向所主张不约而同。粤之先代为百越之一，远承楚的文化，而楚文化又为殷商文化之继承者，近今似已成定论。至秦汉以用兵关系所带来的文化和三国六朝以迄唐代政治军事、谪宦流寓所带来的文化已为后起。至外国文化的输入，每以闽、广为中站，亦狠（很）显然的，但必须有人证、物证方合论理。故文物的研究最为必要，以前外人的记载往往多所偏激，且不能毋串，然前一概抹煞，更失线索，故国内外的图籍当不能偏废。同时，现有之居民习俗以及中土文物亦至重要，兹有计画（计划）的发掘，仍属要图。因偶然的发见，每不得要领，且将周围伴随情况失于记录，以致无法推证，乃一大损失。若有计画（计划）去做，当不至此。依目前穗垣情况，就已发见之古墓来推度，似尚可找出墓葬的区域，何妨试一寻求，俟文物较多再求结论。目下穗垣的回民、蜑户似为极好的资料，不过须善为探索方得要领耳。又卢循是晋宋间一个紧要人物，其根据地似在今之河南卢岗，是当时一大族（即所谓卢亭人）。卢循乃与刘裕争天下的（如项羽与刘邦），其事迹值得查考。

陈寅恪先生的历史学通博无者，最好你去就近请教他，必有巨益。以前中大、岭大方面的专家仍有存者，如岑仲勉、岑家梧等，亦不妨时约座谈，广资思益。我精神困散，记性顿衰，深愧无以酬明，问至铜壶滴漏拓本，已遭火毁，闻罗原觉有之（其人居港，但毫无政治关系，仅在彼谋生耳，我不知其通信处，或者冼玉清知之），不妨一询也。《王涣墓志》不知可否寄一拓本与我，以便研究。依墓葬习惯，墓志必在棺之前尺许的左方，因此推测其墓亦必在附近耳。闻百花冢已遭平毁，且有人议为不应保存，大约杭州之修苏小墓、苏州之修贞娘墓、成都之修薛涛井，他们皆无所闻，难道此系中央政策耶？可叹！又王兴骨灰必宜特建一冢，望积极从事为要。我意即在观音山择地为之更好，应新立一碑，以见人民政府之注意忠烈（忠者非忠君之谓），所费当不巨也。

匆复即颂时祉！根天同志。

叶恭绰上，六月廿八。

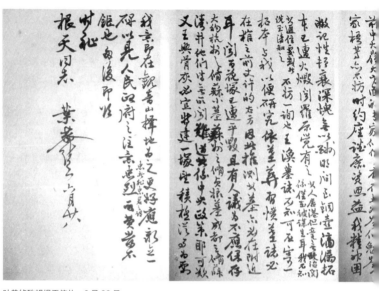

叶恭绰致胡根天信札　6月28日

　　信札并无年款，信封上的邮戳也显示不清晰，但庆幸的是，胡根天日记中说寄给叶恭绰的信札是 1954 年 5 月 21 日，而叶恭绰在 6 月 28 日的回函中说"前月惠书"，时间上是相吻合的。从内容上看，叶恭绰信札中所言"承示地志博物馆要点三"，在胡根天日记中也有详细说明，可与信札相互印证，故也是对得上的，由此可推证出叶恭绰致胡根天信札当书于 1954 年 6 月 28 日。

　　叶恭绰信札中谈到的数人，都是当时岭南地区有名的学者。陈寅恪和岑仲勉是著名的历史学家，均任教于中山大学历史系，都对隋唐史有独到的研究。陈寅恪著有《隋唐制度渊源略论稿》《唐代政治史述论稿》《元白诗笺证稿》，而岑仲勉著有《隋唐史》和《元和姓纂四校记》。岑家梧历任中山大学、岭南大学和中南民族学院教授，致力于历史学和民族学研究，著有《图腾艺术史》

《西南民族文化论丛》等。冼玉清历任岭南大学和中山大学教授、广东省文史研究馆副馆长，从事历史学和艺术史研究，著有《岭南掌故录》《广东丛帖叙录》《广东女子艺文考》等，叶恭绰为其写有《题冼玉清自绘〈海山蹢躅〉卷（图中乃杜鹃花，别名蹢躅，义取双关，寄其羁抱云）》《为冼玉清题黄晦闻遗札》《冼玉清自澳门枉诗见存，且商行止，赋此答之》《冼玉清教授〈琅玕馆修史图〉》《霓裳中序第一（题冼玉清女士〈旧京春色〉图卷）》和《百字令（为冼玉清题所藏邝湛若玛瑙小冠，上有明福洞主四字）》等诗词。[1]罗原觉为文物鉴藏家、学者，从事书画、碑帖和金石研究，长期寓居香港，与冼玉清、叶恭绰等交善，叶恭绰有《为

1　叶恭绰:《叶恭绰全集（下）》，王卫星整理，凤凰出版社，2019，第1290、1296、1298、1372、1430页。

罗原觉题梅花岭史道邻墓图咏卷》诗[1]，而广东省博物馆藏有冼玉清致罗原觉的信札一通，故叶恭绰在信中请胡根天向冼玉清打听其通信处是很有道理的。

叶恭绰在信札中，除回应胡根天的"地志博物馆要点三"之外，重点谈及和广东地方文献、文物相关的《王涣墓志》、百花冢和王兴骨灰之事。

《王涣墓志》全称《唐故清海军节度掌书记太原王府君墓志铭》，1954年5月在广州越秀山镇海楼后出土，现存广州博物馆碑廊。该墓志由卢光济撰文，无书者名款，楷书。[2]王涣，生于唐宣宗大中十三年（859），卒于唐昭宗天复元年（901），授考功郎中，兼御史中丞，充任掌书记之职随徐彦若南下，以疾卒于金利镇，以天祐三年（906）葬于广州镇海楼后，即现今之广州博物馆后侧。岑仲勉曾有《从王涣墓志解决了晚唐史一两个问题》，称志文可解决晚唐史载之误[3]，具有较高的文献价值。笔者亦在《现存岭南唐刻叙录》中著录此墓志[4]，乃岭南地区唐刻之较稀有者。叶恭绰致胡根天信札之时，此墓志刚刚出土一个月，且在北京的全国出土文物展中展出，因而受到叶氏的关注。叶恭绰在信札推测的王涣"其墓亦必在附近耳"，经征询广州博物馆相关人士及查阅资料，最终并未发现此墓，或年久毁坏，仅存墓志。

百花冢为明末广州名妓张二乔之墓，位于广州白云山麓梅花坳。张乔，生于明万历四十三年（1615）三月十六日，卒于崇祯六年（1633）七月廿五日，字乔婧，因每吟唐人"铜雀春

1　叶恭绰：《叶恭绰全集（下）》，王卫星整理，第1270页。

2　伍庆禄、陈鸿钧：《广东金石图志》，线装书局，2015，第61—63页。

3　岑仲勉：《从王涣墓志解决了晚唐史一两个问题》，载《历史研究》1957年第9期。

4　朱万章：《现存岭南唐刻叙录》，载朱万章《岭南金石书法论丛》，文化艺术出版社，2001，第20—34页。

深"之句，遂自名"二乔"，又名张丽人。先本吴籍，其母入粤生乔，随母沦为歌妓，与南园诗社诸子交厚。惜早逝，年仅十九，其友彭孟阳等葬于广州白云山麓梅花坳，当时名士各为诗一首，植花一本于墓旁，号为"百花冢"。笔者曾撰有《"百花冢"碑刻考》述及此[1]，而叶恭绰则很早就已关注到百花冢及其碑刻拓本，他在1940年填写了词牌《百花冢》来吟唱[2]。后来在《张二乔百花冢墓志原刻拓本跋》中说："近日冢失所在，碑亦无存，拓本且不易得。"[3]叶恭绰尚有《题张二乔墓台石拓本》《明代张二乔生日，粤人士为作纪念，漫赋》和《浣溪纱（旧历四月十六日，为明末张二乔女士生日，同人以名香花果祀之。方壶并歌余所制〈百花冢〉曲为寿。先期由邓昙殊绘象（像）供养，因为题此。呜呼！何世何年，此物此志，古愁今恨，能不依依？乔倩有灵，当与同感）》等诗词咏及百花冢[4]，可见其对这一具有重要文化涵义的历史遗迹极为关注。在叶恭绰的书画藏品中，有一件《南园诸子送黎美周北上诗卷》，便是和张二乔、彭孟阳等人相关的乡邦文物。该作品后来捐赠给了广州美术馆（今广州艺术博物院）。

"王兴骨灰"中的王兴乃明末抗清将领，号电辉，福建人，生于明万历四十三年（1615），卒于清顺治十六年（1659）。叶恭绰在写此信之前的三月写有《明末王兴抗敌殉难墓志拓本跋（附原文）》，称1952年11月在广州河南南箕村王兴墓并掘得装有骨灰之巨缸，"缸中骨灰累累，视志文乃知将军合家遗烬，旋载致镇海楼藏焉"[5]。

1　载朱万章：《岭南金石书法论丛》，第35—43页。
2　叶恭绰：《遐庵谈艺录》，香港太平书局，1961，第139—140页。
3　叶恭绰：《矩园余墨》，辽宁教育出版社，1997，第45页。
4　叶恭绰：《叶恭绰全集（下）》，王卫星整理，第1382、1392、1432页。
5　叶恭绰：《矩园余墨》，第15—17页。

1954 年 8 月 10 日，胡根天在日记中谈到对叶恭绰复函的回应：

> 函叶恭绰，广东文化发展千百年来，士大夫视为化外，既有记载，亦乏系统甚至观点乖谬，欲钩沉稽古，整理研究，大非易事……古墓发掘上半年已有八十余座，出土器物不少为前所未见。今后广州将建设为工业生产城市，今年要完成四十六万五千平方公尺面积基建工作，预料兴工动土，古物出土必多有助于地方史研究。卢循遗迹尚无新发现，在封建时代以叛逆论律，言真相乃成为今日之谜。尊处有较翔实资料否？王兴遗骨，暂厝博物馆，当与文管会同志商建冢安葬。现寄上墓志拓本一份。又去年以王山叟等笔名为《大公报》编《岭南今古录》，曾收至简至简写录入，亦剪寄二纸请正。《王涣墓志》，俟文管会工作同志稍有暇拓印奉寄。百花冢闻已尽毁，是否重修未闻也。广州古建筑急于修理者为光孝寺与南海神庙，但修费大，能得中央重视方易着手耳。晚最近已辞博职，专负责市文史馆（陈馆长较少到）。

叶恭绰在信中谈及"王兴骨灰必宜特建一冢"，胡根天则告知已"暂厝博物馆，当与文管会同志商建冢安葬"。今据广州博物馆原馆长程存洁先生告知，王兴墓葬后来重新选址在越秀山山麓，靠近现在的解放北路以太广场附近的山路边。叶恭绰所建议的在"观音山"择地新建，观音山即在越秀山，基本按照叶恭绰的建议而建。至于"百花冢"，据笔者了解，广州市白云区龙洞小学原教师郭纪勇先生在广州沙河梅花园军区第四招待所内发现此墓旧迹。在该所礼堂前的一块天然花岗岩右侧顶上，斜刻着每字约十厘米见方的隶书"百花冢"三字，左旁竖刻小字三行，只辨认出首行中有正楷"山张"二字。广东省博物馆

胡根天日记　1954 年 8 月 10 日

所藏拓本"百花冢"三字，正与此石刻该相吻合，但此墓则早已平毁无存了。

叶恭绰在信中谈及"铜壶滴漏拓本"之铜壶滴漏，原藏于广州博物馆，后于 1959 年由广东省博物馆拨交给中国历史博物馆（今中国国家博物馆）。在中国国家博物馆馆藏文物档案中记录了来源，并这样描述："此件是我国目前所知时代最古基本完整的一件铜壶滴漏，看到日壶上铭文所刻监铸官员，表明当时铸制非常隆重。"该文物的时代为元代，被定为一级文物。

胡根天任广州博物馆馆长一直到 1954 年 8 月，其后一度担任广州文史研究馆馆长，因此他在给叶恭绰的回函中谈到"晚最近已辞博职，专负责市文史馆"。在此之后，两人的交游似乎便没有任何文字记录，或从此便戛然而止。由此不难看出，叶恭绰和胡根天的交集完全是基于职务行为。耐人寻味的是，两人都擅长诗词，都在自己的诗词中和友人有投赠酬和之作，唯独均未找到对方的名字。可见，两人应该并无传统意义上的文人私交。就现有的资料表明，除了日记和信札外，几乎看不到两人交游的痕迹。惟其如此，以胡根天日记和叶恭绰信札为中心的两人交游的考订，也就显得尤为重要。对于分居京、粤两地的两个文物、绘画界的文化名人，他们之间已接近尘封的活动轨迹，因新发现的日记和信札，使得他们艺术历程变得更为丰富，艺术形象亦更为丰满了。

（原载《叶恭绰研究》第二辑，广西师范大学出版社 2021 年 11 月出版）

考古、书画鉴藏与地域文化

从叶恭绰致容庚信札谈起

　　叶恭绰（1881—1968）和容庚（1894—1983）有很多相似之处。

　　第一，年龄相近（叶恭绰长容庚十三岁），均有家学渊源，且出身名门：叶恭绰祖父叶衍兰既是学者，也是书画家，编绘有《清代学者象传》，侄子叶公超为外交家与学者，著有《中国古代文化生活》《英国文学中之社会原动力》；容庚祖父容鹤龄为同治二年（1863）进士，外祖父邓蓉镜为同治十年（1871）进士，著有《续国朝先正事略》《知止堂随笔》《诵芬堂诗文稿》，舅邓尔雅为书画篆刻家与学者，叔父容祖椿为画家，弟容肇祖为哲学史家、民俗学家和民间文艺学家，妹容媛为民俗学家，辑有《秦汉石刻题跋辑录》。

　　第二，两人都是广东人，均曾寓居北京：叶恭绰为番禺人，出生在北京，曾居于香港、上海等地，晚年任北京画院院长、中央文史研究馆副馆长，在北京终老；容庚为东莞人，曾为燕京大学教授，晚年为中山大学教授。

　　第三，两人既是学者，又是书画家：叶恭绰专研经史典籍与艺文考据，著有《遐庵谈艺录》《遐庵汇稿》《矩园余墨》等，长于书法，擅画墨竹，出版有《遐庵书画集》《叶恭绰书画集》《叶恭绰书法集》等；容庚专研金石考据与古文字学，著有《金石学》《古石刻零拾》《商周彝器通考》《颂斋述林》等，还长于书法，擅画山水，出版有《容庚书法集》。

第四，两人既雅好书画，又富收藏，叶恭绰编著有《遐庵清秘录》，容庚编著有《颂斋书画录》《丛帖目》《颂斋书画小记》等。重要的是，两人在南来北往的交游中，因有同好，多有交集。他们有共同的朋友圈，曾一起参与青铜彝器、书画鉴藏方面的活动。

笔者近日得观叶恭绰信札一批共十三通十九页（广东省立中山图书馆藏），均不见刊于叶恭绰和容庚的相关文献中。这批信札中致容庚者有十二通，致考古学社同人一通，附录地砖拓本一件。所涉内容较为广泛，解读这批信札，大致可略窥两人的交游、鉴藏、学术与艺术活动。

叶恭绰与容庚订交的最早时间，现在已无从查考。但在容庚的日记中，至晚在1926年，两人便有交集。在这一年的7月12日，容庚在记录结算《金文编》的数目时，便提到赠送叶遇虎一部。[1]"叶遇虎"即叶恭绰，这一年叶恭绰四十六岁，容庚三十三岁。在叶恭绰致容庚的这批信札中，明确有纪年的有一通，写于民国二十五年（1936）4月23日，其他的虽然没有年款，但从书信的内容基本可推断出，大多书于1936年至1937年间。书信所涉内容极为广泛，既有关于考古学社、《考古》社刊、《书画鉴》、青铜彝器收藏及乡邦文物、文献等，也有关于人事的纷争、时事的侧影以及交游琐事等。现择其要者，略述以下三个方面。

1　容庚：《容庚北平日记》，夏和顺整理，中华书局，2019，第116页。

叶恭绰像　摄于 1919 年　　　　　　容庚像　摄于 1975 年

一、考古学社和《考古》社刊

考古学社是 1934 年在北京成立的民间学术团体。据容庚《考古学社之成立及愿望》和《颂斋自订年谱》记载，这一年的 6 月，容庚、商承祚、徐中舒、顾廷龙、邵子风、董作宾、王辰、郑师许、周一良、张荫麟、容肇祖、孙海波 12 人发起成立了金石学会，广泛征求会员。9 月 1 日在北平召开成立大会，到会者有三十五人。大会将团体名称改为考古学社，投票选举容庚、刘节、唐兰、徐中舒和魏建功五人为执行委员，负责修订社章，编辑社刊，社刊定于 12 月出版。[1]

叶恭绰虽然不是考古学社的发起人，但却是重要的社员和赞助人。在《考古学社第二期社员名续录》中记载："叶恭绰，

叶恭绰致考古学社同人信札　1936 年　广东省立中山图书馆藏

号玉甫，又号遐庵，广东番禺人，年五十六岁。通讯处：上海海格路七九九街二号，著有《遐庵汇稿》。"[1] 在致容庚的信札中，叶恭绰多次言及考古学社及《考古》社刊之事。在 1936 年 4 月 22 日，叶恭绰致容庚的信札末附了一通致考古学社同人的信，全文如次：

> 考古学社同人大鉴：
>
> 奉示以修改社章，猥属绰长社务，绰学殖荒落，虽于考古具感兴趣，而实未能极深研，几讵足主持一切？猥承谬举，只

1　《考古学社第二期社员名续录》，载《考古》社刊 1936 年第 1 期，第 355 页。

有从诸公之后，勉行服务。绰近恒居沪，如有在沪应办事项，当勉劳也。专复祈颂公绥。

叶恭绰敬启，廿五，四，廿二。

从信的内容看，叶恭绰是对考古学社同人提议其做社长建议的婉拒。信中提及的"修改社章"，见刊于《考古》社刊1936年第1期，注明"民国二十五年四月修正"，并在"社务纪要"第三条中刊出："执行委员会提名推举社员叶恭绰先生为本社社长，于此次餐会时票选。未能。"[1]这与叶恭绰信札所言是相吻合的。

叶恭绰虽然谢绝了出任社长的邀约，但在考古学社各项事务中一直担当着重要的角色，尤其是在《考古》社刊印刷费捉襟见肘的情况下，他不仅出谋划策，更身体力行，在自身经济状况"超过预算"的困境下，仍慷然解囊相助。他在致容庚的信札中写道："廿八日大函及《考古》弟（第）五期均收悉，弟（第）六期印费无着，极思念，不知以前各期印费能否收回若干，可资挹注否？弟去年一年支出超过预算甚巨，诸须搏节，弟（第）六期印费拟担壹佰元，余者如何筹画（划）希示。鄙意多招些社员特捐，似亦一法。柯燕舲处能否劝其捐款，如须弟出名致函，请列弟名可也（渠本邮部旧人，但无深切关系，不过既系同道考古，不妨一劝耳）。"信中提及的"柯燕舲"即史学家柯昌泗，山东胶县（今山东胶州市）人，为史学家柯劭忞子，曾为北京大学、北京师范大学教授。在另一封致容庚的信中也提到捐资《考古》社刊印刷之事：

---

1 《社务纪要》，载《考古》社刊1936年第1期，第367页。

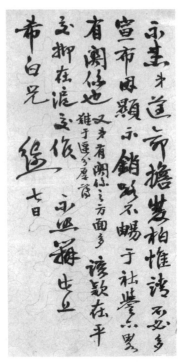

叶恭绰致容庚信札　广东省立中山图书馆藏

　　示悉，弟遵命担发柏，惟请不必多宣布，因显示销路不畅，于社誉亦略有关系也（又弟有关系之方面多难于区分厚薄）。该款在平交，抑在沪交，俟示照办。

　　其拳拳护刊之心，于兹可见。在信札中，叶恭绰还向容庚提出了用庚子赔款来筹划考古学社和《考古》社刊之事：

　　弟提议于英庚款年拨二十万元，以十万办考古、保存等用，以十万购公债生息。五年后，每年可得息金五万余元耳，不待国库而能总续持久，以办些少事，进行两月仅得通过年拨十万元，以三年为期,定组一委员会,主持其事,将来实际收获不知如何。弟平生屡仿开荒牛(粤语),而至老不悔。此度提案,恐亦等于开荒牛,不过仍冀任何人有所收获,勿糟挞此款耳。兄于此有何高见,尚盼示知。附上原提案一分,藉备参考,现专此祈委员会组成方说得到进行也。

在 1936 年 8 月,中英庚款董事会组织补助保存国内固有文化史迹古物委员会推举叶恭绰为主任委员[1],他所提出的以英国庚子赔款及组成以监管委员会来共度时艰的建议,或与此推举有关。但他的建议在其他的文献或报刊中并无涉及。或许此建议并不现实,最终未被采纳实行。事实上,到 1937 年,时局已经发生了很大变化,举国上下,已经放不下一张安静的书桌,政府自然也就无暇他顾了。

考古学社从民国二十三年(1934)创立,到民国二十六年(1937)停办,维持了将近四年的时间。关于停办的原因,众说纷纭,但学术界比较认可的原因还是因为 1937 年"七七事变"的爆发,中国进入全面抗战。[2] 这在叶恭绰的信中,已显出端倪:"师许近因其祖母在乡,病重,飘然而去,或亦有危邦之惧,其实今日何地不危耶?社事诸赖鼎力。有何需,弟处随时直揍见示可也(上海海格路卫乐园二号)。""师许"即郑师许,与容庚为乡友,又是考古学社的骨干,他因探母"飘然而去",叶恭绰已表现出对考古学社的隐忧。如果说在该信中叶恭绰只是对"今日何地不危"的时局和郑师许的离去担忧的话,在另一封致容庚的信中就明确表现出对郑氏的不满:

---

1 俞诚之编《叶遐庵先生年谱》,文海出版社,1966,第 352 页。
2 刘嵘鸿:《器物学还是考古学:考古学社的学术诉求》,载《华南师范大学学报(社会科学版)》2014 年第 3 期,第 143 页。

师许近应襄勤大学之席，扬长而去，意避沪险，不知旅此诸人皆为如何办法（匿租界而称志士，已属可耻，并且租界可匿而惧，不敢留，除非入地洞耳）。学人心理，由此可彰也。渠既南归，不知社事有人在沪办者否？愚平生最不赞成人之轻语寡信，绰烂污（沪语），故于师许之去，对社中在沪有无经手未了殊悬事也？再寄社章，望寄三二十分，因介绍入会，须先将会章示人也。

"襄勤大学"即广东省立勷勤大学，创办于 1933 年，校址在广州。在叶恭绰看来，郑师许从上海南下广东，受聘于勷勤大学，固然有返乡归根之意，但实际上是"避沪险"，逃离上海，是懦夫行为，使得考古学社在上海的社务大受影响，因而是"轻语寡信"之人，令人痛恨的。因此他要求容庚再给他寄社章时，一定要多寄二三十份，以便向新社员重申本社的章程。

当然，作为一个挚爱考古的学者，叶恭绰也成为以容庚为主事者的《考古》社刊的重要约稿对象。容庚日记在 1936 年 6 月 10 日记录曰："早授课。叶恭绰寄《考古》稿来，即为标点。"[1]《考古》社刊第 4 期刊载了叶恭绰的文章《碛砂延圣院小志》，容庚日记所言"寄《考古》稿来"，当为此文。该文长达五十五页，在叶氏著述中属鸿篇巨制，可见叶氏用力之深。由于叶恭绰这段时间居沪上，先后于 1935 年 3 月被推举为上海博物馆临时董事会长，于 1936 年 2 月发起创建子民美育研究院等[2]，参与江苏、浙江等地的文献展览会及上海地区的展览、佛教等活动，疲于应付，"缘事冗兼往来京、沪、苏间，极少暇也"，因而也就无法应约作文，故在致容庚的信中提及此点："承询拙作，弟

1　容庚：《容庚北平日记》，夏和顺整理，第 463 页。
2　杨雨瑶：《叶恭绰先生艺文年谱（下）》，载《艺术工作》2019 年第 2 期，第 65 页。

近日文字稀少，缘杂务太多，不能从心思考，又不愿草率刊出供人指摘，故且藏拙，俟觉得好题目及研究资料时当做一二篇也。"叶恭绰不完全是自谦与托词，他还在信中专门以小一号字体向容庚详细陈述了自己的工作状态："此间庶务、文书、会计，一切均由自理，终日疲困，非不知用人，实难得适当者。力又不能养士，故精力已感不给，每年殆有三百日医疗中。"叶恭绰时年五十六岁，竟然有"三百日医疗中"，足见其公务繁忙，身体状态欠佳。因此遍查考古学社所印行之六期《考古》社刊，叶恭绰仅有一篇文章。除叶氏自谦（藏拙）和庶务繁忙外，他在致容庚的另一信札中还专门言及对治学的态度："弟年来虽深感治学之需要，但颇畏与浮夸疏率者为缘，故宁闭门自修，但余光炳烛，不胜独学无友之感。久承挚爱，兼凤佩精勤，直谅迥异俗流。前者师许言及，因亟以得附同鉴为喜。至大处着眼，小处着手，尤合鄙怀。一切随时见教可也。"故其深研考古的文章日少。不过这段时间，叶恭绰关于书画、青铜彝器、玉石等诸多方面研究、题跋的短文却不少，散见于书画跋尾或文集中，在其《遐庵谈艺录》中便有不少文章写于这一时期。有趣的是，在容庚日记中，也记录着叶恭绰向容庚约稿：1931 年 5 月 25 日载"赵斐云言，叶恭绰请我作《〈毛公鼎〉考释》，稿费由二百元至五百元，允之"，在随后的 5 月 26、27、28 日，容庚都有"作《〈毛公鼎〉考释》"的记录。[1] 这种互为推举、相互揄扬的学术交往成为容、叶两人交游的重要方式。

需要说明的是，在 1933 年 5 月 14 日，叶恭绰曾以发起人身份参加中国考古会成立大会，被推为常务理事，该会参加者有王济原、刘海粟、张凤、卫聚贤、滕固、关百益、顾燮光等。[2]

---

1 容庚：《容庚北平日记》，夏和顺整理，第 237—238 页。
2 杨雨瑶：《叶恭绰先生艺文年谱（上）》，载《艺术工作》2019 年第 1 期，第 83 页。

此会与"考古学社"名称相近,但实则是两个完全不同的学术社团。

二、关于《书画鉴》

《书画鉴》是容庚编辑出版的系列书画图录,从张伯英的序言中可知其编撰的初衷:"容君希白作《书画鉴》合谱,录传记收藏而一","古无影照之法,记载虽甚详明笔妙,重难寓目,附以摄影,得失不复可掩"[1]。容庚自己也说,"合谱录、收藏、传记三者于一书,名曰《书画鉴》"[2],显示其编撰体例。《书画鉴》第一集和第二集分别为《颂斋书画录》和《伏庐书画录》。前者是容庚藏品,后者为陈汉第收藏,均由容庚所编。叶恭绰在信札中多次提及此书,足见其对此书关切之殷。

在叶恭绰致容庚的信中,至少有五次谈及《书画鉴》。第一次提到:

> 《书画鉴》未知何时出版印刷?图谱事弟亦有此意,惟懒散无助手,因循有年。鄙意终以大名家为急(非小名家乃大家,或有特长而名不甚著者),惟专收冷名之在野派是一办法。此事第一困难在制版(多费而难精也),不知兄是如何制法,望示。

在此信中,叶恭绰提出编辑此书的理念,收大名家或"专收冷名之在野派",这其实也是容庚和叶恭绰两人书画鉴藏的方向。尤其是容庚,因财力不济,其收藏书画基本上定位在明清时期的中小名家,所以在此《颂斋书画录》中,其书画家为邢侗、

---

1 张伯英:《书画鉴序》,载《颂斋书画录》,书画鉴第一集民国二十五年(1936)八月,考古学社印行。
2 容庚:《颂斋书画录序》,载容庚《颂斋述林》,香港翰墨轩出版有限公司,1994,第533页。

叶恭绰致容庚信札　纸本　广东省立中山图书馆藏

董其昌、张穆、今释、今无、陈善、金农、翁方纲、周笠、邓石如、蒋予检、陈澧、张之万、居廉、林纾及无名氏等，除董其昌外，几乎都是中小名家。即便是董其昌，其作品也是一件《草书苏轼〈赤壁辞〉卷》，也非其代表性画作。据此可知容庚的收藏取向。叫像今释、今无、陈善、蒋予检、陈澧诸家，正是叶氏所谓的"冷名之在野派"，与叶氏主张不谋而合。

第二次提及《书画鉴》：

　　《书画鉴》办法弟久有此意，并属劝庞莱臣等为之，惟总觉吾国印刷术未精，又自己不谙此道，虽以监督指导（郭世五印瓷谱，一切工作皆自己监管），故且置之。沪上印刷并不见得高过北平，其原因不在技术，而在人事太费应付之事。近颇畏惧，亦缘所管之事太杂，精神不能专注，每致两失，故因循疏漏，均所不免，以致不敢贪多耳。

"庞莱臣"即庞虚斋，近代有名的书画鉴藏家，编著有《虚斋名画录》，因其共同爱好，与叶恭绰交游颇深。郭世五为古玩家及瓷器专家，著有《瓷器概说》。此处所说的"印瓷谱"，当为 1931 年由其印行的《校注项氏历代名瓷图谱》。叶氏在此信中打算劝庞氏也效仿《书画鉴》，庞氏后来刊印有《名笔集胜》五册，收自藏古画 80 件。

第三次提及《书画鉴》：

> 损示诵悉，寄件并收《书画录》，弟亦曾有意编印，以不讲生意经，则耗费太钜，终日与市侩算账，实太苦事，故踌躇不决。最近或者先将自藏者印一册也。

此处的"《书画录》"即为《颂斋书画录》和《伏庐书画录》。据此可知，编印这样的图录，各项事务必须亲力亲为，叶氏自谓"最近或者先将自藏者印一册也"，但恐怕畏于繁琐的应酬，最终作罢。现在所能见到的叶氏书画藏品录《遐庵清秘录》也和传统的书画著录一样，只是文字描述而无摄影图录，而且直到 1961 年，众亲友为其庆祝八十大寿而印行。[1]

第四次提及《书画鉴》：

> 再尊印《书画鉴》弟（第）三册，以后如需要弟之藏物，亦可出以印行。弟只要回数十册送人可耳。若然弟拟专以佛教有关者之书画二十件上下付印，盼示再定，不过概须在沪拍照，或由弟代找人拍照亦可。

1　叶恭绰：《遐庵清秘录·遐庵谈艺录》，李军点校，上海书画出版社，2019，第 5 页。

这里提到的再印《书画鉴》第三册，后来并未付梓，而第二册即前述容庚所编的《伏庐书画录》。叶氏提出的编印"佛教有关者之书画"最终也未能实行。

第五次提到《书画鉴》：

> 《书画鉴》事并不易办，因两地寄印发行诸嫌繁琐（与各方算账尤为可怕），如能以安办之处（指印刷发行均妥当者），弟亦愿出所藏备用，不过要如我宗旨去做耳。

据此可知，叶氏也颇有提供藏品参与《书画鉴》编印事宜的愿望，但遗憾的是最终未能付之剞劂。

叶恭绰信札中五次言及的《书画鉴》，最终也只出版了《颂斋书画录》和《伏庐书画录》。不难看出，叶氏对编辑此书及印刷、发行甚为关切，这在当时来说也许是个最为棘手的问题，对书画录本身的作品遴选则较少涉及。此外，他对提供自己藏品出书的期许及宗旨亦提出了一些看法，但终究未能付诸实施。

三、乡邦文物与地域文化

在叶恭绰著述中，涉及广东乡邦文献、文物的极多，在其书画藏品中，和广东文物相关的也不少，1940年他还在香港参与组织策划了以"研究乡邦文化，发扬民族精神"为主题的"广东文物展览"，出版了《广东文物》，对广东地域文化的研究可谓居功至伟。[1]在信札中，叶恭绰谈到："袁督师《饯别图》为吾粤一好文献，不知目下是否仍在江家？弟去年收到黄晦闻所

1　《广东文物》，广东文物展览会编印，1940。

藏《黎美周北行送行卷》，中有张二乔手书一诗，与此可称双美也。"袁督师《饯别图》"即《袁崇焕督辽饯别图》，因卷首有"肤公雅奏"四字，故又称为《肤公雅奏图卷》。笔者曾撰文讨论《袁崇焕督辽饯别图》的流传经过：曾经王鹏运（半塘）、江瀚（叔海）、伦明（哲如）鉴藏，民国时期由伦明在京城将其影印成册，公诸同好。后来，此卷归马氏媚秋堂，再归澳门何贤，1958 年还收入由《大公报》编辑出版的《广东名家书画选集》。[1] 2004 年，由笔者参与策划的"广东历代书法展览"在广东美术馆举行，其时，由不愿透露姓名的澳门热心人士委托香港收藏家许礼平将此卷带往广州参展，展览结束后，由笔者经手将此卷捐赠予广东省博物馆收藏。叶氏信札中所言"是否仍在江家"，当是指江瀚（叔海）。此卷虽然未经叶恭绰收藏，但叶仍为其撰写了《明赵裕子为袁督师作肤公雅奏图跋》，对其题跋作者及题跋地点作了考订。[2] 对于此卷作品的研究，近年学术界已有不少成果发表，可资参证。[3] "《黎美周北行送行卷》"即《南园诸子送黎美周北上诗卷》，信中提及之"黄晦闻"即学者黄节，广东顺德人，著有《诗旨纂辞》《变雅》。叶恭绰在《题明末南园诸子送黎美周北上诗卷二》中提及"收此卷时，以晦闻遗族甚窘，所费至千金"[4]，正好与信札相互印证。此卷后由叶恭绰捐赠给广州市美术馆（今广州艺术博物院）。1981 年，由香港中文大学文物馆、广东省

1 朱万章：《岭南诸家题肤公雅奏图卷》，载《收藏·拍卖》2005 年第 1 期。
2 叶恭绰：《明赵裕子为袁督师作肤公雅奏图跋》，载叶恭绰《遐庵小品》，北京出版社，1997，第 146—147 页；叶恭绰：《明末粤人士送袁崇焕北上诗画卷跋》，载叶恭绰《矩园余墨》，第 143 页。
3 颜广文：《〈东莞袁崇焕督辽饯别图诗〉历史人物考述》，载《华南师范大学学报（社会科学版）》2002 年第 1 期；李若晴：《诃林饯别——〈肤公雅奏图〉考析》，载《新美术》2010 年第 6 期。
4 叶恭绰：《题明末南园诸子送黎美周北上诗卷二》，载叶恭绰《遐庵谈艺录》，香港太平书局，1961，第 15 页。

博物馆和广州美术馆联合举办"明清广东书法展"[1]，此卷作品甫一露面即引起热烈的关注与轰动。两卷被叶恭绰称为"双美"的作品，是广东乡邦文献的珍贵物证。

在叶恭绰致容庚的另一信札中，还谈及清代广东画家及岭南文献：

> 谢里甫画能生辣，故不落太仓窠臼（然不能谓胜于石鼎）。至名不出粤，则非止画家，一切学者皆然。于往者交通不便，言语又太隔阂，既罕通声色，又不善标榜，观摩启发，自亦后人名实俱逊，乃其宜也。其间特殊挺出，间有其人，亦以习俗所羁，罕露头角。丞往征乡史，恒切伤嗟。年来颇有续编《岭南遗书》之志，冀以发潜阐幽，策事颇絷难，未知能否如愿也。

[清] 谢兰生 《茶山飞瀑图》 纸本设色
116×43.5 厘米 广东省博物馆藏

---

1 广东省博物馆、广州市美术馆、香港中文大学文物馆合办展览览专刊：《明清广东法书》，1981。

　　"谢里甫"即清代广东山水画家谢兰生，"石鼎"为另一广东山水画家黎简，两人在清代乾嘉时期的广东画坛名震一时，并称"黎谢"。记得 1993 年，笔者刚入职不久，即参与策划"黎简谢兰生书画"展览并梓行同名画集[1]，在粤港两地引起反响，足见两人在粤地影响之巨。正是这样的画家，在中国主流画史上却被忽略了，因而叶恭绰在信中发出了"至名不出粤，则非止画家，一切学者皆然"的感喟。他在《题谢里甫山水手卷跋》中也谈及此点："里甫先生画与二樵齐名，世称黎、谢，然生峭沉挚处，有时二樵且逊之。吾粤人不好标榜，故怀绝艺而名恒不显。二君虽驰名艺苑，但真赏颇稀，吾粤人之不爱家鸡，尤为怪事。"[2]"二樵"即黎简。叶恭绰将两人名不显归结于"不好标榜"和"粤人之不爱家鸡"，与信中所言相得益彰。在容庚的日记中，提及其在 1938 年 5 月 1 日，还琉璃厂贞古斋"谢兰生山水册十二元"[3]，说明容氏在此前购藏了谢兰生此画。叶恭绰此信，极有可能是容庚购得此画告知叶氏后而使其生发感叹。在容庚的《颂斋书画小记》中记载了一件谢兰生《山水册》，共十二开，当即为其在琉璃厂所购的《山水册》。容庚在书中谓："陈澧谓兰生诗超逸无俗韵，余谓于画亦然。兰生谓仇英山水从院体出，脱尽院体习气，故可与文、唐抗衡，自谓不敢学也不能学，其造诣可知矣。"[4]虽然没有和叶氏一般发出感叹，但对其画艺也是推许有加，与叶恭绰所见略同。

　　信中提及"有续编《岭南遗书》之志"，"《岭南遗书》"是由清代伍崇曜等编辑的一套大型广东地方文献丛书，共出版了六集六十一种。第一集刊于道光十一年（1831），第六集刊于同

1　《黎简谢兰生书画》，广东省博物馆、广州美术馆、香港中文大学文物馆，1993。

2　叶恭绰：《清谢里甫山水手卷跋》，载叶恭绰《矩园余墨》，第 148 页。

3　容庚：《容庚北平日记》，夏和顺整理，第 532 页。

4　容庚：《颂斋书画小记（中册）》，广东人民出版社，2000，第 573 页。

治二年（1863），收录从唐代刘轲、宋代区仕衡到明代陈献章、清代黄子高等数十家粤人论著。[1] 叶恭绰有志续编此书，足见其对乡邦文献之重视。由于物力和人力不济，很遗憾此事最终未能变成现实，因此他在致容庚的另一信札中谈起未能实行之因："《岭海遗书》[2] 无后援，不能办。此刻乃无陈济棠，奈何？哲如非办事之人，令其拟刻目及借给板本则甚好。"陈济棠为广东防城（今属广西）人，曾于二十世纪二三十年代主政广东，治粤期间，致力于广东的经济建设和文化建设，使广东得以飞跃发展。"哲如"即前述收藏家伦明，广东东莞人，曾任岭南大学教授，好藏书，其藏书楼曰"续书楼"，藏书数百万卷，著有《续书楼藏书记》《辛亥以来藏书纪事诗》《续修四库全书刍议》等。叶氏感叹没有像陈济棠一样重视文化建设的实权人物，像伦明这样的藏书家也只能提供较好的版本而也，不能令续编《岭南遗书》之事成行。

叶恭绰在 1937 年 1 月 27 日致容庚信札中有"乞附呈粤出土墓券拓本一事，敬希察入"，在信末附有墓券拓本一帧。在拓本右侧，为叶氏对墓券的释读："释文：建武元年，男，张乾买地，一丘云山之阳，东极龟坊，西极玄坛，南极岗□，北极龙溪，值钱三千贯，当日付毕，天地为证，五行为任。张乾。遐庵录。"钤朱文方印"遐庵"。在拓本左侧，则有叶恭绰详细考订："此为粤中出土物，莫楚生得之广州。华阳王叔舞曾为考证，定为晋惠帝时物，以首行'建武元年'四字依稀可辨。其干支度为甲子，适晋惠元年也。余意则首行末一字或系戌字，若然则当为齐明帝时物，以明帝亦纪元建武也（且亦为元年）。字为阳文，闻初出土尚完整，后乃剥蚀，安得初拓本一校正之？此砖现归

1　骆伟主编《广东文献综录》，中山大学出版社，2000，第 424—426 页。
2　叶恭绰原稿中写作"岭海"，二者常通用。《岭海遗书》即为后来的《岭南遗书》。

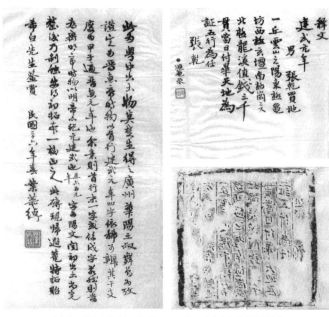

叶恭绰题赠容庚的砖拓　纸本　1937 年　广东省立中山图书馆藏

遹庵，特拓贻希白先生鉴赏，民国二十六年春叶恭绰。"钤白文
方印"叶恭绰"。"莫楚生"即莫棠，清末民初藏书家，兼藏书画、
器物，著有《文渊楼藏书目录》《铜井文房书目后编》《铜井文
房书跋》等[1]。叶氏对此砖考订尤为详实，据此可知其流传有序，
亦可见叶氏对古物专研之精深。叶恭绰对书画及青铜彝器、玉
器均有收藏，对古砖及砖拓的鉴藏并不多见，此砖拓或可有助
于认识其鉴藏之全貌。[2]

　　叶恭绰与容庚因共同的喜好，有着共同的朋友圈。在吴湖

1　郑伟章：《文献家通考》（中），卷十九，中华书局，1999，第 1098—1099 页。
2　关于叶恭绰的鉴藏，可参见郑重：《仰止亭畔收藏观止——收藏家叶恭绰》《上海文博论丛》
　　2002 年第 2 期）和童宇：《叶恭绰鉴藏研究》（香港中文大学 2016 年哲学博士论文）。

帆的 1937 年 4 月 6 日《丑簃日记》中就记载着吴湖帆与容、叶等数人一同聚会的情形："同恭甫到遐翁处饭，晤简琴石、容希白、王秋湄、江岳鸢、胡肇椿、陆丹林、陈端志及广东藏玉家陈大年等。除陈端志外皆粤人，陈、彭与余三苏人耳。"[1] "恭甫"为彭恭甫，苏州人，画家；"简琴石"为简经纶，广东番禺人，长于诗文书法篆刻，著有《甲骨集古诗联》；"王秋湄"为王薳，广东番禺人，精研金石、音韵、书法，著有《章草例》《摄堂诗选》；胡肇椿为广东南海人，考古学家，曾于二十世纪二十年代担任上海博物馆馆长，后为中山大学教授；陆丹林为广东三水人，擅书画，喜好鉴藏，著有《当代人物志》《革命史话》；"陈端志"又名陈光辉，博物学家和历史学家，著有《博物馆学通论》。在11 日的日记中，吴湖帆还记录："晚马叔平招饭于撷英西菜社，同座为叶遐庵、邓叔存、容希白、滕石渠、杨今甫及余，与主共七人。"[2] "马叔平"为马衡，曾担任故宫博物院院长，金石学家、考古学家，著有《凡将斋金石丛稿》《汉石经集存》；"邓叔存"为邓以蛰，美学家和教育家，著有《画理探微》《六法通铨》等；"滕石渠"疑为"滕若渠"，应为滕固，美术史论家，著有《中国美术小史》《唐宋绘画史》等；"杨今甫"为杨振声，教育家、作家，著有《玉君》。从两次餐聚的参与人员可知，他们都是二十世纪有名的学者或艺术家，大多活跃于北京或上海，都是容、叶两人共同的朋友。此外，1937 年由简经纶编著付梓的《甲骨集古诗联》，是由吴湖帆题写书名，叶恭绰、容庚和商承祚分别作序[3]，说明容、叶二人和吴湖帆、商承祚等学者、收藏家都是同属一个交游圈。正是因为有这样的基础，作为乡友的容、叶

1　吴湖帆：《丑簃日记》，载吴元京审订，梁颖编校《吴湖帆文稿》，中国美术学院出版社，2004，第 67 页。
2　吴湖帆：《丑簃日记》，载吴元京审订，梁颖编校《吴湖帆文稿》，第 69 页。
3　简经纶：《甲骨集古诗联》，上海商务印书馆，1937。

两人在信札中所表现出的学术谈论与胸无芥蒂也就顺理成章了。

但不无遗憾的是，现在我们所见到的只是叶恭绰致（复）容庚信札，并未见到容庚复（致）叶恭绰信札。在容庚的日记中，两次提到复（致）函叶恭绰：一次是 1936 年 3 月 27 日"复叶遐厂信"；一次是 1939 年 3 月 7 日"写信与九妹、黄仲琴、叶遐庵"[1]，但经过多方搜索，现在仍无法查到容庚的信函。这种单向的信函固然让我们无法全面了解两人的交游情况，但仍可略窥叶恭绰在考古学社、《书画鉴》及区域文化方面所扮演的角色及做出的贡献。在既往的叶恭绰研究中，所涉内容极为广泛，但唯独于以上诸方面研究极为少见。这些信札，或可补其阙如。当然，叶氏信札所涵盖的内容远不止于此，至少还包括青铜彝器等藏品交易、"尺"的鉴定与考订、寿县考古发掘等，但限于篇幅，笔者拟以另文详述。

叶恭绰作为一个精研考古与乡邦文献文物的学者，一个长于书画与彝器鉴定的收藏家，他在致容庚的信札中只是表露其学问与见识之一斑。因这批信札并未公开梓行，尚不为人所知，所以笔者不揣简陋，希冀为叶恭绰研究提供可资参证的信史。在叶恭绰研究浩如烟海的文献中，这些带有私密性质的个人通信的发现，未尝不是另一条全面了解叶恭绰治学与交游的捷径。

（原载《美术学报》2019 年第 5 期总第 116 期）

1　容庚著：《容庚北平日记》，夏和顺整理，第 454、568 页。

文献学者的书风

陈荆鸿的准章草短札

最早知道陈荆鸿（1902—1993）之名，是在阅读《张大千诗词集》时发现的一首诗《寄陈荆鸿》："平生低首陈元孝，脱口新诗众口传。十载相逢斗身健，疗饥各有笔耕田。"

这首诗在张大千诗词中并无特出之处，引起笔者注意的是编者李永翘先生做的注解："陈元孝，诗人，系作者老友。"[1] 显然，此乃大谬。"陈元孝"实乃明末清初广东诗人陈恭尹，与屈大均、梁佩兰称"岭南三家"，与陈荆鸿同为广东顺德人。陈荆鸿因崇拜此乡贤，还专门著有《独漉堂诗笺》（"独漉堂"为陈恭尹斋号），故张大千有"平生低首陈元孝"之谓。为正视听，笔者当即写了一篇小文《张大千诗赠陈荆鸿》，刊发于《美术报》[2]，后收入拙著《画里晴川》[3] 中。在写此文的当年夏天，应时任香港中文大学文物馆馆长林业强的邀请，赴该馆做主题为"明代广东绘画研究"的学术访问。在浩如烟海的香港中文大学图书馆，笔者

1　李永翘编《张大千诗词集（下）》，花城出版社，1998，第719页。

2　朱万章：《梧轩随笔（一）·张大千诗赠陈荆鸿》，载《美术报》2006年5月20日。

3　朱万章：《画里晴川》，广西师范大学出版社，2017，第130—131页。

竭力搜集着关于广东乡邦文化的文献。印象深刻的是，无论是关于广东诗词，还是广东书画，抑或史乘方志，总能与"陈荆鸿"的名字不期而遇。这时我才知道，陈荆鸿不仅是诗人，更是一个文献学家、书画家和文学史家。他著有《蕴庐文草》《艺文丛稿》《释诗学论丛》等，于近世广东诗学、文献及书画方面，居功至伟。

到了2008年，广东人民出版社沈展云先生找到笔者，说他们要为陈荆鸿编辑出版一套十卷本的"蕴庐文萃"，为增加该书的可读性，希望我能为这套书配一些书画或其他相关的图片。我很乐意做这件为文化添彩的事，遂爽快地应承了。在通读了陈荆鸿的《岭南风物与风俗传说》《岭南名人谭丛》《岭南名人遗迹》《岭南名刹祠宇》《岭南名胜记略》《岭南诗坛逸事》《岭南书画名家》《岭南艺林散叶》《岭南谪宦寓贤》和《海桑随笔》十册论著后，我对其人其学更加了解，很快就找到接近五百张包括书画、名人肖像、古籍书影、古建筑等在内的图版。由此看来，我和陈荆鸿真是有一种剪不断理还乱的隔代之缘。

有趣的是，在2016年，花鸟画家司徒乃钟拟为其父司徒奇在人民美术出版社出版一本"中国近现代名家画集"系列之"司徒奇"卷，邀请我写一篇研究司徒奇画艺的文章刊于卷首。我在当年11月15日写出了《走进司徒奇的艺术世界》一文。是年，画集付之剞劂，画展也在中国美术馆隆重举行，极一时之盛。大约在这年前后，我与司徒乃钟交往最为密切。记得有一次，他从广州来京，我们在北京的贵宾楼饭店见面寒暄。他带来了几通信札赠我，使我有如获至宝之感。我在整理这些信札时，竟赫然发现了一通陈荆鸿的信札，高兴之余，不得不说，我和陈荆鸿在冥冥中还真是缘分不浅。

信札为一页，以毛笔竖书在十六开信笺。信笺为印有浅绿色荷花绘画的花笺，上有"乙卯词社雅集用笺"字样。信札书文曰：

昭丰贤弟：

　　青及即接邮来，吾弟近作画幅三纸属为题句，今已写好，留待到取可也。苍城兄于月之二日抵港，昨经晤面，畅谈甚欢。彼谓除在今年十一月杪在此间展览其洛机山写生外，明年春三月更往马来亚举行展览云。老兴正复不浅也。此问近安！

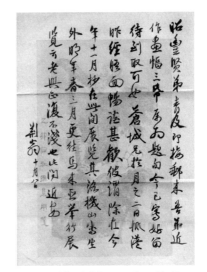

陈荆鸿致黄昭丰信札　1980 年 10 月 8 日

荆翁，十月八日。

　　信封印有"BY AIR MAIL（par avion）"和"MR.K.H.CHAN"字样，前者为国际航空专用，后者为陈荆鸿英文姓名略写，上为毛笔竖书地址姓名："台湾高雄新兴区文化路五十七之一号裕代贸易公司黄昭丰先生，港陈付"，上贴邮资为捌角、印有英国女王头像的邮票。香港邮戳显示时间为 1980 年 10 月 9 日，台北邮戳显示时间为 1980 年 10 月 10 日，台湾高雄邮戳显示时间为 1980 年 10 月 11 日。据此可知，此信的书写时间为 1980 年 10 月 8 日，时年陈荆鸿七十九岁。

　　受信人"昭丰"即黄昭丰，为司徒奇和陈荆鸿弟子，广东潮汕人，早年曾居于越南、香港，婚后移居台湾高雄（因夫人系台湾人）。据司徒乃钟告知，黄昭丰现年七十四岁左右，擅画，在诗词方面造诣较深，故人们常常以诗人视之。他撰有《苍城先生之艺术生涯》一文，主编有《司徒奇画集》。从信中内容可知，黄昭丰寄来画作三件请陈荆鸿题句，且已题妥。信中"苍城"即司徒奇，乃"岭南画派"创始人高剑父弟子，广东开平人，长期寓居加拿大和澳门，"苍城"乃其别字。司徒奇擅画花卉，兼擅人物，其弟子传其艺者甚夥。司徒奇于1961年在香港成立"苍城画会"，成员多为其入室弟子。信中所言司徒奇于11月举办画展，展览名称为"司徒奇画展会"，地点在香港大会堂，展出其在加拿大写生所绘的《洛机山雪景》《加国风景》和《北美印第安人村景》等新作。

值得一提的是，在1975年冬，陈荆鸿曾以章草手书《司徒奇画集·序》，洋洋洒洒数百言。其中，陈荆鸿赞其"沈潜国故，深研宋元明清诸家画派，采西法光阴透视之长，为古训应物象形之助，神而明之，遂益臻于气韵深纯，笔墨苍润之境矣"[1]，对其画艺推许有加，并谓其"又研习章草，得潇洒清逸之致"，这一点，恰与陈氏同好，各具其趣。此短札即介乎章草与行草之间，与《司徒奇画集·序》相得益彰。笔者在香港访学期间，在图书馆多见陈荆鸿为他人所题书笺或序跋，在街道庙宇亦常见其题匾或题字，均行笔挥洒，内敛而不失洒脱，旷逸而沉着，极具学问文章之气。今再反复展玩此短札，益觉如斯。

（原载《中华读书报》2021年9月22日第7版）

1　黄昭丰主编《司徒奇画集》，台北艺术图书公司，1994。

因书展而结翰墨缘

吴三立致苏庚春信札浅谈

　　吴三立（1897—1989）是有名的古文字学家和诗人，著有《文字形义要略》《靡骋集》《中国文字学》《辛旨近诗》《中国文字学史导论》和《吴三立诗集》等。他曾游于书法家沈尹默门下，雅擅临池，写得一手典雅的小行书。正因其在书法方面的造诣，因而与书画鉴定家苏庚春（1924—2001）结下翰墨因缘。笔者所见两通吴三立致苏庚春的信札，大致可看出两人间的交集。

　　第一通为一页，书写在十六开朱丝栏信笺上，毛笔竖写，小行书。全文曰：

　　庚春同志：

　　　　去冬在王贵忱兄家，匆匆一见，上月在东山参加关于送日书展座谈会上，始获晤谭，至慰。

　　　　书展文字，究竟写何内容？还未决定。又还有未明白的一些问题，兹定于本星期五四月二日上午八时后诣馆聆教，请稍等为荷！此致敬礼，弟三立顿首，三月卅一日。

　　　　届期如遇大雨，则顺延一天。

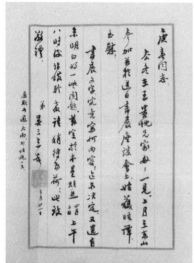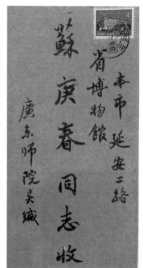

吴三立致苏庚春信札及信封　1976 年 3 月 31 日

钤白文方印"吴三立玺"。信封上书"本市延安二路，省博物馆苏庚春同志收，广东师院吴缄"，上贴邮资四分的邮票，邮戳显示时间为 1976 年 4 月，邮局地址为"石牌"。"延安二路"的名称现已不再使用，改为"文明路"，此处乃广东省博物馆旧馆地址。"广东师院"为现在的华南师范大学，其地址在广州天河区石牌，与邮戳上显示的地址是一致的。

据信中内容可知，吴三立与苏庚春相识是在 1975 年的冬天，地点在王贵忱家。王贵忱系苏庚春同事，其时供职于广东省博物馆，喜好古籍版本与钱币收藏，后调到广东省立中山图书馆工作，复回调至广东省博物馆，直至退食，出版有《可居丛稿》和《可居室藏钱币文献图录》等。信中内容所示是关于吴三立送书法参加中日书法展览之事。苏庚春虽然供职于广东省博物馆，但因其在广东书画界的影响力，被邀参与广东书法篆刻研究会（即现在的广东省书法家协会）的相关重要工作。吴三立参与的赴日书法展，查诸记载的为 1983 年为庆祝中日和平友好条约签订五周年而举办的"中日书法艺术交流展览"，当时中国入选参展书法家共一百五十人，都是当时书法界和学术界的重量级人物，广东方面参加的书法家兼学者有马国权、吴三立、麦华三、秦咢生、商承祚、黄文宽等。为此，吴三立还专门作两首《送日"书展"，为赋二诗写成横幅》以纪其盛。其一曰："诗老晁公使唐时，获交李白与王维。今观两集怀公什，千载沉吟系我思。"其二曰："东望扶桑若比邻，同文同种谊尤亲。邦交昔日曾中断，重事敦盘忽四春。"在送日"书展"中，苏庚春起到了联络与交流的作用。

第二通信札凡两页，书写在普通横格信笺上，钢笔横书。全文曰：

庚春尊兄左右：

八月杪得读大示，敬悉。对拙书加以奖饰，又称呼过谦，俱不敢承。因近数月来，冠心病加剧，既少到市，而朋辈来书多积压未复，希谅！

贵忱兄亦数月未晤，久暌书问。上月廿二日傍晚，曾枉驾见访，询及吾兄近况清嘉，至以为慰！

弟虽粤产，但曩居北京十余年，无形中颇染北方品性。对北友，易于投契。贵忱尝向弟称兄品德，故对兄心仪久矣。记七月底，曾致兄一书，于内心所欲言者微有透露，可知已。

八月间广州书展，使弟最不快者，是已得八九票之重上井冈山纯草一幅，竟被人淘汰，而展出之行书主席语录，却是次品。倘使弟七月十六日不病而仍赴会者，当为力争。盖既备员评选人之一，总不致对我自己作品之选择，都无自由也。

前日又得省文化局 1977 年元旦书法篆刻征稿通知。第三

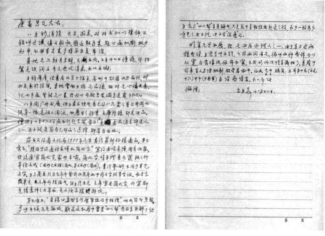

吴三立致苏庚春信札　1976年11月12日

条云："提倡写得通俗易懂和简化字。"写得通俗易懂固是必要。但说要写简化字，窃所未喻。简化字，惟有楷书可写，施之行草便不成（因行已为楷之简化，草又为行之简化）。书法艺术，不同于其它文字。弟与商君于五五年冬曾到北京参加中国文字改革会议，而文字改革，是毛主席所提倡者，但弟从未见主席写过简化字，所写都是怀素体之大草书，这又该怎样理解呢？

第三条云："来稿必要附有所属单位的介绍信。"此创前所无者。多此手续，未免麻烦。难道这和粤中审查"四人帮"党羽有关耶？但弟意与"四人帮"有关联者，只是若干有权位或新进之徒，至一般安分守己之老百姓，决不会"沾边"的。

明年元旦书展，想兄必为办理人之一，由于有上述两种戒律，弟觉有些为难，今特函询吾兄，倘此两种戒律，可以从宽，自当购纸依命书写，不然，则此次惟有藏拙了。盖鉴于前事，有人专惯挑剔，颇受委曲也。得函，乞即赐复！至本月十五（至迟十六）中午（午餐毕）当诣府请教。不一，即颂俪祺！

立弟顿首

十一月十二日。

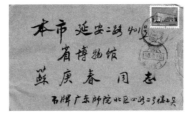

上：吴三立致苏庚春信封　1976 年 11 月 12 日
下：吴三立致苏庚春信封　时间不详

　　信封上邮戳显示时间为 1976 年 12 月 13 日，这与写信的时间刚好相差一个月，极有可能是吴氏将"十二月"误书为"十一月"。此信所写时间在上一封信之后的八个多月，也正是中国发生翻天覆地变化的一年：这一年，毛泽东去世，"文革"结束，粉碎"四人帮"……这些具有浓郁时代特色的烙印在其信中或多或少都有所体现。但他写信给苏庚春的主要目的，还是对当时书法展览提出的两个要求表现出不解与困惑：一是书写简化字，一是需要提供单位介绍信。关于书写简体字的问题，其实一直在书法界争论不休，是文字改革与书法创作的一对矛盾，这也个是一个新鲜的话题；而参展需要开具介绍信，显然还具有"文革"遗风，具有一定的政治性。

　　吴三立致苏庚春的信札，至少还有一通，但笔者只发现信封而无内容。信封文字与第一通信札同，邮戳显示时间为 1976 年 7 月 18 日，则此信的时间当在上述两通信札之间。很遗憾信笺已丢失。

　　吴三立在学术上曾师从黄节、杨树达、马叙伦、钱玄同、陈中凡等，与学者、诗人或艺术家侯过、陈树人、黄际遇、古直、陈寅恪、黎锦熙、顾颉刚、吴宓、郑师许、方孝岳、罗球、魏建功、詹安泰、高二适、陈盘、吴剑青、罗时宪、刘衡戡、陈湛铨、朱庸斋、陈寂等都有交游往还。1949 年，陈寅恪南下时，还为其写了《己丑除夕题吴辛旨诗》："人境高吟迹已陈，蒹葭墓草几回春。说诗健者今谁是，过岭南来得此人。（其一）天寒岁暮对茫茫，灰烬文章暗自伤。剩把十年心上语，短毫濡泪记沧桑。（其二）"因而吴三立在学术上的声誉，远胜于书法。通过其致苏庚春的两通信札，亦可从另一侧面了解其在学术以外的书法家形象，这对于我们从多角度来认知一个学者，不无裨益。

（原载《随笔》2021 年第 2 期总第 253 期）

信札中的书画收藏

傅大卣和黄宾虹的忘年交

　　傅大卣（1917—1994）是文物鉴定家和金石学学者，长于篆刻和传拓，著有《古砚鉴定简介》（油印本）和《傅大卣手拓印章集存》（中华书局本）等。他和书画鉴定家刘九庵、苏庚春等人一样，都是在北京琉璃厂的古玩经营中成长起来的全国文物鉴定委员会委员。

　　早在 1931 年，年仅十五岁的傅大卣便到琉璃厂跟随古光阁掌柜周希丁做学徒。周希丁的强项是金石篆刻和青铜彝器传拓（著有《石言馆印存》），而古光阁主要经营青铜器和古字画，因而傅大卣在店中学到最多的便是篆刻和青铜彝器的传拓，于青铜器和书画经营也耳熟能详。长期生活在杭州、上海等地的画家黄宾虹（1865—1955）在二十世纪三四十年代因受邀参与鉴定故宫博物院的书画，曾在一段时间内断断续续寓居京城，因其酷爱书画收藏，京城最大的古玩书画集散地——琉璃厂也就成为他经常光顾之地。在不少文献中，黄宾虹都有过到琉璃厂的众多古玩店铺鉴选或购藏书画的记录。傅大卣和黄宾虹相差五十二岁，两人本没有多少交集，但因傅大卣在古光阁经营古玩的缘故，便和主顾黄宾虹有了交游。

左：傅大卣小像
右：黄宾虹小像

　　黄宾虹经常到其店中，主要是看玺印。若对一些无力购藏者，则多加赏玩，索纸钤拓，以留印记。有时候遇到天色见晚，不便回寓时，就索性在店中留宿，继续品鉴之事。1948 年，黄宾虹离京回杭州时，傅大卣去其住所，帮其整理归程衣物时，黄宾虹还欣然赠其一幅设色《折枝牡丹图》，并在画上题识曰"余北居十年，无日不观览古金石文字，以兹消遣。大祐先生搜集为最勤，赏鉴亦最精，常以周秦器物见饷。今将南归，因检旧作以答雅意。既全国色与天香，底用人间紫并黄。却喜骚人称第一，至今唤作百花王。戊子八十五叟，宾虹"，钤白文方印"黄宾虹"，所录诗为宋代诗人郑刚中的《牡丹》诗。在题识中，黄宾虹认为傅大卣在古金石方面"搜集为最勤""赏鉴亦最精"，可见其对傅的推举之意。除此之外，现存的一通傅大卣致黄宾虹信札亦可看出二人的交游及书画收藏艺事。

　　傅大卣在信封署："杭州西湖栖霞岭 32 号，黄宾虹先生，北京琉璃厂姚江会馆夹道二号傅大祐缄。"邮戳显示在北京寄出的时间是 1953 年 4 月 22 日。信札全文曰：

宾翁大人赐鉴：

　　我接到您的来信是我想不到您居然那们快就来了回信，我高兴的反覆（复）看了好几遍，自前年您来到北京以后我就很想写一封问安的信。去年我打听方子才住址，据方子才说可以不用了，他说您眼睛不能写信了。在不久的以前，我同李心田说起您来，李心田对我说没有那们一回事，所以我想给您写信的勇气又止不住了。您的住址还是前年您对我说的，上次给您的信我想住址不会是我记的那们对，或者因为您年岁高，真不能写信了，可是我打听的与心里想的全错了。由今以后我可要不段（断）的常常写信问候您了！您回信所说字画类，道光咸丰年代人，我手下有汪洵字、杨沂孙字、俞曲园字，余集录张宗子杂著，有咸丰四年周尔墉、潘曾绶、夏谦三人拔小字册。画类，胡石查为孝玉仿倪小山水，高一尺五，宽二尺，是画，用大明高丽纸画的，题款在王廉生祭酒家借笔记之。另外，胡石查还有二三张，如汤雨生、汤世澍画，李兆洛字，小尺副字同画很多，很多。

　　是否寄上，希回信示知。如果您自己不要，能不能您再帮忙请您的朋友留下呢？您不留，有别人留，是最好，我恐怕来往寄太费事。现在老古玺翻沙铜印有，随此信寄上数方，您留就请您寄款来。恭敬祝您身体强健！

　　　　　　　　　　　　　　　　　　　傅大祐顿首。

　　在黄宾虹的绘画题识和傅大卣的信封和正文中，"傅大卣"均为"傅大祐"。据傅大卣哲嗣傅万里先生见告，傅大卣早年一直用"祐"。大约在"文革"时期，古文字和金石学家商承祚先生和傅大卣聊起，认为"祐"字有"四旧"之嫌，而"卣"为铜器名，且与"祐"字同音，又与傅大卣的喜好有关，于是，遂改用"卣"字。

傅大卣致黄宾虹信札及信封　浙江省博物馆藏

　　写此信时，傅大卣三十七岁，而黄宾虹已是近九十岁高龄，故在字里行间，能看出作为晚辈的傅大卣对德高望重的黄宾虹的谦卑与敬重之意。由于方言及其他原因，信中出现不少别字，如"那们"应为"那么"（三次），"不段"应为"不断"，"三人拔小字册"应为"三人跋小字册"，"小尺副"应为"小尺幅"等。信中提及"自前年您来到北京以后"的前年即1951年，是指黄宾虹于 10 月 13 日到北京，参加 23 日在京召开的中国人民政治协商会议第一届全国委员会第三次会议，笔者在《黄宾虹与厂肆旧友刘九庵》[1] 一文中也有谈及。信中说起黄宾虹眼睛之事，黄在 1952 年 5 月致高吹万的信中就曾谈起："贱目近视兼生内障，近益加剧，字迹涂鸦，几不可辨。"[2]1953 年 6 月，也即傅大卣写信之后的第三月，黄宾虹在杭州市人民医院做了白内障的割治手术。他在致汪聪的信中也提道："因目障将成熟，割治调理，经半载余，今已读画看山，俱似复原。"在致吴鸣的信中也有相似的记录："贱目经医治后，远近配镜，看山读画，均幸复原。"[3] 傅大卣写信的这个当口，正是黄宾虹生了白内障而尚未治愈的时段，故有是否写信的犹疑。

信中所言"方子才"本名方懿枚，为画家方雨楼侄子，擅长篆刻和鉴定钱币，与黄宾虹同为安徽歙县人，曾在琉璃厂经营字画。黄宾虹收藏的很多书画都是经其介绍或经手而购藏的，而方子才亦所得黄宾虹赠画最夥。在王中秀编著的《黄宾虹年谱》中，便提到在 1949 年 7 月 18 日，方懿枚致函黄宾虹问候："在老人离开此地到南方去，我依旧是在想着老人当面教我识字，讲古画，谈画画理论，以及垦荒田的那些故事。每天上下班时间以外，我依旧刻印、画画、写篆字，或是找出老人在北京讲画理的零乱记录看看。我虽然没有陪伴着老人到家乡去，有时看看老人给我的画，就像是在老人身边一样，老人的精神一分钟也没离开我。"[4] 黄宾虹在致文史学家卞孝萱的信札中，其信封题署："内函希方子才先生致西交民巷人民银行总行货币处，卞孝萱先生启，西湖栖霞岭甲十九号黄宾虹托。"而在信中起首写：

1 朱万章：《黄宾虹与厂肆旧友刘九庵》，载《随笔》2019 年第 3 期总第 242 期。
2 黄宾虹：《与高燮》，王中秀主编《黄宾虹文集全编·书信编》，第 128 页。
3 王中秀编著《黄宾虹年谱》，第 541 页。
4 同上，第 513 页。

"方子才君，可臂助访觅书籍之友，因托其面致。"由此可见这位琉璃厂小老乡与黄宾虹不仅有着亲密无间的关系，更成其在京城的"信使"和代理，故傅大卣托其打听地址也就顺理成章了。提及的"李心田"，亦为琉璃厂从事书画经营与鉴定者，后为北京市文物总店的文物鉴定专家，与刘九庵、苏庚春等人都有交往。

信中谈及的"您回信所说字画类，道光咸丰年代人"，这与黄宾虹一贯的艺术主张相契合。黄宾虹富藏历代名家翰墨，在其收藏理念中，尤其对清代道光、咸丰时期书画青睐有加。黄宾虹在《论道咸画学》一文中谈及："至清道咸，其学大昌。金石之学，始于宣和，欧、赵为著。道咸之间，考核精确，远胜前人。中国画者亦于此际复兴，如包慎伯、姚元之、胡石查、张鞠如、翁松禅、吴荷屋、张叔宪、赵㧑叔，得有百人，皆以博洽群书，融贯今古，其尤显者，画用水墨。……然而明至启、祯；师北宋画，笔道法劲，多未易及，而墨法亦有合者，但未若道、咸时学者之精到。"[1] 可见其对道咸画学之推崇。在其致卞孝萱的信札中也提道："清至道咸之间，金石学盛，画亦中兴，何蝯叟、翁松禅、赵㧑叔、张叔宪约数十人，学有根柢，不为浮薄浅幸所囿。"[2] 故在傅大卣的信札中，则进一步印证了黄宾虹垂注于道咸时期书画的收藏取向。

信中，傅大卣言及的书家有汪洵、杨沂孙、俞曲园、余集、周尔墉、潘曾绶、夏谦、李兆洛；画家有胡石查、汤雨生、汤世澍等。汪洵为光绪十八年（1892）进士，善书法，尤精篆隶；杨沂孙（1812—1881）为道光二十三年（1843）举人，擅长篆隶；"俞曲园"即俞樾，是学者兼书法家；余集为乾隆三十一年（1766）

1　黄宾虹：《论道咸画学》，载黄宾虹：《黄宾虹美术文集》，赵志钧辑，朱金楼校校，人民美术出版社，1990，第347页。

2　黄宾虹：《与卞孝萱》，载上海书画出版社、浙江省博物馆编《黄宾虹文集·书信编》，第8页。

进士，擅画人物；周尔墉官至工部虞衡司郎中，兼擅书法；潘曾绶，擅诗文书法；夏谦是学者兼书法家；李兆洛为学者和文学家，兼擅书法；"胡石查"即胡义赞，擅画山水；"汤雨生"即汤贻汾，擅画山水；汤世澍（1831—1903）擅画花卉。这些书画家，除汪洵的艺术活动在清光绪以后、余集的主要艺术活动在清道光以前外，几乎都是道咸时期的学者或艺术家。显然，这是傅大卣针对黄宾虹的收藏趣好特意遴选的结果。

傅大卣写信的同一年，黄宾虹在致汪聪的信札中也表现出对道咸画学的推许："及清道咸，如周保绪（济）、孟丽堂（觐乙）、宋藕塘（光葆）、汤雨生（贻汾）、齐玉谿（学裘）、翁松禅（同龢）、何蝯叟（绍基）、沈三白（复），多有山水画卓荦不群者百余人，收藏著述，交游博洽，天资学力具全，非朝臣院体、市井江湖及空疏文人可比。"而且他还准备编纂一部有关道咸画学的书画册："兹以清之道咸名流、哲士追求画法，胜于前人，以碑碣金石之学，参以科学理化，分析精微，合于宋元作品精神。拟加注释，详叙成帙，先附其略奉鉴，俟脱稿印出再上。""近湘、粤、闽、黔诸友来杭，携来林少穆、何蝯叟、包慎伯、齐学裘、吴文徵等道咸名画千数，鄙见以为特过明贤，拟编所见道咸书画录。"[1]而在同年致郑轶甫的信札中也说到编纂小册之事："拟十道咸先后举若干人，考其天资学力、交游集益、授受真传，辑成小册。"[2]傅大卣所提供的这些道咸时期书画名目，正是为黄宾虹编辑道咸书画册助力。

至于黄宾虹收到此信后有没有及时回信，是否对傅大卣提供的书画清单产生兴趣并购藏之，查《黄宾虹年谱》，则没有相关记载。笔者也专门询问了傅万里先生，告知家中并无黄宾虹

1　黄宾虹：《与汪聪》，载王中秀编注《编年注疏：黄宾虹谈艺书信集》，第311—312页。
2　黄宾虹：《与郑轶甫》，载王中秀编注《编年注疏：黄宾虹谈艺书信集》，第313页。

的信札，而在黄宾虹的书画鉴藏记录中，也没有见到以上相关书画家的作品。此时，黄宾虹已到鲐背之年，真正是心有余而力不足，故是否还有精力来收藏书画，确实是一个疑问。此外，傅大卣的信札，无时不体现出急于将书画出售的迫切愿望，他甚至还向黄宾虹提出"如果您自己不要，能不能再帮忙请您的朋友留下呢"的请求。熟悉这段历史的人都知道，1953年正是鼎革后不久，琉璃厂的古玩店铺正面临公私合营，因此很多古玩商急于清货，也就在情理之中了。事实上，傅大卣供职的古光阁于此信之后的第三年（1956）便加入了公私合营，宣告一个时代的正式终结。傅大卣后来在北京市文物商店工作，从"文革"起调到北海后门处的北京文物工作队，负责检选出入炼铜厂和造纸厂的文物，再后来成了北京市文物局的文物鉴定专家，负责金石书画的鉴定，并刻印、刻砚、传拓古器物和文物进出关审核工作，同时兼任国家文物局流通文物专家组成员、中国历史博物馆（今中国国家博物馆）和故宫博物院等单位的文物鉴定顾问，开启了另一个全新的时代。因而，在傅大卣致黄宾虹的简短信札中，我们看到的是两个时代新旧交替的剪影。

（原载《随笔》2020年第3期总第248期）

信札中的文物鉴定与收藏

傅大卣和宋良璧往来函札笺释

　　和很多在古董书画交易中成长起来的文物鉴定家一样，原籍河北三河的傅大卣（1917—1994）早年在琉璃厂的古光阁做学徒，娴习金石篆刻和全形拓。笔者在前文探讨过其早年在古光阁从事金石书画交易的经营状态，并由此显示出新旧两个时代交替的缩影。近日又发现傅大卣致陶瓷鉴定家宋良璧的信札十通、宋良璧致傅大卣信札十四通，时间最早的为 1975 年，其时傅大卣五十九岁，宋良璧四十七岁；最晚者为 1992 年，傅大卣时年七十六岁，宋良璧六十四岁，均是两人在中晚年时期所写，据此可洞悉两人人生后期的文物鉴定活动，恰与傅大卣致函黄宾虹的信札前后呼应，反映其不同阶段的文物鉴定生涯。

　　宋良璧为河南西平人，长期在广东省博物馆从事陶瓷鉴定和保管工作，编有《广东省博物馆藏陶瓷选》，著有《古陶瓷研究论集》等，于广东省博物馆的陶瓷征集与文物保管工作，居功至伟。因其学术往来，再加上与合作伙伴、国家文物鉴定委员会委员苏庚春关系密切的缘故，宋良璧在任职广东省博物馆保管部主任期间，与南来的书画家和文物鉴定家、学者如邓白、

傅大卣（中）和宋良璧（右）、曾土金（左）在北京留影，1977 年 9 月

谢稚柳、徐邦达、启功、王世襄、刘九庵、赖少其、傅大卣、冯先铭、耿宝昌等均有交集往还，是一个特殊时代文物鉴定家群体交流与互动的写照。[1] 他与傅大卣书信往还即可印证此点。

一、傅大卣、宋良璧往还信札考释

傅大卣年长宋良璧十二岁。两人最早交游的时间已不可考，但从其鸿雁传书可看出，至少在 1975 年两人便有第一次接触。现就两人往还信札，以时间为序分别考释如次：

傅大卣致宋良璧最早的信写于 1975 年 1 月 12 日，系用西式朱丝栏十六开信笺，以毛笔竖式书写，一页，书文曰：

良璧同志：

1　笔者曾专文讨论过宋良璧与徐邦达、刘九庵、邓白、杨之光的交游，参见朱万章：《尺素清芬——百年画苑书札丛考》，广西师范大学出版社，2019。

傅大卣小像

数次来信，都未复信，总认为委托我的小小事情，还没有办到，所以迟迟不能复信。今将端石一片简略琢成小砚并刻了几个字，作为导游羚羊峡纪念。打印的草稿我尚未细看，可能要有修改之处甚多，并预备近日刻一印以赠。匆此问，近佳！

傅大卣，75.1.12。

此信讲到"数次来信"，说明在此之前，应已有多次交集。关于信中称谓，据傅大卣哲嗣傅万里先生见告，古文字学家和金石学家商承祚多次叮嘱傅大卣，要与时俱进，从"文革"起，寄信要称"同志"，不可写"先生""老师"。傅大卣早年称黄宾虹为"宾翁大人"，现在则称宋良璧为"良璧同志"，也算是一个时代变迁的烙印。另，傅大卣早期名为"傅大祐"，后来也是接受商承祚的建议改名为"傅大卣"。故在此信中，傅大卣的称谓和落款都已和早期迥然有别。

据宋良璧回忆，在"文革"期间，他曾经陪同几个全国有名的专家到广东肇庆制砚的老坑洞里参观，并且每个人可以挑

傅大卣致宋良璧信札　1975年1月12日

一块小砚台原石，傅大卣即是其中之一。傅大卣还到过广东肇庆的羚羊峡游览，由宋良璧当导览，因而傅大卣刻了一方小端砚作为回馈。至于信中提及的委托的"小小事情"，则不可考，而"打印的草稿"应该是傅大卣的《古砚鉴定简介》。

现存宋良璧致傅大卣最早的信书于1975年2月3日。信封正面由宋良璧毛笔书"北京市文管处，傅大卣同志启，广州市延安二路省博物馆宋付"，且有"航空"标签字样，背面贴面值十分的邮票，邮戳显示时间1975年2月4日，还有傅大卣毛笔书"1975年2月6日，广州宋良璧来信"。信札书写在普通朱丝栏横格信笺纸上，钢笔横书，一页，书文曰：

傅老师：

　　您好！身体健康吧，又很久不见面了，今春交易会能再来吗？

　　我馆计划今年派人到贵处学习陶瓷和铜器鉴定业务知识，已写报告去文化局，估计将到你处，到时望能大力支持。我亦争取前去你处学习，不知你近来有什么铜器等业务知识的讲义吗？有时望能寄来一份。

　　春节快到了，首先向你祝贺，在新的一年中取得更大的胜利，另送去小日历二张，作为小小的礼物。致敬礼！

　　　　　　　　　　　　　　　　　　　　　宋良璧，2月3日。

　　由此可知，广东省博物馆当年有派人去北京定点学习陶瓷和铜器鉴定的传统。

　　1975年8月3日，宋良璧致傅大卣信札，其信封正面所书文字与1975年2月3日信札相同，贴面值八分的邮票，邮戳显示时间为1975年8月4日，背面有傅大卣钢笔手书"1975.8.7，接广州宋良璧来信，谈代其刻砚，以办到"（"以"当为"已"，应为傅大卣误书）。信札书写在纵20厘米、横15厘米的稿笺纸上，一页，钢笔横书，书文曰：

傅老师：

　　您好！要小莫同志带来的信和端砚均收到了，知您在百忙中为我雕此小砚，如此精工，定会费时不少，只有多谢！

　　这块砚台虽小，确很有意思。它不但是咱们从端溪大西洞所得，更有意义的是你亲手制砚刻字以赠，当为珍藏以作永久留念。

　　不知啥时能再相见，今秋能再来广州吗？我和老苏同志准备去河南一次。河南省博物馆希望老苏同志给他们看看画，我们也想顺便买些陶瓷等，也很想去北京一下，看来是较难的，若有机会去北京定去看望您。

老苏也问你好！致敬礼！

宋良璧，8月3日。

信中"小莫"，疑为莫鹏，其时为广东省博物馆文物修复人员，"老苏"则为书画鉴定家苏庚春，河北博陵人，早年亦曾在琉璃厂做学徒，做过贞古斋的少掌柜，公私合营后一度供职于宝古斋，做书画门市部经理。后来应广东方面邀请南下，供职于广东省博物馆和广东省文物鉴定站，负责书画文物的鉴定和进出口把关工作，也与傅大卣有多次书信往还，笔者已以另文详述[1]。

1975年9月11日，傅大卣致宋良璧信札，书写在普通蓝色横格的十六开信笺上，毛笔横写，一页，书文曰：

良璧同志：

我很抱歉，带来我的旧讲课稿，承你们将它打印出来，让我看一看有无打错了的字，但我很不够重视，很长的时间没有详细的看一遍，只是部分的也很少看了几页。主要的原因是我在想这份草稿既无理论知识，段落也不够明细，只是写出了点滴的感性认识而矣，须要从头的改写。今天看起来改不胜改，只好由它去献丑。

在第二页的空页上，我随便的写了几句，写时也没有加以考虑那方面的不足，如何的更正。在这方面我并没有写进去。

预备在近日将我的前未整理完的古镜稿写出以补去岁的诺言。草此，顺致敬礼！

傅大卣，75.9.11，晚。

1　朱万章：《授课之约：苏庚春、傅大卣等信札笺释》，载《随笔》2022年第3期总第260期。

傅大卣致宋良璧信札　1975 年 9 月 11 日

此信是在上一封信的八个月以后，谈及的内容还是涉及讲稿之事。他还提出拟将之前未竟的古镜稿写出。需要补充的是，在此信之后的第三年（即 1977 年）9 月，广东省筹建文物鉴定组时，时任组长的宋良璧协同广州市文物管理委员会曾土金赴北京举行第一次会议。傅大卣以文物鉴定委员会委员的身份赴会并与宋良璧、曾土金合影留念。

1975 年 10 月 2 日，宋良璧致傅大卣信札。其信封印有红色"广东省博物馆缄"字样，正面为宋良璧毛笔书："北京市文管处，傅大卣同志启"，背面贴面值八分的邮票。邮票上的邮戳漫漶不清，另一邮戳显示的时间为"1975.10.5"，上有傅大卣钢笔书"1975.10.6 广州宋良璧来信"。信札书写在普通朱丝栏横格信笺纸上，钢笔横书，一页，书文曰：

傅老师：

您好！要小赵同志带来的"陶铜发展概况"和信均已收到了。近来确找您不少麻烦，在百忙中又对"陶铜发展概况"进行查阅修改，并蒙为题字留念，真是十分感谢！这本书不但是我们业务学习的好教材，也是咱们友谊相（象）征的纪念物。

傅老师，说实在的，我不但喜看您的讲稿，确很想亲到贵处向您跟班学习一段时日，奈我馆去信数次，省文化局也曾去函，没能得到贵处同意。若今后有机会的话，仍望能到京得到您的亲自指导。

今年准备和老苏去河南一次，向河南省博物馆要些铜器和唐三彩，也想去均（钧）窑旧地买些新瓷产品，知道您喜爱瓷器，到时若有好玩的，当买件送你。致敬礼！（另，"古铜镜"若印好时望能寄来一本学习。）

良璧，10月2日。

关于"陶铜发展概况"，查相关出版物，并无记录，当为傅大卣所编著的非正式出版的书稿。信中，"相征"应为"象征"，"均窑"应为"钧窑"。

1977年8月6日，宋良璧致傅大卣信札。信封正面印有红色行书大字"广东省博物馆"字样，地址和电话为"广州市文明路六号，电话：32073,32077"。宋良璧以钢笔手书"北京琉璃厂姚江胡同三号交傅大卣同志启，宋付"，贴有"航空"标签；背面分别贴面值两分和八分的邮票，邮戳显示时间为"1977.8.7"。信札书写在印有"广东省文物管理委员会"字样的公文纸上，三页，钢笔横书，书文曰：

傅老师：

您好！很高兴的接到你的来信。前些时日因工作、运动较忙，久没能写信前去问候，请谅。近来你的身体可好吧？不知您近来忙些什么工作。的确很想去京学习业务，但又不知怎样去好，学习班的机会已失去了，也不知您们那里还有否外地去学习的同志。一个人去如何学法为好，这些都是问题，又加我们部里今年文物整理工作较重，还有清查"四人帮"的运动等，故没敢正规的向贵处再提出，最近稍好一些。我曾向我们馆的领导谈了我的意愿，想去北京学学瓷器和铜器，特别最近馆里提出叫我参加鉴定组，想着学习更有必要。也望老师出出主意，讲讲您们那里情况。

关于广东在陈家祠举办文物展览事，据了解是"文化大革命"前，在陈家祠举办杨铨捐献文物展览，主要还是陶瓷器，其他也有一些。除杨铨的捐献展外，还有陈家祠本身有个民间工艺展览，其中陶瓷、竹木雕、秋色、剪纸等，你所说的竹雕可能是原陈家祠艺术馆的展品，现属广州市博物馆的藏品。废摩托车的事，据了解是没有过，老苏同志的爱人是在出口部门工作。她也不知有此事，若了解到时再去信告知。黄兆强同志去了农村带知青的队，大约要去一年。

请问赵光隣、张宁等同志好！顺致全家安好！老苏问您好！

宋良璧，8月6日上。

信中提及的杨铨，为广东鹤山人，长期寓居香港，为有名的文物收藏家，富藏陶瓷、玉器、铜器、竹雕、古墨、书画等，曾于1958年至1964年将其所藏文物捐赠予广东民间工艺博物馆、广州美术馆等，出版有《杨铨先生捐献文物图录》。所谈及的捐献展，即是指此。黄兆强，原供职于广州市博物馆，后在广州市考古所工作，长于拓片，曾受到广东考古学家麦英豪的多次赞赏。因同好之故，他与傅大卣也有交集。记得在二十世纪九十年代后期，笔者尚在广州市越秀区文明路之广东省博物馆旧馆工作时，黄兆强曾拿来一件裱好的石刻拓片请我题跋，当时我少不更事，冒昧题写了数语，现在想起来，很有悔其少作之感。

1977 年 8 月 27 日，宋良璧致傅大卣信札。信封及正面所书文字内容均与 1977 年 8 月 6 日信札相同，无邮票，背面有邮戳，但漫漶不清，隐约显示时间为"1977"。信札书写在十六开印有"广东省博物馆"字样的公文纸上，一页，钢笔横书，书文曰：

傅老师：

您好！昨日出差回来，领导告知我，九月份会议叫我和老苏同志前去，很高兴。又几年没去北京了，也很想去看看，长长见识，看看老友。听说这个鉴定会议是北京文管处主办，你一定会参加这个会议吧，到时在百忙中还希望您能多指教。

这次去开会，不知你有什么要带的吗？如需要什么望来信告知，当为尽力办理。

问张宁、老赵、老孙、小刘同志好。此致敬礼！老苏同志问您们好。

宋良璧，8.27 日上。

1978 年 3 月 20 日，宋良璧致傅大卣信札。信封印有楷书"广东省博物馆缄"字样，宋良璧以钢笔手书："烦交傅大卣同志启"，无邮戳及邮票，故此信当为倩人代转。信札书写在十六开印有"广东省博物馆"字样的公文纸上，两页，钢笔横书，书文曰：

傅老师：

您好！身体健康吧，趁老苏同志送流散文物去京，请他代向你问好！

听说文物局准备举办鉴定方面的学习班，不知是那个方面的，如若有关于铜器或陶瓷的学习班，我准备争取一下，想你一定会知道一些，望能告知。

另，在京时和你一同在文物商店挑的明代玉壶，是否烦您向（和）文物商店说说，让给我们馆吧。因我们的玉器实在太少了，这件事我也告知了老苏同志叫他去说说，如能一同去更好。春交会你会来吗？欢迎您能来。此致敬礼！小沈问你好。

宋良璧，78.3.20。

信中提及在北京文物商店征集明代玉壶之事，查广东省博物馆的相关文物档案资料，并无相关记录，可知后来并没有如愿购藏此壶。

1980 年 2 月 25 日，傅大卣致宋良璧信札，书写在十六开宣纸信笺上，朱丝栏，用毛笔竖写，一页，书文曰：

良璧同志：

今有至（挚）友王世襄先生初次到广州，关于住所请您帮忙，能在中商办事处通过关系住下最好。王先生此去为了搜集花梨木家俱（具）资料及竹刻，馆中如有所藏，希给予介绍一观为盼。匆此致敬礼！

傅大卣，八〇. 二.二五，顿首。

前两信均写于"文革"期间，此信则是"文革"结束不久。信中提及的王世襄，原籍福建，出生于北京，号畅安，曾供职于故宫博物院，是一个兴趣广泛、鉴定眼光独到的文物鉴定家，国家文物鉴定委员会委员，对家具、文玩、竹刻、画论及传统工艺均有很深的造诣，尤精于家具、髹漆研究，著有《明式家

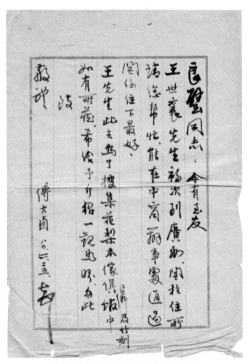

傅大卤致宋良璧信札　1980 年 2 月 25 日

具研究》《中国画论研究》《锦灰堆》《中国古代漆器》《竹刻艺术》
《说葫芦》《髹饰录解说》《北京鸽哨》等。由此信可知，王世襄
初次到广州考察搜集家具和竹刻资料的时间为 1980 年。其时，
王世襄正热衷于明式家具和竹刻艺术研究。他的《明式家具研
究》和《明式家具珍赏》的资料搜集和编撰工作，大约就在这
段时间[1]；他的关于竹刻艺术研究的《竹刻艺术》一书，即于此
年付梓。在书中，王世襄特意谈到广州的竹刻有竹根雕鹰，称

1　窦忠如：《奇士王世襄》，北京出版社，2014，第 281—333 页。

其是在 1949 年以后所见到的唯一一件立体圆雕，而另一件高浮雕有花鸟纹笔筒和书档，是艺人何立的制品 [1]。这两件竹刻虽然从获取资料的途径看，和这次的广州之行并无直接关联，但可看出王世襄对广东地区竹刻的关注。此外，尤为重要的是，在比邻广州的香港，有一位王世襄极为推崇的竹刻收藏名家叶义，王世襄称其收藏的竹刻"无论是竹刻展览还是竹刻专著，尚未见有达到以上规模的" [2]，因此之故，王世襄初次到广州意图寻觅花梨木家具和竹刻，也就在情理之中了。

信中揭及的"中商办事处"，全称为香港联合出版集团中华书局商务印书馆驻广州办事处，既有门市，也设有招待所，其时的总经理为徐庆铿。此处经常成为南来北往的书画家和文物鉴定家的落脚之地。印象中在二十世纪九十年代，笔者曾陪同书画鉴定家苏庚春，会同徐庆铿及广州集雅斋总经理邝根明等人一起参与接待过南下的诸多书画界名流，故对"中商办事处"印象尤深。至于王世襄首次抵达广州后，都做了哪些考察和学术活动，笔者咨询了广东省博物馆有关业务人员，并没有留下相关的记录，而当时参与接待的宋良璧等人，则大多已不在了，故有待于王世襄方面资料的进一步挖掘。

傅大卣信中言及与王世襄为"至友"，在王世襄的诸多著作中，大抵可见出其端倪。王世襄于 1980 年梓行的《竹刻艺术》，皆为傅大卣"手制墨拓" [3]，而王世襄于 2007 年付梓的《俪松居长物志·自珍集》中的拓片，也都是傅大卣与其子傅万里共同拓制。[4] 据此或可略见一斑。

1980 年 8 月 2 日，傅大卣致宋良璧信札，书写在印有"北

1　金西厓、王世襄：《竹刻艺术》，人民美术出版社，1980，第 88—89 页。
2　张建智：《忘我与自珍——王世襄传》，文汇出版社，2016，第 207 页。
3　金西厓、王世襄：《竹刻艺术》，第 92 页。
4　王世襄：《俪松居长物志·自珍集》，生活·读书·新知三联书店，2007。

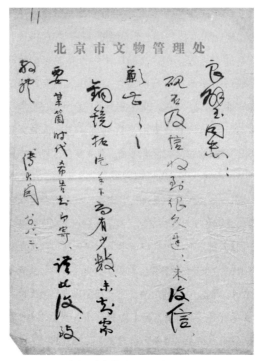

傅大卣致宋良璧信札　1980 年 8 月 2 日

京市文物管理处"字样的公文信笺上，十六开，毛笔竖写，一页，
书文曰：

> 良璧同志：
>
> 　砚石及信收到很久，迟迟未复信，歉甚歉甚。
>
> 　铜镜拓片手下尚有少数，未知需要某个时代，希告知即寄。
> 谨此复，致敬礼！
>
> 　　　　　　　　　　　　　　　傅大卣，八〇. 八.二。

1980 年 9 月 7 日，傅大卣致宋良璧信札，书写在印有"北

傅大卣致宋良璧信札　1980年9月7日

京市文物管理处"字样的公文信笺上，十六开，钢笔横写，一页，
书文曰：

良璧吾友：

苏老回广，吾曾提到镜拓尚未在手边，须候暇日找出另寄。

你馆这次来人协助文物总店整理玉器，本月四日吾去参加
定时代。两见你馆来人都忘掉姓名，约定五日交其带回。因是
日未见其人，今随信内寄上五张镜拓以赠，谨此复，顺致敬礼！

傅大卣，1980.9.7，午。

此处的"苏老"即苏庚春，据广州集雅斋经理邝根明回忆，傅大卣到广州来时，会经常与苏老联系。邝根明曾见过傅大卣一两次，印象是身体状态不是很好。邝根明到北京出差时，还经苏庚春引荐去傅大卣寓所拜访过，知道他是搞"立体拓"（傅大卣原话）的。

1982 年 1 月 10 日，宋良璧致傅大卣信札。信封与 1978 年 3 月 20 日相同，上书："东琉璃厂北京姚江胡同 3 号，傅大卣同志收"，贴面值为八分的邮票，邮戳显示时间为"1982.1.12"。信札书写在印有"广东省博物馆"字样的十六开公文纸上，一页，钢笔横书。书文曰：

傅老师：

您好！您给我的来信和寄来的铜镜拓片早已收到了，本想找人拓些铜镜拓片再复信您，因会拓片的陈衣同志去了钱币展览，一直未能拓到。我自己学拓了一件兵器，就是上次写信说那一件，现寄上一张，请您看看是叫"句戈"还是叫"戟"，上边有一字不知是什么字，也请老师指教，定什么年代为好，较完整定几级为好，望能复知。

铜镜拓片的事，再等一段我叫陈衣拓几件寄去，一定会办到。谢谢您给我寄来拓片。致敬礼！

良璧，1 月 10 日上。

信中"陈衣"为广东省博物馆职员，曾供职于保管部，从事瓷杂保管工作，笔者供职于广东省博物馆时，她已退休，但仍有过数面之交。

1983 年 5 月 31 日，傅大卣致宋良璧信札，书写在十六开普通红格信笺上，十六开，两页，钢笔横写，书文[1]曰：

> 良璧吾友：
>
> 昨日得函并附来古镜拓本五张，快何如之！惜二张神兽镜拓未能拓出镜铭，用放大镜亦未辨出铭文，实美中不足，今后再有机缘去粤，当将墨拓小技，对乐此者的技艺讲一讲，否则镜虽有铭而识别不出，亦等于无有，纹饰也很重要，这是我对于墨拓的器物基本原则。
>
> 银镜在以前尚未发现过，实为罕见之品。八二年我讲古玉时其中有一件玉镜，在我断定其确切年代时，深得同学们赞同。
>
> 未知贵馆有无代年号之镜，如有，希望得到一二。现我正在搜集之中，其任何朝代都欢迎。希望通过老兄我能得到，韩信用兵，多多益善。
>
> 去岁贵馆举办讲习班，正因患胃病而失良机，否则贵馆所藏，当能见到若干，其它青铜器也能看到许多，曾记七六年在贵馆二次看到"虎抱人卣"（第一次在故宫），未能决定其时代，常在脑海里推敲。二年前已断定其为南方早年出土商代奇品，虽然皮色以（已）不存在，由各方面证明它是湖南省出土确凿无疑。去粤尤期，随此将个人看法告知老兄，并希常通音书。
>
> 谨此顺祝夏安！
>
> 傅大卣，1983.5.31，上午。

　　信中谈到宋良璧寄来的镜拓没有将铭文拓出，甚是遗憾，并指出墨拓器物务必要将铭文、纹饰清晰呈现出来，否则有等于无，这是器物墨拓的基本原则，甚至还谐趣地指出今后如去

1　此信见刊于宋良璧：《古陶瓷研究论集》，岭南美术出版社，2010，第315页。

傅大卣致宋良璧信札　1983年5月31日

广东，当将这种"墨拓小技"对"乐此者"传授一下，以让更多的人知道其准则。据此，在字里行间，傅大卣对此间的墨拓技术是颇有微词的。

信中所言"虎抱人卣"青铜器，实为"虎食（噬）人卣"，在故宫博物院确实也有类似的器型。但广东省博物馆所藏这件，后经专家鉴定，属近代仿商代器型，颜色相差很大，但仿的技术很高明，故容易看走眼。据李学勤的研究表明，"虎食人卣"标准器在日本京都泉屋博古馆和法国巴黎塞努施基博物馆各藏一件。[1]信中傅大卣对该馆所藏"虎食人卣"青铜器的"个人看法"，反映其对该器物的非正式鉴定意见。后来有没有对此意见做过修订或提供正式的鉴定意见，查了该馆的相关资料，并无记录。

1983年12月13日，宋良璧致傅大卣信札。信封与1978年

1　李学勤：《试论虎食人卣》，载《南方民族考古》1987年第1期。

3 月 20 日相同，上书："北京琉璃厂，傅大卣老师启"，上贴面值为八分的邮票，邮戳显示时间为"1983.12.16"，背面有傅大卣钢笔手书："1983.12.19 收到，当日复信"。信札书写在印有"广东省博物馆"字样的十六开公文纸上，两页，钢笔横书。书文曰：

> 傅老师：
>
> 您好，1983 年快要过去了。新的 1984 年就要来临了，特向您老人家祝贺，祝您在新的一年中身体健康，工作顺利！
>
> 我们这里春天办学习班时，您因身体原因未能参加，使我们失去了一次很好的学习机会。铜器这一课成了空白，在广东近几年见到铜器不少，特别是铜镜、佛像和铜炉较多。这次我去了几个县，见到一个铜戈，较特别，上边还有一个字，似"周"的形状，只是多了一个钩似的，不知有这一类造形否？有空望能似教。
>
> 您最近还有典型的铜镜拓片吗？前给我的拓片已装成册，若有望能再寄赠几张。我最近见到一些有铭的铜镜，多为汉镜、宋镜，不知您需要那些拓片，如需要请告知，当会找人代拓寄上。
>
> 另有一事，记得您在广州时曾说过小石榴炖蜜糖还是什么可治哮喘病，我一直记着。今午我种的小石榴树结果了，想试下，望老师也顺便知（会）如何搞法。
>
> 送上小日历二张，以示祝贺新年。致敬礼！
>
> 良璧，12 月 13 日。

1983 年 12 月 19 日，傅大卣致宋良璧信札，书写在印有"北京市文物事业管理局"字样的公文信笺上，十六开，毛笔竖写，三页，书文[1]曰：

良璧同志：

来信收到，谢谢对我的关怀与问候。

谈到今春约我去讲课一事，是时余正患胃疼，还未痊愈，也未去上班。在家休病假期间，如果去广州是不可能，考虑到影响，因此决定未去。今后如有机会再补这一课，望能实现这个愿望。

广州近年出土铜器，有机会要去参观。谈到我过去送您铜镜拓片以装裱，正合我意。我手下尚有较精的铜镜拓片，属于上品，拓时亦加工细拓而保留之品，今再寄上六张，增加新品。希望赠我多于此数！！

来信谈到见到一些有铭文的铜镜，多为汉宋时物，问我需要那些。我先谢谢美意。宋镜如有铭有年款更好，更需要这有断代和地区性的特征，是研究铜镜最好的资料。汉镜有精品亦希拓片寄下，数量不居，最希望有代年号之镜，能多见到些不同的精品，亦是最乐之事。

小柘榴治气管炎，用法：将皮去掉，用籽和蜂蜜放在小饭碗内，碗内一次放入约五六羹匙蜜，柘榴约四五个，去皮籽。蜜和柘榴籽合在一起，微放入些水，较合较合，放入蒸锅内蒸约二十分钟，待凉时用勺吃二至三勺，效果很好。

铜戈，按画来形状，昔曾数见，我尚保存此形戈拓片，数年前曾对此种戈写过讲义，按此属于鸡足式戈，是燕国发明此式，在记载上吴越曾认为此戈很利害。不知此戈铭文确是什么字？亦不知是否近年出土，或传世品？按此式，南方出土可能性很小，

1　此信见刊于宋良璧：《古陶瓷研究论集》，第 315—316 页。

可能是北方出土后流传到南方。匆此敬复，顺致吉祥多福！

傅大卣

一九八三．十二．一九，晚。

1984年7月13日，宋良璧致傅大卣信札。信封与1978年3月20日相同，上书"烦交琉璃厂姚江胡同3号，傅大卣同志收，宋"，无邮票及邮戳，背面为傅大卣钢笔手书"1984.7.19由耿宝昌送来，20上午复信"。信札书写在印有"广东省博物馆"字样的十六开公文纸上，一页，钢笔横书。书文曰：

傅老师：

您好！很久没给您去信了，近来身体好吧？最近见一汉镜，见纹饰甚好，又有文字，故自己学拓了一张给您。在拓的技术上望指教。另一拓片是上海的铜镜。所要年款的铜镜等我有空时再查找一下，有时定会拓赠。所知有一

傅大卣致宋良璧信札
1983年12月19日

至元款铜镜，没什么花纹，不知要否？

　　另一事不知您有空来广州否？例如来这里讲课。若有可能来的话，我们这里要办学习班时，我建议请您来。若不行，就不提建议了。致敬礼！

良璧，7月13日上。

1984年8月11日，宋良璧致傅大卣信札。信封与1978年3月20日相同，上书"北京琉璃厂姚江胡同3号，傅大卣先生启，宋"；上贴面值八分的邮票，邮戳显示时间为"1984.8.12"。信札书写在印有"广东省博物馆"字样的十六开公文纸上，一页，钢笔横书。书文曰：

傅老师：

　　您好！来信收悉。至元铜镜拓片今天才抽空拓了两张，因会拓片的同志都不在家，故还是我亲自拓的，现随信寄去一张较好的。您看有进步吗？再碰到有铭的铜镜时再拓些去。

　　祝全家好！

良璧，8月11日。

1992年1月14日，傅大卣致宋良璧信札一页，用毛笔横写在十六开纵20厘米、横20厘米的稿签纸上，书文曰：

良璧吾友：

　　上月广博曾有二位女士陪同公安人员来京，在余询问之下始知吾友并未离休，今后尚希常通音信，并希古铜镜拓本赠余为盼！！

　　顺致春风得意！

傅大卣，1992.1.14日于新居。

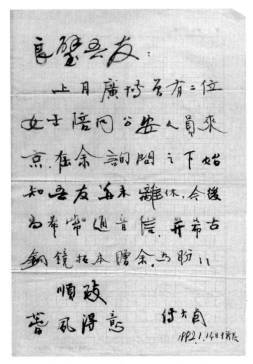

傅大卣致宋良璧信札 1992年1月14日

　　此信的信封尚保留完整，上书"广东省广州市广东省博物馆宋良璧先生启，朝外红庙北里91栋1门501号傅"，信封上印有"北京市文物事业管理局，北京市东城区府学胡同36号"字样，上贴两枚十分邮票。

　　此处所谈"广博曾有二位女士陪同公安人员来京"，是指在1991年12月28日，广东省博物馆工作人员单小英和李蔚会同馆里保卫干部及广东公安干警，到北京找国家文物鉴定委员会成员鉴定一批被盗追回的文物。这批文物是由广东省博物馆借给湛江市博物馆，在广东遂溪展出时不慎被盗。公安破获案件追讨回文物后，为了法院量刑依据，需要有权威机构对所盗文物评估定级，因此便来到北京。据当事人回忆，在北京鉴定的地点是在中国历史博物馆（即现在的中国国家博物馆），由文物鉴定委员会秘书长刘东瑞牵头，鉴定委员有周南泉、史树青和傅大卣等，鉴定的文物是"清乾隆青白玉牛"。

1992 年 8 月 8 日，傅大卣致宋良璧信札，书写在印有"北京红狮涂料公司"字样的红格信笺上，十六开，毛笔竖写，一页，书文曰：

> 良璧先生：
>
> 久未通信，遥祝平安多福。今日偶见一付江朝宗行书字对，"风摇大树根长定，月满中天影不移"，阳文"江朝宗印"、阴文"迪威将军"。上款：良璧先生雅属。新裱工，浅麦黄纸地。因见上款正与老兄名相同（巧合），属其暂为留存，未知老兄有收留之意！询其卖价 450 元，江之历史在民国初年虽是清朝官，曾拥袁世凯。谨此顺祝夏安！
>
> 傅大卣，1992.8.8。

在信笺顶端，上有毛笔横书："回信请寄：北京朝外大街红庙北里 91 楼 1 门 5 号。"此信的信封尚保留完整，上书"510030，广州市广东省博物馆，请交宋良璧先生收，傅"，信封上印有"北京市文物事业管理局，北京市东城区府学胡同 36 号"字样，上贴二十分邮票一枚。

宋良璧收到此信时，笔者已经入职广东省博物馆近一个月了，和宋良璧一起都在保管部。虽然他当时已到离休年龄，但因为博物馆人才匮乏，所以只是从保管部主任的行政职务上退下来，业务上还是一如其旧，每天正常来上班。当时我们一起在位于广州市越秀区文明路的原中山大学钟楼旧址办公。笔者和宋良璧还有其他同仁在一楼靠近东侧的房间。隐约记得有一

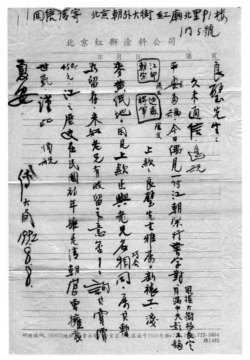

傅大卣致宋良璧信札　1992 年 8 月 8 日

天宋良璧打开信，兴高采烈地说："傅老师又来信啦！"其激动神情，溢于言表，现在回想起来，应该就是收到此信了。他高兴地告诉我们，傅老师说有一个晚清名人江朝宗给他写了一副对子，真是缘分啊，问问他有没有兴趣收藏。大概率表明，后来宋良璧应该并没有将这件作品买下来。据笔者推测，原因主要有三：一是因为宋良璧的职业兴趣是古陶瓷鉴定，对古书画虽然喜欢，但极少购藏；二是这个价位虽然在今天看来便宜至极，但在当时却是我们两到三月的工资，这对于工薪人士来说无疑是天价，因而并不具备这个购买力；三是若是购得的话，宋良璧一定会在办公室即时向大家展示，一并欣赏这百年修得的善缘，但笔者印象并未有这样的眼福。当然，也许还有一个重要原因，江朝宗曾拥戴过袁世凯，在抗战时期做过汉奸，属典型的污点文人，这一点恐怕对于像宋良璧这样的具有传统观念的旧式文人来说，从感情上还是接受不了的。

两年后，即 1994 年 8 月，傅大卣便因病仙去，因而这封信也就成为傅宋交游的最后见证。

此外，尚有一通年代不明的宋良璧致傅大卣信札。信封上印有繁体楷书"广东省博物馆"，地址和电话栏则为简体："广州市文明路六号，电话：33573,32077。"信封上由宋良璧钢笔手书："烦交苏庚春同志转交傅大卣同志收。"信札书写在印有"广东省博物馆"字样的十六开公文纸上，一页，钢笔横书。书文曰：

傅老师：

您好！来信已拜读，知您对我业务学习的关心，谢谢！铜镜拓片还是你前年送给我的那些，我已装表成册，就按上次那些再给我补充些不同样的就好了。听说您最近去东北讲课，有印成资料吗？有时亦望能给一份学习。祝你身体健康！

宋良璧，8 月 6 日上。

此信虽然没有年款，但就信封样式及信中内容，大致可推断，应该在二十世纪七十年代后期到八十年代前期。

二、信札所示文物的鉴定与收藏

在二十世纪七十年代初，傅大卣会同故宫博物院青铜器鉴定专家乔友声（1907—1972）对广东省博物馆所藏"商癸作鼎""商兽面纹壶"等文物进行鉴定。1979 年 11 月 17 日，傅大卣还对该馆所藏"六朝神兽铭文镜"进行鉴定。作为时任保

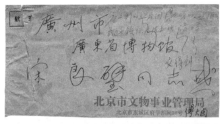

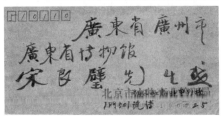

傅大卣致宋良璧信封

管部主任的宋良璧，全程叨陪，迎来送往，结下深厚的友谊。在以上信札中，不难看出二人这种完全建立在工作、学术之上的情谊。从傅大卣和宋良璧往还的信札中，大抵可勾勒出以下一些信息：

1. 傅大卣向宋良璧寄赠铜镜拓片，宋良璧向傅大卣寄赠砚石。宋良璧寄了一些兵器和古镜的拓片给傅大卣。傅大卣除表达感激外，对拓工的得失也提出了较为诚恳的意见和建议，认为拓制铜镜务必使纹饰和铭文清晰，否则便会失去精拓的意义。傅大卣在长于拓片和青铜器、铜镜鉴定外，还擅长刻制端砚，对银镜、玉镜也有所涉猎。宋良璧则就在广东发现的铜戈向傅大卣讨教，傅则就其形制判定，此铜戈乃燕国发明此式，非南方出土，疑为北方出土后流传到北方。

2. 傅大卣撰写了"古砚鉴定简介""古镜稿""陶铜发展概况"等讲稿。这些讲稿中有一部分现在已不易见到或失传，故通过信札可留下一些记录。

3. 信札中谈及傅大卣对广东省博物馆藏青铜器"虎噬人卣"的鉴定。

4. 在信札中，宋良璧于 1975 年 8 月 3 日和 10 月 2 日两次致傅大卣的信札中均提到和苏庚春一起赴河南，除为河南省博物馆（今河南博物院）鉴定馆藏书画，还拟向河南省博物馆要一些铜器和唐三彩，也打算去钧窑旧址买一些新瓷。广东省博物馆相关记录显示，苏庚春和宋良璧到了河南后，禹县（今河南禹州市）钧瓷瓷厂向广东省博物馆赠送红釉酒壶小杯一套。同时，苏庚春和宋良璧还在该钧瓷瓷厂为广东省博物馆购藏了钧釉鸡心罐、钧釉盘口瓶、红釉葵花式花盆、红釉瓶式盖罐、钧釉玉壶春瓶、钧釉葫芦瓶、钧釉龙狮纽炉、钧釉水仙盆等数件新瓷，可见他们这次河南之行，收获当不小，充实了广东省博物馆的藏品。

巧合的是，现存的一封宋良璧、苏庚春致任发生的信札中详细谈到了此次河南之行。该信写于 1975 年 12 月 17 日。信中谈到，12 月 13 日，苏庚春、宋良璧一行由湖南乘火车抵达郑州，吴南生爱人许英女士负责安排住宿。15 日，赴河南省博物馆，由该馆副馆长林治泰接待。随后，先后赴河南禹县、开封、洛阳等地出差。28 日左右，回到广州。此次行程，主要是征集文物及了解开封市文物商店运行经营的情况。全信如次：

任主任——各位主任：

我俩 12 号晚乘车 13 号抵河南，吴南生同志的爱人许英同志接我们并安排了住宿，14 号是星期日，15 号星期一去了河南省博物馆，由该馆林治泰付（副）馆长接待我们。定于 16 号先去禹县（钧窑瓷厂），然后去开封，再去洛阳，估计这几个地方呆个十天左右，于 27、28 号就可返回广州了。在湖南醴陵时在他厂买到了一件大花瓶，是一件精美的器物，出口价需

2、3 千元算我们原是 500 元，后我们找到了他厂的主任，结果 400 元成交了，还买了一件小花瓶 25 元，一共是两件共价 425 元，由他厂办理托运我馆，估计很快就可收到。

河南省博他们学大寨主要是要搞一个"农业学大寨"展览，其次就是考古人员配合农田水利搞调查，特别是他们搞了一个全省的文物工作座谈会，参加的人数初定是二百多人，后来共有三百多人参加，有外省的辽宁、黑龙江、北京、天津等地也参加了这个会议。北京文物局谢辰生参加了这个会议。我们想把他们这次会议的材料要一份寄回去（他们的会议在新乡，15 号结束的）。

他们的文物商店的情况是：

（1）将开封市的文物商店提升为省级的，这样就有基础了。

（2）省委批了 60 万元（资金 30 万，建筑费 30 万）。

（3）河南省博物馆派出三人做筹备文物商店的工作。

另外是孙主任要买的鸭绒被心，尺寸：110×53 公分，价 26 元，不要布证，我们感觉挺贵没敢买，如不嫌贵可来信告知即买。余容后叙，草此祝各位主任都好。

良璧、庚春全上，1975.12.17。

信中提及的吴南生，时任河南省委调查研究室主任，后为广东省委书记，喜藏书画，与苏庚春等书画鉴定家保持密切关系，曾将多件珍藏书画捐赠给广东省博物馆、深圳市博物馆、汕头市博物馆等，笔者供职广东省博物馆时，参与策划"吴南生捐赠书画展"并梓行《吴南生捐赠书画集》。此信正好与宋良璧致傅大卣信札相互印证，使信中提及的河南行程变得更加清晰。

5. 广东省博物馆曾派人到北京市文物局文物处学习陶瓷鉴定，亦曾派人到北京市文物商店协助整理玉器，可知在二十世纪七八十年代，京粤两地的文物交流工作极为密切。

6. 信札谈及与王世襄、苏庚春等文物鉴藏家的交流，也涉及杨铨捐献文物展、陈家祠展览、广东遂溪被盗文物赴京鉴定等广东省文博界的人和往事。

此外，在傅大卣和宋良璧的信札中还涉及邀请傅大卣南下广东授课之事，因受篇幅所限，笔者已另文详述[1]。而在两人的鱼雁传书中，还谈到发现的江朝宗的行书对联，其上款人为"良璧先生"，因乃巧合而向其推荐，而傅大卣更向宋良璧介绍小石榴治气管炎的养生之法，使两位精通于文物"眼学"的专家在专业探讨之外，平添了诸多生活气息。

结语

中国的文博事业相对很多国外的百年老馆来说，确实起步较晚，且早期文物系统的很多专家学者多来自文物市场或为其他行业转岗人员，学术根基不厚，但社会经历丰富，有着很多科班出身的学者型专家所不可比拟的实战体验和鉴定经验。从傅大卣与广东省博物馆陶瓷专家宋良璧的交往，大致可看出二十世纪七八十年代文博界发展的一个侧影。

傅大卣长期活动于北京，宋良璧则活跃于广东。傅大卣长于拓片及铜器、铜镜鉴定，而宋良璧专研陶瓷鉴藏。两人都是长期工作、专研于文物鉴定与收藏一线的专家。他们具有丰富的文物鉴定与收藏的经验，经历过对文物本身的征集、摩挲与探研，但受工作性质和学力所限，大多数时候都是述而不作，故两人的著述并不多见。两人信札虽说属私密性质，但所探讨的内容已成学术的公器。他们知无不言，言无不尽，在长期的

1　朱万章：《授课之约：苏庚春、傅大卣等信札笺释》，载《随笔》2022 年第 3 期总第 260 期。

文物鉴定与收藏中，夯实了底蕴深厚的"眼学"。毫无疑问，这些散落于信札中的文物鉴藏的知识碎片已经成为一笔宝贵的精神财富。透过这些在不经意中随意写下的珍贵文字，我们不无感喟地发现，这样的时代正在离我们渐行渐远。在他们的信札中，我们不仅读到了包括铜镜、铜戈、虎噬人卣等文物的鉴定妙谛，体验到拓片和砚石互赠的自得之乐，更领悟到一个特殊时代下文博人的日常与情趣。我想，这一切，对当下的文物鉴定与收藏工作，自然不无启迪。

（原载《文博学刊》2021 年第 3 期总第 15 期）

黄裳与苏晨交游辑佚

来燕榭书札谈丛

　　最早关注来燕榭主人黄裳（1919—2012）是在二十世纪九十年代。其时，笔者痴迷于古籍善本的收藏与鉴定。虽然当时囊中羞涩，无力购藏心仪的古籍，但对于和古籍收藏相关的书刊，却是时刻留意和倾囊的。1998 年 8 月 9 日，我在羊城书肆购得齐鲁书社梓行的黄裳的《清代版刻一隅》，不仅对其古籍收藏略有了解，更通过其书知道清代版刻的雕版工艺及艺术价值。后来，还买过《古籍稿钞本经眼录：来燕榭书跋题记》，对其藏书的丰赡了然于心。在继续关注黄裳古籍收藏的同时，笔者还留意其和信札有关的著述，先后购买了他的《来燕榭书札》《故人书简》《黄裳手稿五种》和《榆下夕拾》等。看他通过信札引出的故人故事，就想到如有一天能收藏他的一两通信札，那该是一件何等的美事。

　　功夫不负有心人，2016 年的秋季拍卖会，在广州某拍卖行出现了他的五通信札，是写给原花城出版社副社长苏晨的。因信札来源清晰，且受信人也是较为熟悉的文化名人，遂打算参与竞投。远在北京的我委托了广州的朋友帮忙举牌，未曾想并未形成热烈的竞争，我便以未超出自己预算的价格顺利将其收入寒斋。现在看来，余生已晚，虽然无缘亲承教泽，但冥冥中似乎还是与黄裳有缘。

五通信札均为钢笔书写，文字内容著录于 2019 年齐鲁书社出版的《榆下夕拾》中，但个别字词有释读错误。第一通信札书写在横 20 厘米、纵 25 厘米的十六开稿笺纸上，横写，稿纸下侧印有"我的稿纸（横直两用），香港上海书局监制"字样。信札书文曰：

苏晨同志：

曾定夷同志来，带来您的信，早已收到，迟复为歉。

香港三联书店拟刊行我的一本"游记"，取名《山川·历史·人物》，他们说与花城出版社有协作之约，此书可同时由你社出书，并拟将原稿影印件寄上，要我写信与您联系，我觉得这样作（做）很好，别无意见。稿如寄到，请您抽暇审阅，内容不知有否需要改定之处？此集多数发表于港《大公报》副刊，写得比较自由，希望您不客气地提出意见。

此外，此书本定名《富春集》，港三联认为，此名在港无吸引力，遂改今名，我以为原名亦不坏，且《山川…》系师陀同志的一本小册子的书名，囚此我想花城如拟印，不妨仍用《富春集》，亦佳，请酌定。这本书完全是旅游书，当然内容深了些，也许在旅游读物中，可以充数。

最近还是忙，也不知忙些什么，过两天想写一篇《鲁迅与浙江》，给曾定夷同志，上海作协要开会了。月前姜德明兄来沪，曾数次晤谈，也谈及您，对您的眼光、气魄都极赞叹。盼你们的出版社作（做）出好成绩来。匆此即致敬礼！

黄裳，5 月 26 日。

《榆下夕拾》有四处误植或释读之误，"抽暇"误为"抽时"，

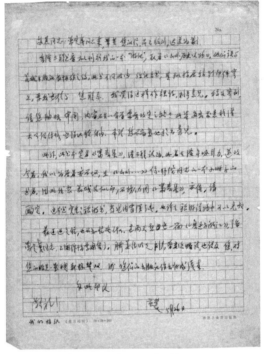

黄裳致苏晨信札　1981 年 5 月 26 日

"大公报"误为"大学报"，"副刊"误为"附刊"，"仍用"误为"使用"。[1] 信中提及的"曾定夷"为花城出版社《随笔》杂志社编辑，乃苏晨同事；"姜德明"为藏书家，曾任《人民日报》副刊编辑，著有《姜德明书话》《相思一片》《书边梦忆》《猎书偶记》等。黄裳在 1981 年 11 月 25 日致函姜德明时也谈及港版书的情况："今天收到港三联寄来一本《山川·历史·人物》样书，印得很漂亮（与《随想录》一类），竟有十六万字之多，诸文皆

1　黄裳：《榆下夕拾》，凌济编，齐鲁书社，2019，第 203 页。

发表于《大公园》之游记，你大概都已见过，但集在一起，也是有趣的，已催更寄若干册来，到后即奉呈一本。"[1] 可与此信互为印证。

信中提及的《山川·历史·人物》，由香港三联书店于1981年11月初版。此书刚好与作家师陀于1979年3月在上海文艺出版社付梓的散文集同名，故在花城出版社付印时拟改名《富春集》。但后来付梓时则并非此名，而是《花步集》，于1982年5月初版，责任编辑为李联海。该书的内容提要注明是作者近年来的纪游文集，包括《苏州的杂感》《湖上小记》《白下书简》《京华十日》四辑三十九篇文章，"作者以饱含着对祖国和人民真挚的感情，并运用其丰富的史地知识和优美文笔、把山川、历史、人物三者自然地糅合在一起，成为一部独具一格的散文集"。据此可知，此书与香港三联版《山川·历史·人物》当为同一本。黄裳于2005年在题跋《花步集》时也说："此书与港版《山川·历史·人物》内容全同，即前书之国内版也。原请从文先生为题签，却未用，甚憾。花步之名源于花步里，即苏州留园主人刘蓉峰所居处。"[2] 不仅指出与港版书为同一种，更指出其书名的来龙去脉。至于《富春集》的书名和沈从文的题签因何未用，则不得而知。信中提及的《鲁迅与浙江》一义，经查《随笔》杂志及黄裳文集，均未找到此文，或许此文并未真正成文。

此信的信封以钢笔书："广州大沙头四马路花城出版社，苏晨同志，上海黄绒。"邮票乃邮资八分的"中日邦交正常化十周年（1972—1982）"纪念邮票。邮戳时间漫漶不清，作者也并未注明年款，《榆下夕拾》中也未标注时间，但据信中提及两本书的情况，则此信当在花城版《花步集》出版之前，在香港三联

1　黄裳：《来燕榭书札》，大象出版社，2004，第143—144页。
2　黄裳：《榆下夕拾》，第297页。

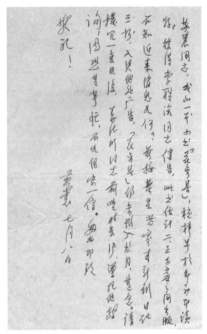

黄裳致苏晨信札 1982年7月8日

版将出版之际。据此，则写信时间当为1981年5月26日。

第二通信札书写在三十二开空白便笺纸，竖写，书文曰：

苏晨同志：

我的一本小书《花步集》校样，早于年初即读好。后得李联海同志信告，此书估计二、三季度之间出版，不知近来消息如何？前接叶圣老定本新刊《日记三抄》，又见他处广告，《花步集》仍未刊入书目，甚念。请拨冗一查见复。姜德明同志前些时来沪，曾托他转询，因恐其事忙，不如自写一信。匆此即

致敬礼！

黄裳，七月八日。

黄裳致苏晨信札　1982年7月12日

　　此信并无年款，亦未见信封，据信中提及的《花步集》校样，由《花步集》版权页上显示的出版时间，《榆下夕拾》将此信时间定为1982年7月8日，是可信的。信中提及叶圣陶的《日记三抄》，由花城出版社收入"花城文库"，于1982年1月出版。这与推知的黄裳写信时间是吻合的。显然，此信是询问《花步集》出版情况，并且很快就得到了苏晨的回复，因而便有了第三通信札。

　　第三通信札书写在十六开横格信笺上，横写，书文曰：

苏晨同志：

　　谢谢您及时告诉我印刷厂的情况，不然我还在傻等呢！

　　当然希望并相信能安排新的印刷厂，什么时候"可望"印出，有便请告知一声。

　　专此复谢，即致敬礼！

黄裳，82/7/12。

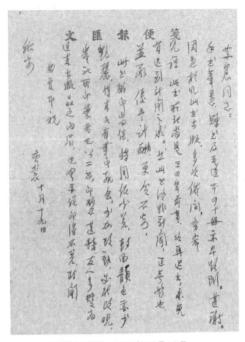

黄裳致苏晨信札　1982年10月19日

　　此信有明确的年款，但《花步集》版权页上注明的出版时间是1982年5月。很明显，此书的实际印行时间要远远晚于5月，随后的第四通信也证实了此点。

　　第四通信札书写在印有"文汇报便笺"的三十二开信笺上，竖写，书文曰：

苏晨同志：

　　手书奉悉，赠书及毛边本四十册，亦早收到，甚谢。因急于见此书出版，多次催问，务希见谅。此书所记，尚是三四年前事，如再迟出，未免有迟到新闻之感。然此书终非新闻，正无妨也，并承优予计酬，更令不安。

此书排印尚佳，惜用纸少差，封面颜色亦少艳丽，将来如有重印机会，少加改动，必能改观。贵社所印叶老、巴公二书，印制甚精，友人多赞为近来出版品之白眉，巴金亦说印得不差，附闻。

勿复即祝秋安！

黄裳，十月十九日。

此信书于 1982 年 10 月 19 日。信中"少差"，《榆下夕拾》误释为"稍差"。[1] 提及的巴金在花城出版社的书，当为此年三月出版、与叶圣陶书同时收入"花城文库"的《序跋集》。在此之前的 1981 年 4 月，巴金亦在花城出版社出版了小说集《利娜》，并在 1982 年 6 月重印，故亦有可能指这两本。

第五通信札书写在三十二开空白便笺纸上，横书。书文曰：

苏晨同志：

大约半年多以前，曾向《随笔》投寄过一篇《常熟访古记》，隔了许久，得到一张通知，说准备用。迄今未见发表。一月前因编集子，要收入此文，曾请李联海同志将排出大样赐寄一份，迄今亦无下义。

昨见《随笔》一月份广告，无此文，想未发表，此文写得不好，亦不太合于《随笔》要求，如有困难，敬请即将原稿挂号赐还。因小集已编好，只缺此稿了。

为了琐琐小事，屡次有所请乞，务希见谅，并赐协助为盼。即致敬礼！

黄裳上，一月十四日。

1　黄裳著：《榆下夕拾》，第 205 页。

左：黄裳致苏晨信札　1983 年 1 月 14 日

右：刊登黄裳《虞山访古记》的《随笔》书影

　　此信并无年款，《榆下夕拾》也未标注。经问询现任《随笔》杂志编辑王铮锴，得知黄裳所言《常熟访古记》，后更名为《虞山访古记》，刊发在《随笔》第 23 期，于 1982 年 11 月出版，而在该文的末尾，黄裳自注写作时间为"一九八二、六、二十，追记"，则黄裳此信的时间可推知为 1983 年 1 月 14 日，这与信中所言"大约半年多以前"投稿是吻合的。而他在写此信时，其文章实则已经在《随笔》刊出。

　　略感遗憾的是，现已无法找到苏晨回复黄裳的信函，不然在解读来燕榭书札时会更为生动和丰满。黄裳比苏晨年长十一岁，两人通信时黄裳为作者，苏晨为出版社主事者，在其信札中，大抵可看出黄裳《花步集》付之梨枣的逸闻，亦可从侧面看到一个年过花甲仍然笔耕不辍的作家的身影。

　　在结束此文时，我想到一个题外话。虽然我和苏晨同时生活在一个城市达二十余年，也一度垂注于他主编的学术与散文集刊《学土》，但因工作并无交集，再加上他是前辈，我是后学，故一直无缘识荆。在购得来燕榭信札之后，我就开始关注苏晨的动态和相关著述。2016年，先后从别的渠道获得其《砺堂自珍集》和《苏晨向学散文集》。翌年的世界读书日，我在北京朝阳公园逛书市时，竟然以五元定价在冷摊购得其《野芳集》。巧合的是，此书的出版时间与黄裳的《花步集》是同一年。更惊奇的是，此书系苏晨的签名本，上书"天来兄教正，苏晨"，钤白文方印"苏晨印信"。由此看来，无论是写信人，还是受信人，我和他们都算是有缘。

（原载《随笔》2020年第5期总第250期）

画坛耆宿的知遇往事

杨初致苏庚春尺牍

　　1996年，笔者随书画鉴定家苏庚春（1924—2001）到广州西关去拜访一个叫杨初的画家。在一座旧式的矮楼中，我们见到了精神矍铄的杨初先生。一阵寒暄之后，杨初先生拿出一幅自作的山水画。我们打开慢慢欣赏，是一幅《宋人诗意图》。苏庚春不停地啧啧赞赏。当时，我们代表曾供职的广东省博物馆表达了征集收藏的意愿。杨先生自然是满心欢喜，苏庚春反复强调，杨先生画艺过人，独具一格，但因为推广不力，故知其名者甚鲜，日后必将有所作为。我们支付了杨先生一千元稿酬，带着画回到了博物馆。

　　这是第一次见到杨初先生，很遗憾的是，也是最后一次见杨先生。后来苏庚春先生于2001年驾鹤西去，再加上我一直冗务缠身，因而便再无机缘去拜访杨先生。2013年，我因工作调动，北上供职以后，就更没有听到关于他的消息了。最近在整理苏庚春资料时，发现一通杨初致苏庚春的信札，才又勾起对杨先生的追忆。

　　信札并无信封，乃用"广州中国画会"公文信笺所书，亦无书写的详细年份，其文曰：

杨初《宋人诗意图》 纸本设色 69×136 厘米 广东省博物馆藏

庚春兄：

　　来信收到！

　　客人不喜欢弟之画，没关系，人各有所嗜，各有所爱，很难强求千篇一律。兄在各方面诸多关照，弟已十分感激。区区小事，不足挂齿，请兄不要介意。现着爱人双绮代取回画幅，请交给她。望兄多注重珍摄身体，谨致文祺！

　　　　　　　　　　苏太代笔问候！弟杨初，2.14。

　　"广州中国画学会"成立于 1980 年，原名"广州中国画会"，其宗旨为组织开展中国画艺术理论研究和学术交流，加强与社会各界联系，繁荣广州中国画艺术。第一任会长为胡根天，杨初曾担任第二任副会长及第三任艺术顾问。他们曾创办《广州中国画》报刊，不定期，我曾应主事者丘金峰邀约为其供稿，时间断断续续有数年之久，不过并未参加过他们的相关活动。世易时移，此学会现在已不知是否尚存？

　　在正文之外，杨初在信笺上端再补记曰："北全兄前日见面，约我与兄到清平饭店一叙，请兄定一个时间，我再约北全。又

杨初致苏庚春信札

及。""北全兄"，即姚北全，广西桂平人，曾为《广州日报》主任记者、广东省鉴藏家协会理事，兼擅绘事，以画金鱼见长。因其记者身份，与南来北往的书画家如启功、谢稚柳、关山月、刘海粟、苏庚春、陆俨少、黎雄才、潘絜兹、刘九庵、徐邦达等都有过密切的交往。忆昔笔者在粤时，亦曾随先师苏庚春与其有过数面之缘，一起茶聚、观摩展览、参加书画雅集等，并获赠其所绘的《金鱼图》数帧。我赴京后，因编辑苏庚春《犁春居书画琐谈》的缘故，还于 2017 年专门致电询问其与苏庚春订交的情况。当时他因身体原因住在医院，不便面谈，说出院后再详谈，不想后来便传来他仙去的消息，实在令人遗憾。

在获见此信后，我遂有意了解杨初的近况。经咨询多位广州画坛的旧雨新知，均答曰知道其人，但近况不知。后来从网上得知其曾为广东省文史研究馆馆员，遂直接询问文史馆的友人，知其已于 2009 年 9 月 5 日仙逝，不禁唏嘘。所询问的诸多友人，分别从不同渠道发来杨初的资料，经汇总整理，大致知其基本情况如次：

杨初（1921—2009）为广西桂林人，1946 年学习于广西艺术馆美术部绘画班，翌年供职于广西省立桂林艺术专科学校教务处，1946 年加入桂林市美术工作者协会，1956 年加入广东省美术家协会，1987 年加入广州市美术家协会。在绘画方面，曾师承"岭南画派"第二代传人方人定，擅画山水、人物，出版有《杨初画集》。

信中提及之夫人"双绮"，即黄双绮，曾为广州的中学老师，其父为近世广州有名的收藏家黄永雩。黄永雩字肇沂，号芋园，富藏金石、书画、古琴等，所藏天蠁琴，与春雷琴、秋波琴、绿绮台琴并称"岭南四大名琴"，著有《天蠁楼诗》等。记得当初随苏庚春去拜见杨初时，苏老便特地补充了一句："他是大藏家黄永雩的女婿。"不过经过各种动荡与变革，在黄氏后人处，现在也见不到多少藏品了。依稀记得在广州越秀山上的广州美术馆曾经举办过一次黄永雩藏品展，当时峨冠博带，踵接于门庭。现在回想起来，在那个场合，倒是有可能再次见过杨初先生的，但确因人头攒动，难以识别各路豪杰，因而现在回忆，竟无丝毫印记。

信中，杨初提及倩其夫人到苏庚春寓所取回画作之事，可知苏庚春在为杨初绘画做推介及传播。记得多次听苏老在客人面前谈起杨初的画，都是不遗余力地历数其优胜处。有不少客人，因此而成为杨初的艺术赞助人，所以杨氏在信中所言"兄在各方面诸多关照，弟已十分感激"，是有依据的。待苏庚春归道山后，我便很少有机会再听到杨初的名字，直至见到这封便条式的手札才又见昔日情景。从信中第一句"来信收到"，可知苏庚春也有鸿雁传书，可惜现在已无从获见。如今，两个生于二十世纪二十年代的画坛耆宿，他们的名字已渐行渐远。他们曾经的知遇与交游，都已成为前尘往事。

（原载《收藏·拍卖》2018 年第 7 期总第 165 期）

文字之交
史树青致容庚信札笺注

史树青（1922—2007）比容庚（1894—1983）小二十八岁，属典型的忘年交。史树青和容庚都是有名的学者和文物鉴定家，但又各有专攻。史树青对古书画、陶瓷、青铜、陶瓷、碑帖、古文字都有涉猎，著有《书画鉴真》《鉴古一得》《长沙仰天湖出土楚简研究》和《祖国悠久历史文化的瑰宝》；容庚精研古文字，兼通古书画、碑帖、青铜彝器等，出版有《中国文字学》《金文编》《武英殿彝器图录》《颂斋书画录》《颂斋述林》和《丛帖目》等。史树青于1947年毕业于辅仁大学文科研究所，师从史学家陈垣，而陈垣和容庚既是学术上的同道，又是乡友，故史树青亦以师礼之。巧合的是，两人和笔者都有直接或间接的关系。史树青供职于中国历史博物馆（中国国家博物馆的前身），是我的前同事，我亦曾于1996年与其相识，并有过断断续续的交往；容庚晚年供职于中山大学，我则于1992年毕业于该校历史学系，余生已晚，虽无缘识荆，但在大学生涯中，于其学术耳濡目染，获益良多。近日得见史树青致容庚信札一通，很是兴奋，透过吉光片羽，可略窥两位前贤的学谊与交游。

信札未见信封，正文凡两页，附件两页，书写在印有红色"诗史阁手稿"字体的信笺上。其正文曰：

希白先生：

六月一日手示奉悉。解放后，长沙竹简文字前后曾发见二次。第一次出土地为五里牌，第二次为仰天湖。第一次卅五支，第二次卅支。景成所云即第一次出土竹简摹本。第二次出土竹简现有一部分在京展览，余仍在湖南文管会。叶遐庵先生近从湖南文管会洗印全份竹简照片，似较《文物参考资料》清晰。此次展览会亦陈列全部照片，生拟摹写，迄无暇晷。闻湖南文管会当竹简出土时即有摹本，曾请杨遇夫先生考释，但无结果。北京唐立厂、陈梦家、于思泊诸先生，亦未得确解。叶遐厂先生谓此是《礼记》所谓之遣册，似有相当道理。又此次展览中，有热河兴隆出土战国铁范，上有"🀄🀄"二字，郭沫若先生释"贾"，唐立厂先生释"酉"，生谓当是"畬"字，质之吾师，以为如何？又此次展览中有岐山、郏县二地出土铜器（铭文见另纸）。至于第二次出土竹简摹本照片，也不能解决问题，请与湖南文管会罗敦静同志联系，当更便利也（广州文管会麦英豪同志及生与之相熟）。景成所见第一次出土竹简摹本寄上，供参考。

专肃并请教安！

生树青上，六月六日。

从内容看，此信应是史树青在收到容庚来信之后的复函。信札主要谈及长沙出土竹简的文字。在史树青的学术论著中，其早年所著的《长沙仰天湖出土楚简研究》即是专门研究长沙的竹简，奠定其学术地位。

信札并无年款，但据信中提及的"此次展览会"及"此次展览中，有热河兴隆出土战国铁范"等信息推知，该展览即是于 1954 年 5 月 1 日起在北京历史博物馆（即后来的中国历史博物馆）举办的"全国基本建设工程出土文物展览会"。由此可知，此信当写于1954年。该展览由文化部社会文化事业管理局主办，展出1949年至1954年期间全国几大行政区在基本建设工程中所发现的文物，其中，华北623件、东北735件、西北597件、华东334件、中南1032件、西南434件，共计3755件文物。为配合展览，主办方还出版了《全国基本建设工程出土文物展览会说明》和《全国基本建设工程中出土文物展览图录》。该展览极一时之盛，在学术界引起热烈反响，著

史树青致容庚信札　1954年6月6日

名学者郑振铎、向达和傅振伦还分别撰写了《在基本建设工程中保护地下文物的意义与作用》《参观了全国基本建设工程中出土文物展览会以后》和《"全国基本建设工程中出土文物展览会"简介》等文对展览予以介绍。该展览是中华人民共和国成立之

《全国基本建设工程中出土文物展览图录》

初文物界、博物馆界的盛事，展出地点即是史树青所供职的北京历史博物馆午门大殿。在展品中，专门有长沙仰天湖出土的竹简，这对热衷古文字的史树青和容庚来说，确乎是一件令人兴奋的大事。从信的内容及前后关联看，容庚和史树青的这次通信应该就是由此展览而引起。

信中提及的诸家，均为有名的学者："景成"即语言文字学家高景成，北京人，供职于中国社会科学院，被称为中国古文字的"活字典"，著有《中国的汉字》《按字音查汉字频度表》和《常用字字源字典》；"叶遐庵""叶遐厂"即叶恭绰；"杨遇夫"即杨树达，古文字学家，湖南长沙人，任教于湖南师范学院，兼任湖南省文史研究馆馆长，著有《积微居小学金石论丛》《积微居小学述林》和《卜辞琐记》等；"唐立厂"即文字学家唐兰，浙江嘉兴人，故宫博物院研究员，著有《古文字学导论》和《中国文字学》；陈梦家为古文字学家和考古学家、诗人，浙江上虞人，供职于中国科学院考古研究所，著有《武威汉简》和《汉简缀述》等;"于思泊"即于省吾,辽宁海城人,古文字学家和文物鉴藏家,吉林大学教授,出版有《尚书新证》《商周金文录遗》《甲骨文字释林》《双剑誃尚书新证》《甲骨文字诂林》等;罗敦静,考古学家,曾撰写《湖南耒阳东汉墓清理简报》《湖南长沙唐墓清理记》《长沙烂泥冲齐代砖室墓清理简报》《耒阳西郊古墓清理简报》和《长沙县北山区东汉砖室墓清理记》等多篇考古发掘报告;麦英豪为考古学家,广东番禺人,曾任广州市文物管理委员会副主任,著有《广州秦汉考古三大发现》《南越文王墓》和《岭南之光》。显然,信中提及的名家连同郭沫若(1892—1978)在内都是在考古或古文字方面有较深造诣者。

在正文之外,信札尚有附件两页,是史树青摹写的岐山出土的铭文五个。他先是以今字释读,再题跋。全文如次:

> 一九五三岐山出土铜器铭文:
>
> 1. 鼎(▨);2. 尊(▨);3. 爵(▨);4. 觯(▨);5. 觚(▨)。
>
> 以上各器同出一墓,而铭文不同,又郏县春秋时铜器,一九五四《文物参考资料》第五期唐兰先生有简介,比较全面,故不摹其铭文。
>
> 生今晚有东北之行,约本月内后回京,第二次竹简摹本俟后再寄如何。

此处提的唐兰文,即是其《郏县出土的铜器群》一文,刊发在《文物参考资料》1954年第5期。该文除介绍该批铜器群,还刊登了龙纹盘及花纹拓片、日天甗和母生鼎及铭文拓片,提供了珍贵的古文字研究素材。

有意思的是,在容庚的手稿中,有一件《晚周竹简文字》,是其1954年7月摹写的三十四枚竹简。在摹写的文字之后,容庚题识曰:"一九五二年一月,长沙东郊五里牌工大砖窑

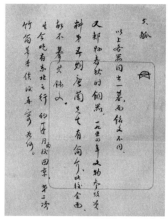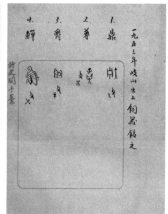

史树青致容庚信札附件

侧山内发见晚周时代楚墓木椁，五周藏有竹简，长短不一，计三十四枚，上有文字，兹照原式摹写以待考证。"在此三十四枚竹简之外，尚有一行"木佣胸前文字"，其题识曰："墓内木佣完整者十枚，衣饰涂有颜色。其三枚胸前有墨书之字，极为明显。兹抚写其字形，较原字约大三分之一也，史庶卿。""史庶卿"是史树青的别字，但此摹写的文字（包括"史庶卿"三字）明显是容庚笔迹，则容庚完全照着史树青所提供的摹本又再临写了一遍。该手稿正好与史树青信札及附件互为印证，显示出两位学者因古文字而结下的翰墨因缘。

其实，至少在 1945 年，年已五十二岁的容庚就与年仅二十四岁的史树青有过文字之交。在此年的十月，容庚应史树青之请为其收藏的《大盂鼎》拓片题跋。该拓片裱为立轴，上有题笺曰："盂鼎拓本，潘郑盦尚书藏物。""潘郑盦"即清代金石学家和鉴藏家潘祖荫，富藏金石、书画，著有《攀古楼彝器图释》。据此可知，该拓片至少在潘祖荫时代便已拓出装裱。其诗堂及裱边名家题咏迨遍，计有姚华、邵章、马居之（印髯）、

容庚等诸家题史树青藏《大盂鼎》拓片

张伯英、柯昌泗、陈承修、容庚、于省吾、商承祚、马国权、闻宥诸家。最早的题跋为姚华和邵章，书于 1918 年；最晚的题跋为闻宥，书于 1978 年。容庚的题跋书于拓片裱边右下侧，在陈承修之后、于省吾之前，其文曰：

> 考释古文字，譬如积薪，后来居上，盖所见较多，其如此鼎。"畯正厥民在雩御事"，"厥"字，徐籀庄释为"人"，吴子苾、吴清卿释为"乃"，至刘幼丹始释为"厥""御"字，昔人皆释为"即"，至王静安先生始释为"御"。甲骨文"御"作""，其案出《尚书·御事》，凡十七见。当甲骨文未发见出土舟胡竟熟视无睹乎？又如

容庚《晚周竹简文字》手稿

"我闻殷坠命"，昔人释"闻"为"戡"，义不可通。王先生释为"昏"，余以《尚书·我闻》屡见，定为"闻"，再证出《说文》《古文》作"昏"，从耳、从昏，可无疑。其"德"释"遂"，读为"坠"，始于徐籀庄，余证出"新出魏"三字，《石经》《尚书·君奭》乃其隧命，《古文》作"德"，必可无疑。其姑发其凡止此，考释全文则俟异日。

三十四年十月容庚记。

钤朱文方印"容庚"。文中提及的"徐籀庄"即徐同柏，古文字学家，著有《从古堂款识学》；"吴子苾"即吴式芬，金石学家，著有《金石汇目分编》《陶嘉书屋钟鼎彝器款识》；"吴清卿"即吴大澂，金石学家和收藏家，著有《愙斋集古录》《恒轩所见所藏吉金录》；"刘幼丹"即刘心源，金石学家，著有《古文审》《奇觚室吉金文述》《凡海书》；"王静安"即王国维，文学家和金石学家，著有《人间词话》《观堂集林》。在此短短的近三百字题跋中，容庚不仅历述前贤对《大盂鼎》释文的考证得失，更指出古文字考订之不易。值得一提的是，容庚为史树青题跋一事，在其《容庚北平日记》中亦有记载。他在一九四五年十月三十一日的日记中写道："早，为同学题《盂鼎铭》。下午至北大上课。校《清晖赠言》。"其时史树青尚在辅仁大学求学，是以学生身份求题，而容庚则以老师身份称其为"同学"，故容庚的题跋，或有告诫史树青治学之不易，须"如积薪"，才能"后来居上"之意，其拳拳之心，跃然纸上。这对初入学术之门的史树青来说，无疑是度人金针。九年之后，容庚已经南下广州执教，从事古文字学研究，而史树青则已入职博物馆，专职从事文物、考古、鉴定等工作。两人鸿雁往来，亦再次因考释古文字而引起。他们的交游因古文字研学而起，又以古文字考订而往还，可谓名副其实的"文字之交"了。

（原载《随笔》2020 年第 1 期总第 246 期）

鉴定家与历史学者的学缘

史树青致柴德赓尺牍杂谈

　　书画鉴定家史树青（1922—2007）是我的前同事，余生已晚，未有机缘与其共事，但却很幸运在多个场合与其有过交集。其中，印象最为深刻的一次是在 1996 年。当时由文物出版社和辽宁省博物馆联合主办的"第二届中国书法史论国际学术研讨会"在沈阳举行，我撰文赴会，恰好史树青先生也在。除见面寒暄请安外，我们还在一桌共进早餐。记得参加会议的很多学者和工作人员慕其名纷纷向他索取墨宝，他应接不暇，身心俱惫，后来干脆就一个也不理，只是呵呵地笑着。在餐桌上，他对此事愤愤不平，嘴里一直念叨："凭什么呀！我欠您的呀！"但有意思的是，第二天他却写了很多字，挨个派给餐厅的服务员，而对向其索字的人员则一个也不送，其耿介的性情，由此可见一斑。后来在北京、上海和广州等地我们还有过谋面，但均没有太多的印记，唯独在沈阳见面的情景，至今仍记忆犹新。

　　史树青先生与先师苏庚春熟稔，两人均为国家文物鉴定委员会委员。1991 年 9 月 6 日，由国家文物局邀请专家在中国历史博物馆（即中国国家博物馆前身）外宾接待室鉴定福建厦门送鉴的涉案文物，史树青与苏庚春及刘九庵、杨臣彬、章津才等人参与其事。因这层关系，再加上后来我调入其曾工作过的中国国家博物馆，因而一直以来对其学识与行迹均极为关注。先是拜读其《书画鉴真》，后获其弟子海国林赠予《史树青金石拓本题跋选》，又购买并阅读了《斗室的回忆——史树青先生纪念文集》等书，算是对其有了更深入的了解。近年结识史学家柴德赓（1908—1970）先生之孙柴念东先生，获赠《百年青峰》《青峰草堂往来书札》及《史籍举要》等书（"青峰"为柴德赓别号），得知史树青于二十世纪四十年代毕业于北平辅仁大学，在学期间，他从时任辅仁大学教授的柴德赓游，执弟子礼。在柴念东提供的资料中，惊喜获见史树青致柴德赓信札两通，吉光片羽，遂勾起一段尘封的往事，略可概见两位学者早年交游的情景。

两信均为毛笔书写，经柴念东考订，分别书于 1946 年和 1947 年。第一通书于红色笺纸上，朱丝栏，全文曰：

青峰夫子大人函丈：

日昨，陆锡纯君由平抵沈，得悉吾师驾已返平，甚慰。树于中秋前二日赴中正大学之约，来此任教，即到则兴趣毫无。现以讲师名义在中正大学先修班担任国文，周十二时月，约二万上下。系主任高亨（字晋生），现仍在蓉，来沈无期也。先修班中，文史方面同人如李泰棻、王森然、齐佩瑢、莫东寅诸君，终日见面，彼等生活仍不寂寞也。树拟寒假后回平，仍渡学生生活，相见不远。沈阳入晚即行戒严，孤城清角，心绪茫然，援翁、狷翁两太夫子祈代问安！

受业树青顿首，九月卅日。

信中陆锡纯为梅贻莹长子，梅贻莹的弟弟为教育家梅贻琦，曾于 1931 年至 1948 年间任清华大学校长。系主任高亨（1900—1986）为古文字学家和考据学家，著有《周易杂论》《文字形义

史树青致柴德赓信札　1946年9月30日

学概论》《文史述林》《文史述林辑补》《古字通辞典》等。信中涉及的四位先修班"文史方面同人"均为现代有名的学者，且均有过在北京大学就读或担任教席的经历。李泰棻为历史学家，著有《西洋大历史》《老庄研究》《中国史纲》《今文尚书证伪》《中国近百年史》《痴藏金集》等。王森然为美术教育家，著有《近代二十家评论》《文学新论》等，兼擅绘画，1932年在其所著的《近代二十家评传》中，他将李泰棻与康有为、章炳麟、王国维、陈独秀、胡适、郭沫若等相提并论，可见在此时，李泰棻已经影响甚巨。齐佩瑢为训诂学家，著有《训诂学概论》和《中国文字学概要》。莫东寅为民族宗教史学者，著有《汉学研究》和《满族史论丛》。"援翁"为历史学家和教育家陈垣，著有《史讳举例》《校勘学释例》《元西域人华化考》《通鉴胡注表微》等。"狷翁"为语言学家和文献目录学家余嘉锡，著有《古书通例》《目录学发微》《四库提要例证》《余嘉锡论学杂著》等。两人在此时均与柴德赓一起任教于辅仁大学。信中言及此年（1946）中秋前二日，史树青赴沈阳私立中正大学任国文讲师。在古文字学家和考古学家李学勤撰写的《忆史树青先生的国文课》一文中，谈及在 1946 年春季，李学勤在北京汇文中学初一丙班就读，彼时教国文的正是史树青先生。半年之后，史树青即远赴关东执教。此信与李文相互参证，正好可构成一个完整的链条，显示出史树青早年行迹。而信中所言及的硕儒俊彦，亦可见出史树青早年的朋友圈构成。

第二通书写在印有"私立东北中正大学"的信笺上，朱丝栏，三页，左下侧尚印有四个联系电话。全文曰：

青峰吾师尊鉴：

前接预衡来函，敬悉近况，甚慰甚慰。树辽东漂泊，意兴耗减，非复当年与二三遗老（如援翁、狷翁）侍坐受教时也。每日惟以读书阅报为务。昨阅报载吾师荣膺教部大奖，钦敬何似。又阅《新生报》赵蕴云先生又请吾师撰稿，将来拜读，何异侍讲下时邪。前阅程梦阳（嘉遂）诗集（《松圆浪淘集》二卷、《偈庵集》二卷，黄宾虹藏，风雨楼排印）第一序为谢三宾撰，系由宋毂所书，题曰："庚午春日莆阳宋毂书于塾巾楼中。"吾师《谢三宾考》中是否曾见此书，昔拜读时未能注意及此，故敢述之。沈阳书物不多，生来此稍购日人遗物，如铜、磁、陶器（以宋辽金磁陶为多，皆东北热河一带出土）、书籍、字画等多属小品，其大批书物如雪堂及伪满世家之物皆倾箱而出，即敦煌旧卷，无虑数千品。不知元伯先生见之，作何感想。而生困于资材，未能大量罗致耳。中正大学定于一月十三日放寒假，因假期过短，不拟返平，若有赐教，希见示之。元伯先生题跋，已见《民国日报》，钦佩无量。辅校风潮，想已平息，留沈校友，殊念念也。生来沈所得诗，辑为《渡辽吟》，付印在即，一俟出版，当呈钧海也。肃此敬请崇安！

受业树青拜启，一月四日。

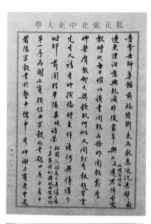

史树青致柴德赓信札　1947年1月4日

信中"预衡"为郭预衡。史树青于1941年考入辅仁大学国文系，时与郭预衡同班，后二人于1945年考入辅仁大学历史研究所。郭预衡从事古代文学史研究，著有《古代文学探讨集》《历代散文丛谈》《专门与博识》《中国散文史》等。"赵蜚云"即文献学与敦煌学家赵万里，著有《中国古代版本史讲义》《汉魏南北朝墓志集释》等。"雪堂"为考古学家与古文字学家罗振玉，而"元伯先生"则为书画鉴定家与文学史家启功。信中所言"报载吾师荣膺教部大奖"指柴德赓《谢三宾考》一文荣获1945年度中华民国教育部学术奖励。史树青在《文天祥书谢昌元〈座右自警辞〉跋》一文中也谈及此文：柴德赓撰文详述明末遗臣谢三宾两次降清，卖友求荣，恰与宋末名臣谢昌元如出一辙。此文在抗战期间写就，并获大奖，或有鼓舞民众爱国守节之意，别具怀抱。史树青"因据师说"，对中国国家博物馆所藏名迹《文天祥书谢昌元〈座右自警辞〉》详加考订，正本清源，前人歪曲史实，于谢昌元文过饰非，史文严加驳斥。信中谈及的"辅校风潮"，是指 1946 年秋季，辅仁大学学生因校方增收费用而引发的学生运动。

两信均写于史树青从辅仁大学毕业后临时执教于沈阳的中正大学，信中有问候，也有陈述近况，但更重要的是在字里行间表现出师生间的学谊与风雅，从侧面反映出传统学者、文人交游、治学之道。

史树青跟随柴德赓问学的时间并不长，大抵集中在辅仁大学求学时期，但相对史树青影响不小。史树青在《读书日记前言》中讲到，在其入读辅仁大学之后的第二月，柴德赓即要求其写读书日记，并言："不记读书日记与学期成绩攸关。"史树青写了读书日记后，柴德赓必手自点评眉批，殷殷之情，溢于言表，如在史树青读姜亮夫《历代名人年里碑传总表》中批阅："此书错误太多，用之宜慎"，在《书道全集》的读书日记中批阅："经史基本书，必当有三数种熟读，方能运用不穷"，"兄阅甚广，读书甚富，故下笔斐然可观。此后要当专精一业，以求深造。不然，虽读遍杂书，终无大成，为可惜耳"，可谓金针度人，示人以门径。两信中所示，即与此相互映衬，可略窥旧式文人之谨严与学行。

此外，在《青峰草堂师友墨缘》中尚有一件史树青于 1948 年书赠柴德赓的楷书诗札。诗札抄录史树青旧诗两首，其书文曰："冷落尘寰鬓有丝，春寒恻恻欲何之（用先生句）。而今重过东华路，第一销魂是此时（《甲申春日怀人诗》三十首之一《青峰师》）。归来巴蜀又经春，著述千秋准过秦。载籍几多夫己氏，罪名不让谢三宾（《丁亥春日怀人诗》二十首之一《青峰师》）。旧作小诗皆怀青峰师之作也，录请诲正，树青。"钤朱文圆印"史树青"。诗札与书札相得益彰，更见史树青亲承教泽之感恩之情。值得一提的是，在《青峰草堂师友墨缘》（现已捐赠给苏州大学

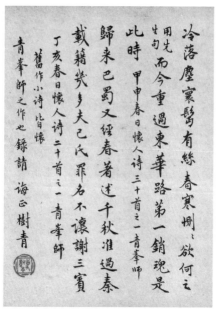

史树青书怀柴德赓诗

博物馆收藏）中留下墨宝的有三十余人，学生仅刘乃和、史树青两人，据此亦可略窥史树青在其师心中的地位。

　　而在书法方面，两通信札书写之时，史树青年仅二十五六，但其潇洒自如、结体匀整的小行书已经颇见功力。李学勤在回忆文章中谈到，在这一时期，史树青还教国文学生怎样练习书法："写字不用夸，先写飞凤家。"因"飞""凤"和"家"三个字笔画结构很难写得匀称。他还强调："若要家字好，须得宝盖小。"这些都是史树青先生早年的经验之谈，在其信札中自然而然就流露出来了。这与其晚年端正、秀雅的楷体书风有异曲同工之妙。

（原载《文汇报·笔会》2019年8月13日第11版）

"二居"研究辑佚

陈少丰致马国权

　　从二十世纪九十年代中期起，我便开始关注晚清画家居巢和居廉的相关资料。并在 1996 年，以广东省博物馆专业人员身份与香港中文大学文物馆、广州美术馆一起参与"居巢居廉画艺"的展览。在搜集"二居"资料时，广州美术学院美术史学者陈少丰（1923—1997）的相关研究成果是不可绕过的。在此之前，他相继撰写并发表了《居巢与居廉》《清末岭南画派画家居巢》《关于画家居廉的初步认识》和《居廉的现存作品及其艺术特色》（与梁江合作）等，对于构建"二居"研究的基本体系，居功厥伟。由于对"二居"持续关注和一段时间的学术兴趣所在，我从二十世纪九十年代后期开始直到二十一世纪初期，先后对"二居"传世作品、原始文献及其他相关资料做了梳理与钩沉，撰写多篇研究文章，并先后于 2007 年和 2016 年梓行《居巢居廉研究》和《对花写照：居巢居廉画艺》[1]。正是基于此，香港书画家马达为先生在整理其父亲、书画篆刻家和金石学家马国权（1931—

1　朱万章：《居巢居廉研究》，岭南美术出版社，2007；朱万章：《对花写照：居巢居廉画艺》，广东人民出版社，2016。后者实为前者的修订增补本。

233

2002）先生资料时，发现两通陈少丰致马国权信札及一袋"二居"研究资料，遂从香江遥寄至北京，希冀这些资料对"二居"研究能起到促进作用。因其时我对"二居"的研究已经告一段落，研究兴趣转向明清书画的鉴藏方面，故这批资料一搁便是数年。最近因为撰写信札研究文章的缘由，自然就想到了这两通信札。马国权和我是相识已久的忘年交，陈少丰虽然与我素昧平生，但我对其文早已烂熟于心，他的很多学生如李伟铭、李公明、韦承红等也都是我相交多年的同道好友。因而拜观其手泽，就有一种天然的亲切感。

一、陈少丰致马国权信札疏证

与信札同入一袋的还有一份陈少丰手书清单，以圆珠笔书写在一张三十二开的便笺上：

> 居巢：①；②清末岭南花鸟画家居巢，6000 字；③居巢作品选集序，2200 字。
>
> 居廉：29800 字。①居廉传，2200 字；②居古泉先生的画传，5400；③居廉之画学，13000 字；④关于画家居廉的初步认识，6600 字；⑤居廉扇面画选序，2600 字。

按照此清单，分别附上了以上诸文的影印件。陈少丰自己的两篇文章，则是以复印件形式粘贴在上海人民美术出版社纵 25 厘米、横 20 厘米的八开稿笺纸上，并在旁边以圆珠笔加了近乎和正文同等字数的修订文字。其中，《清末岭南花鸟画家居巢》注明 1984 年 9 月 15 日修改于广州；《对于画家居廉的初步认识》注明 1979 年 10 月写于北京前海，1984 年 9 月修订于广州。

两通信札各一页，均无信封。第一通以圆珠笔书写在十六

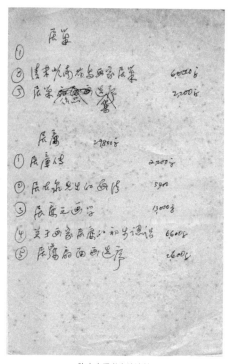

陈少丰手书文稿清单

开 20×20 格字的稿笺纸上，书文曰：

国权兄：

　　原保证的二居两文修改后于九月十五日以前寄上，然因将黎葛民同志春节前所作二居作品著录誊抄在我的卡片上，费了整整三天的时间，故修改工作直拖延到今天上午！

　　细看庄申之《居巢与居廉》，不禁惊讶与愤慨！除了态度上的轻率，有关薪俸之计算，"几个姨太太"和"受打击"诸节，简直令人疑及笔者的灵魂！

　　不过我还是坚持正面来评价，只在个别问题上，略加涉及

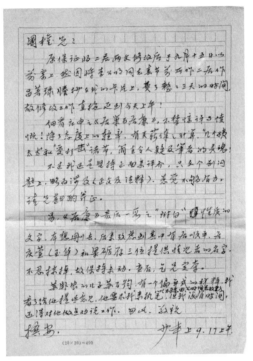

陈少丰致马国权信札　1984年9月17日

（正文及注释），总觉不够有力，请兄斟酌斧正。

　　另，《居廉》最后一节之"附白"性质的文字，本想删去，后来考虑到其中有居顺丰、居庆萱（玉华）和梁砺存三位提供情况者的名字，不忍抹掉，以保持未动。当否，乞兄定夺。

　　苏卧农的儿子苏百钧，有一个编年式的材料，我看了给他提些意见，他要求我来执笔（不乐意由公明同志改定），但我没有时间，还得对他做点劝说工作。匆此敬祝撰安！

　　　　　　　　　　　　　　　　少丰上，9.17，上午。

信中并无年款，但从两篇文章修订的时间可知，此信当写于 1984 年 9 月 17 日。信中提及的黎葛民（1894—1977）为广州美术学院教授，擅画山水。写此信时，黎葛民已经谢世有七年之久，显然，这是陈少丰的误记。经求教广州美术学院教授、美术史学者李公明，其时为陈少丰做"二居"作品著录的是李公明而非黎葛民，当时李公明刚刚入职两年，或系陈少丰因两人姓名音近而混淆。信中谈及的庄申为台湾的美术史学者，曾经供职于香港大学，著有《从白纸到白银——清末广东书画创作与收藏史》《扇子与中国文化》《中国画史研究》《中国画史研究续集》和《画史观微》等。信中谈到的"《居巢居廉》"，应为"《居巢与居廉》"，系一篇发表在图录《岭南派早期名家作品》中的文章[1]，后收入《从白纸到白银——清末广东书画创作与收藏史》中。

"居顺丰"未详系何人，疑为居氏后人；居庆萱（玉华）为居羲（秋海）之女，居羲为居福（玉泉）之子，居福和居廉胞兄弟，同为居鍠（少楠）之子，而梁砺存为居庆萱之夫。信中谈及的苏百钧，其父苏卧农为"岭南画派"创始人高剑父弟子。苏百钧曾供职于广州美术学院，擅画花鸟，现为中央美术学院教授。陈少丰所谈及的编年式的材料，我曾在苏百钧在北京的寓所见过一次，乃手写之年表，较为简略，后来并未梓行。

第二通信札以圆珠笔书写普通十六开信笺上，书文曰：

国权兄：

来函获悉，巢、廉二文草草补充，未及誊抄，增加审稿排字的麻烦，深感内疚！谬承嘉许，倍加惭愧！

中有二处，乞兄酌加：一为"十香园"面积为 630 平方；二为，

1　庄申：《居巢与居廉》，载《岭南派早期名家作品》，香港艺术馆，1983，第 10—14 页。

陈少丰致马国权信札　1984年10月10日

二居的师承问题，倘二居是在广西环碧园初识宋、孟，其艺术必非从宋、孟而来，莫非居巢在早年（如十余岁）接触过宋、孟？但我不知宋、孟何时来广州，说者每谓二居师于宋、孟，且广州有宋、孟作品流传，看来二居师于宋、孟之说可能是有根据的，只是我目前尚未掌握二居或者居巢早年学于宋、孟的文献材料。

苏、何写的均不理想，黎葛民、公明说在他动身去南京参观前一定改出寄上。敬祝撰安！

少丰上，10.10。

（今晚我去安阳参加一个会，顺便拐四川大足看看，月底或下月初返穗。）

此信的书写时间为 1984 年 10 月 10 日。信中提及的"苏、何"中"苏"当为苏百钧，而"何"则未详何人。信中再次言及"黎葛民"，时年陈少丰六十有二，年事已高，故他将其与美院新兵李公明鲁鱼莫辨，似在情理之中。文中的"宋、孟"是指晚清花鸟画家宋光宝和孟觐乙。宋光宝，字藕塘，江苏吴县（今苏州）人；孟觐乙，字丽堂，江苏阳湖（今常州）人。两人均流寓广西桂林，受李秉绶之邀，在其环碧园开馆授徒。居廉的画风受二人影响尤深，他有一方小印："宋孟之间"，以示其艺术渊源。

一、"二居"研究的两个话题

两通信札涉及到两个问题，一是关于庄申在《居巢与居廉》一文中谈到的"二居"的薪俸及缺乏画友同道的问题；二是关于"二居"与宋孟之间的传承与关系问题。

陈少丰在原刊发于《广州美术学院学报》创刊号上的《对于画家居廉的初步认识》一文的影印件旁，用圆珠笔特意加了数段增订的内容，其中最末一段便是针对庄申文章中的大胆假设和"小心揣测"而提出的驳斥："作为一个潜心艺术，生活简朴，人品端正的画家和艺术教育家居廉，家人、门生、亲友都是很了解的。在那'不孝有三无后为大'的封建观念、舆论的支配下，居廉原配未育早死，继室高氏也没有生育，于是先后娶了□氏和刘氏二妾，但均无生育。纳妾固然是封建制度下的一种不合情理的现象，但决不像某些人所说的什么'他从广西带回来的姨太太，倒有好几个。怎么说呢？张敬修与张嘉谟既然相当富有，家里少不了有些年轻的奴婢'，'也许居廉知道他的几位姨太太全都出身于张氏可园，看惯了春花秋草，才特别不惜钱财地建造十香园，来取悦他的几位如夫人吧'。这种运用假想、虚构勾画出来的色鬼、花花公子、阔佬模样，不但与真实的居廉了不

陈少丰《对于画家居廉的初步认识》修改稿（部分）

相干，也未免有失治学态度上应有的严肃与郑重。"对于庄申文中提及的问题及其他有失严谨的推断，韦承红和李伟铭分别于1990 年和 1999 年撰文予以讨论和批驳[1]，算是与其师不谋而合。韦承红在文中对庄文的"捕风捉影，不负责任的假想臆说"逐一反驳。对庄文中所说的居廉从东莞获赠年轻的女婢、在广州建造十香园是为讨好从东莞带回的几位姨太太、"二居"缺少广

1　居庆萱口述、韦承红整理《关于二居的一些不实之辞》，载《岭南画派研究（第二辑）》，岭南美术出版社，1990；李伟铭：《关于二居研究中的若干问题——庄申〈从白纸到白银——清末广东书画创作与收藏史〉异议》，载《广东省博物馆集刊 1999》，广东人民出版社，1999。

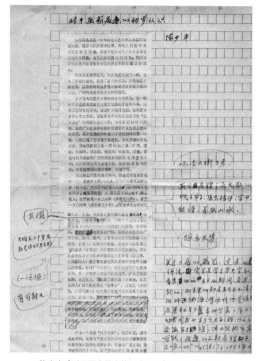

陈少丰《对于画家居廉的初步认识》修改稿（部分）

泛的同道交游，"一直缺乏切磋的画友，他们不会在精神上感到寂寞吧"[1]等臆断（当然，庄文对"二居"的肯定也是显而易见的），韦承红在文中充分利用所掌握的史料给予驳斥。如果说韦承红文因居氏后人居庆萱的口述多少还带有感性的话，而李伟铭文则纯粹从史实与学理的角度对庄文质疑，针对庄文对居巢卒年所提出的推测，李伟铭指出"由于他没有从史源学的角度对两种说法进行考辨还原，更没有引进新的论据材料，只是在三种

1　庄申：《居巢与居廉》，《岭南派早期名家作品》，第12页。

说法之间即此即彼模棱两可甚至三可地兜圈子，随意假设、强行论证，难免使人怀疑这种论述已经违背了必要的学术规范"[1]，这个症结，也是庄文最本质的问题。至于庄文中提及的"二居"缺乏可以"切磋的画友"，李伟铭则用潘飞声的日记及时人的诗文等原始文献进行了反证。

而对于第二个问题，陈少丰也用圆珠笔在《对于画家居廉的初步认识》一文的影印件中加了特别补充和说明："关于二居的画艺，过去流行的说法，完全是学宋光宝和孟觐乙，现在看来，他们在广西期间，受宋、孟影响是可能的，而主要的却是至今不清楚的家学或其他师承渊源。有些情况是值得考虑的，如：居巢在《今夕盦古印藏真·序》中说：'忆与予季幼云同受印学于先君子'（按：乃父石帆），虽未言及受画学于谁，但不能排斥其父兼有绘艺之可能；居廉的父亲居鍠确是以'亦善山水而名噪一时'的；1983 年 4 月，香港艺术馆举办的二居画展中，居巢画的一件《折枝蜜蜂扇面》（展品三十），如果是真迹，上面题着：'癸巳清和，拟元人笔意。'癸巳，只能是公元 1833 年，其时居巢二十二岁，是在去广西的前十五年，而据说'此图之书画风格'，'颇似他中年以后的风格'（庄申《居巢与居廉》），足见居巢的绘画艺术面貌，早在接触宋、孟的至少十五年前就已经形成了；从居廉于咸丰戊午（1858）所画的珠江荔湾之景的《龙舟竞渡图纨扇》可见，居廉于从广西回粤后的第三年，也能画没骨法以外的工笔设色，并不像人们所说的'宋孟之间'；与居廉画《龙舟竞渡图纨扇》的同年仲秋，不曾去过广西的居巢之女居庆（字玉徵），用非常熟练的撞水撞粉法画的《没骨花卉扇面》，题记中称'偶仿南田老人用笔'，并录旧作（按：七

1　李伟铭：《关于二居研究中的若干问题——庄申〈从白纸到白银——清末广东书画创作与收藏史〉异议》，载《广东省博物馆集刊 1999》。

绝二首），不会是二居自桂回粤后才传授给她的画法；人们之所以认为二居的撞水撞粉没骨法完全来自宋光宝，恐不一定有实据，可能以为在二居之前，只有宋光宝才有此法。其实，与宋及二居大体同时，天津一位花鸟画家张兆祥，画法与二居酷似，只是色调比二居的浓艳，更可见撞水撞粉没骨法不是宋光宝所独有。至于二居在没骨、水墨写意花鸟草虫画的艺术成就上高于宋光宝、孟觐乙，那倒不是考虑这一问题的依据，因为在绘画史上，青出于蓝而胜于蓝的实例是多不胜举的。"对于这个话题，在陈少丰之后，已有学者进一步阐释，搜集史料，提出了"居巢、居廉确曾亲从宋光宝学画"的论断[1]，是"二居"研究中的一大贡献。

现在因无法找到马国权先生的复函，故未知陈少丰先生寄修改文章及其他"二居"研究资料的真实意图，但就信的内容推测，应该是由马国权先生编辑出版文集，但不知何故，该文集至今未见印行，故陈少丰先生当时就"二居"研究中的最新成果一直未能面世，使学界未能受其惠泽。时移世易，陈少丰的"二居"研究已过去三十五年。在这漫长却又资讯高度发达的三十五年，"二居"的展览不断推出，各类图录及研究文章已相继问世，大量的公私藏品出现在公众视野，很多鲜为人知的资料也得到发掘、刊布，"二居"研究和其他领域的美术史研究一样面临着前所未有的机遇。但即便如此，今天重温陈少丰与马国权的通信及其关于"二居"研究的两个话题，可以体味到一代学者的治学精神，其严谨笃实的学风及其所提出的论点，对今天的学术研究仍然具有启发意义。

（原载《荣宝斋》2021年12期总第205期）

1　林京海:《居巢、居廉游寓广西考》，载《文物鉴定与研究（三）》，文物出版社，2007，第142页。

燕粤俦侣

何镜涵致苏庚春信札

何镜涵（1923—2008）是山水画家，以画楼阁与写意山水著称，兼擅人物，出版有《何镜涵画集》《何镜涵山水画谱》和《何镜涵人物画谱》等。他号君望，别名少民，北京人，为北京画院画家，曾于1959年与古一舟、惠孝同、周元亮、陶一清、松金森合作鸿篇巨制《首都之春》，历时半载，画面由通县八里桥土高炉群、热电厂、天安门、柳浪庄、人民公社、颐和园、石景山炼钢厂、丰沙线、官厅水库这九处景致组成，由郭沫若题引首，惠孝同题跋，充分展现北京欣欣向荣的景象及各位画家独特的绘画技法，极一时之盛。

何镜涵与书画鉴定家苏庚春（1924—2001）年龄相若，又都长期生活在北京，两人在二十世纪八十年代多有往还。虽然由于缺少相关的文字记录，两人交游的细节已无法复原，但从留存下来的绘画和信札中，我们大致可勾勒出两人交往的轨迹。

1984年冬天，六十二岁的何镜涵南下广州。在现存的何镜涵画作中，我们看到，在广州期间，他为苏庚春创作了至少两幅画。一幅为《春雨楼图》，一幅为《钟馗图》。前者描绘的是杏花烟雨江南的景致：一座楼阁矗立在烟雨朦胧的水边，柳树环绕，若隐若现，远处为一望无际的平湖和影影绰绰的浅山。楼阁的门楼处题写"春雨楼"三字。春雨楼为苏庚春斋号，是其在广州闹市区普通居民楼中的一套小居室，何镜涵以其为原型创作此画，显然有虚构与艺术加工的成分。作者题识曰："暖阁栖玉凤，野岸默含金，甲子年仲冬在庚老家做客，镜涵"，钤朱文印"何镜涵印""君望"和白文长方印"即兴"，可知是其在苏庚春春雨楼中所作。后者以线描写腰佩宝剑的钟馗，怒目圆睁，威风凛凛，一只朱砂所绘的蝙蝠从前侧飞来。钟馗有辟邪之义，蝙蝠与"福"谐音，故此画有驱邪纳福、福自中来之意，是具有祝福寓意的吉祥画。作者题识曰："庚老法家指正，甲子年冬写于穗"，钤朱文方印"君望"、白文方印"何镜涵印"和白文长方印"即兴"。两画反映出何镜涵山水和人物画风貌。

在两画之外，还有两通何镜涵致苏庚春的信札，亦可看出两人交游的点滴。两札均无信封，一通书写在北京市电车公司印刷厂出品的纵20厘米、横20厘米的稿笺纸上，一通书写在横幅宣纸上，均为毛笔竖写。前者全文曰：

> 庚老：
>
> 　　握别已一个多月，很想念你们各位。自别后大忙而特忙，直到卤老要来广州，算是松了一口气。今拜托卤老带来画三张，车票一张，请转交卜兄。
>
> 　　顺问卜老、凯兄好。过几天分别给他们二位写信问候。祝福祺，问嫂夫人好！
>
> 镜涵。

钤白文方印"镜涵"。信中"卤老"为傅大卤，长于书画碑拓鉴定，尤其专长于手拓钟鼎彝器、砚、印章、甲骨、玉、陶、铜、石器等，与苏庚春等人交善。此信并无年款，但巧合的是，

何镜涵 《春雨楼图》 纸本设色 113×48厘米 1984年

何镜涵致苏庚春信札　1985 年

傅大卣在一封致广东省博物馆陶瓷鉴定专家宋良璧的信中提及赴广州之事：

良璧吾友：

　　时间易去，转眼又是数年，每念相聚之情，再晤有日矣。兹定于四月十五日由京去澳门，路过广州稍停，可能要住下一日。八二年曾约余去广州，因身体欠佳，未能赴约，这次去澳往返经过广州，未知老兄有无要让我谈一谈文物的打算。如果没有更好，如有此意，请先来一信，我稍做预备一下某种讲义。匆此，顺祝近安。

　　　　　　　　　　　弟傅大卣。1985.3.23 上午。

此信与何镜涵致苏庚春的短札互证，可推出何信时间当为 1985 年。信中谈及"握别已一个多月"，在前述画作中知道何镜涵 1984 年冬天在广州，他与生活在广州的苏庚春"握别"是

何镜涵致苏庚春信札　1985年11月21日

切合的。傅大卣信中提及赴广州的时间为1985年4月15日，故可知何镜涵此信的时间当为1985年3月或4月。信中言及的"卜兄""卜老"，则不可考。后者全文曰：

> 庚兄嫂台鉴：
>
> 　　别后一年甚为想念，来示已悉，知您与周公时时系念弟，感情之深，可比桃源（园）结义也。示知您的近况如何。振一因事忙，最近二月也未来舍畅谈，弟近来又画了几幅大的作品，不甚得意，免（勉）强挂出，杂事太多也，毫无办法。
>
> 　　周兄为弟弄到的大毡子实在是雪里送炭，我非常欣快。因为我的大写字台（画案二米五又一米三）作成后，非常满意，至今就是缺少一张合适的毡子，这样一来，宝马配上金鞍，再好不过了。非常感谢周兄、庚兄二位对我的关心，请将附信转交周兄致谢。至于如何运到北京倒是个问题。兄如能在来京时带来很好，能不能邮寄来，如能的话，我给您寄去邮费，烦您寄来也好。祝兄嫂福祺！（如有事请来信，弟必照办。）
>
> 　　　　　　　　　　　　　　　弟镜涵奉。乙丑年十月初十日。

"乙丑"为1985年，也即前述两画创作之后的第二年。"十月初十"当为阴历，而公历当为11月21日。信中"别后一年"，恰与此吻合。"振一"为苏庚春次子，长于书法篆刻，长期生活在北京。信中的"周公"及前信提及的"凯兄"，当为周凯，为生活在广州地区的苏庚春友人，曾为广东冶金局局长，喜好书画收藏。1979年，由吴南生、欧初发起和组织的"广州市个人珍藏书画文物展"，苏庚春和王贵忱等人负责展览策划及具体事务，周凯和尹林平、白云起、丁励松、叶松林、陈角榆、王匡、方锐等人作为老干部群体提供藏品参展；1996年5月，苏庚春和夫人张沛之在广州市文物总店举办书画联展，周凯还参加了展览开幕式。

不无遗憾的是，在现有资料中，尚未见到苏庚春方面关于何镜涵的任何文字记录。苏庚春作为早年生活在北京、后来寓居广州的书画鉴定家，与北京等地的书画家均有密切的交往。这些书画家南下办展、鬻画、写生、讲学、会友、旅行、开会等，大多与其有过应酬交集，尤其在二十世纪七十年代后期到八九十年代，这种情况最为普遍。何镜涵为苏庚春所作绘画及信札，即是这种特定时代的代表性印证之一。

（原载《中国文化报》2019年4月7日第4版）

授课之约
苏庚春、傅大卣等信札笺释

　　苏庚春（1924—2001）和傅大卣（1917—1994）都是活跃于二十世纪的文物鉴藏家。两人均为河北人，早年都在琉璃厂经营古玩字画。苏庚春长于书画鉴定，尤其对明清书画有较深的艺术造诣，著有《苏庚春中国画史记略》和《犁春居鉴稿》等；傅大卣长于青铜器鉴定，精于全形拓，兼擅篆刻，出版有《傅大卣手拓印章集存》。在二十世纪五六十年代公私合营改制后，傅大卣供职于北京市文物局，继续从事文物鉴定，而苏庚春先是服务于琉璃厂宝古斋，后南下广东，先后供职于广东省博物馆和广东省文物鉴定站。两人之间的信札往来多集中在1983年。因苏庚春与广东省博物馆陶瓷鉴定专家宋良璧既是同事又是至交，两人因工作关系均与傅大卣有交游。在苏庚春致傅大卣的信札中，有时独立署名，有时则与宋良璧共同署名。现存的这类致傅大卣信札，一共四通。

　　现以时间为序考释如次：

　　第一通信札书于1983年3月21日，由宋良璧执笔。信封正面印有红色"广东省博物馆缄"大字，另有一行小字："广州市延安二路401号，电话:33573,30482"，上贴面值八分的邮票，

左: 苏庚春小影, 1977 年 4 月 10 日摄于广州
右: 傅大卣小像

邮戳时间为"1983.3.22"。宋良璧以钢笔书写"北京琉璃厂姚江胡同 3 号, 傅大卣同志启"。信札以圆珠笔书写在十六开公文纸上, 抬首印有"广东省博物馆"字样。书文曰:

> 傅老师:
>
> 　许久未能通信问候, 遥祝一切如意!
>
> 　我们省文管会定于今年五月间举办"文物鉴定学习班"。有关师资问题, 需请有关方面的专家讲课, 拟请您来广东讲授"青铜器"的课, 约需十日左右, 来往旅差、住宿补贴等费用均有(由)我们这里开支, 如可以来的话, 我们再以省文管会名义向您所在单位正式发出邀请函, 望老师能大力支持, 可否希来信示知。致敬礼!
>
> 　　　　　　　　苏庚春、宋良璧, 3 月 21 日上。

信中, "均有"应为"均由"。信封上"姚江胡同 3 号", 据傅大卣哲嗣傅万里先生见告, 位于琉璃厂东街, "文革"前叫姚江会馆, 为傅大卣 1949 年前所置, 一直住到 1987 年左右, 然后搬至红庙。在此信的信封背面为傅大卣钢笔手书:

"1983.3.24，广州博物馆来信约去讲铜器课，28 日复信，言在病中，待另信定之。"此处的"广州博物馆"应为"广东省博物馆"。因傅大卣抱恙不能赴邀，因而便有了苏庚春的第二通信札。

第二通信札书于 1983 年 4 月 11 日，信封印有红色"广东省文物管理委员会"字样，地址和电话为："广州市东山培正一横路 3 号，电话：77648。"信封上书："北京府学胡同北京市文物事业管理局，傅大卣同志启，苏缄"，邮戳时间为"1983.4.11"，贴面值八分的万里长城普通邮票。信札为毛笔书写在印有"广东省博物馆稿纸"的绿格稿签纸上，纸为八开，50×20 格。书文曰：

大卣老兄：

您好！接手教拜读，知悉您近日身体欠安，深为念念，遥祝您早日恢复健康。目前学习班正在筹备，企望届时您能莅临讲课。如果身体确实不行就不要勉强。主要广州五月间太为炎热，但是这里的领导和一些同志均盼望着您一定能来才好。您决定后希望早日赐给一函为盼。专此，敬祝刻安！（请代问候诸老友均安。）

良璧、庚春同上，83.4.11。

此信也为苏庚春与宋良璧共同署名，为苏庚春执笔。

第三通信札书于 1983 年 5 月 15 日，信封与第二通同，但文字略异，"府学胡同"前多了一个"宽街"，"北京市文物事业管理局"简称"北京市文物局"，且多一个"交"字，称谓亦由"同志"改称"老师"，且并无"苏缄"二字。邮戳时间为"1983.5.16"，正面贴着"航空"标签，背面贴一枚面值八分和一枚二分的邮票，上有傅大卣以毛笔书："1983.5.20，广东博物馆苏庚春来信，即日复。"信札为圆珠笔书写在印有红色"广东省文物管理委员会"

苏庚春致傅大卣信札　1983年4月11日

字样的信笺上。书文曰：

　　大卣老兄：

　　　　您好！我们举办的学习班定于本月 20 日开课。关于请您来穗授课事，经与领导研究不好再与您单位发邀请函了，怕使您造成精神负担。我们这里只好缺这一课，日后您身体好后再请来穗讲课就是。祝您早日康复，我六月底即返京，广州有何事嘱办，即来来信，余不多叙。专此，敬祝康健！

　　　　良璧同志嘱笔向您问候，弟苏庚春手上，83.5.15。

此信为苏庚春独立署名，但信中有提及"良璧同志嘱笔向您问候"。因为经过两个回合，傅大卣已非常明确表示不能到广州授课，在此信中已经清楚传递了这一信息，所以苏庚春表示"只好缺这一课"。苏庚春在信中谈及"六月底即返京"，苏庚春在退食后，每年夏天都会回到位于北京东琉璃厂桐梓胡同二号的家中，冬天则又会返回位于广州文明路 144 号的家中，他戏称自己为"候鸟"，同时也分别刻了"粤燕两居人"朱白文两印自许。写此信之年，苏庚春年已六十，据笔者所编《苏庚春年谱》所示，苏庚春真正从广东省文物出境鉴定组组长退休是在 1984 年。从此信可看出，至少在退休前一年，苏庚春已过着较为自在的"候鸟"生活。

第四通信札书于 1983 年 6 月 9 日，信封及文字均与第二通同，邮戳时间为"1983.6.9"。信札为圆珠笔书写在十六开印有红色"广东省博物馆"字样的公文纸上，下侧印有："地址：广州市延安二路 401 号，电话：33573。"书文曰：

> 大卣老兄：
>
> 　　您好！您的大作，玉器讲稿两本，已收到了。正好我们学习班也要讲这方面的课，现拟翻印壹佰余本发给学员以便应用。领导嘱笔向您致谢！良璧与我同时也向您致以深切地谢意。余容后叙。专此，祝夏安！
>
> 良璧、庚春谨上，83.6.9。

此信也为苏庚春与宋良璧两人同署名，系苏庚春手书。据此可知，傅大卣虽然因身体原因未能赴穗，但寄来了讲稿。信中所言"拟翻印壹佰余本发给学员"，则可从侧面看出此次文物鉴定学习班的规模。

苏庚春等致傅大卣的四通信札都集中在 1983 年三至六月

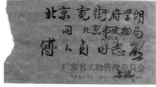

苏庚春、宋良璧致傅大卣信札及信封 1983 年 6 月 9 日

间，其核心内容便是延请远在北京的傅大卣南下授课。据笔者
所编《苏庚春年谱》记载，1983 年 5 月，苏庚春为广东省文物
鉴定学习班授课，这与信札所示学习班的时间是吻合的，则可
知此次的学习班并非仅限于青铜器和玉器之类，至少还包括书
画，说明是一个综合类的文物鉴定培训班。在次年的 5 月 31 日，
苏庚春在广东省博物馆提取文徵明的《淞江图》为学员讲授书
画鉴定课程。据此亦可知，这类文物鉴定培训班在当时应是较
为常态的模式。在傅大卣于 1983 年 5 月 31 日致宋良璧的信札
中就谈道："去岁贵馆举办讲习班，正因患胃病而失良机，否则
贵馆所藏，当能见到若干，其它青铜器也能看到许多"，则可知
至少在 1982 年也举行过类似的培训班。对不能到广州授课之事，
傅大卣在 1983 年 12 月 19 日致宋良璧的信札中，还表达了遗憾
的心情："谈到今春约我去讲课一事，是时余正患胃疼，还未痊愈，
也未去上班。在家休病假期间，如果去广州是不可能，考虑到

1983 年 5 月，广东省文物鉴定学习班学员留影，前二排右起第五人为苏庚春

影响，因此决定未去。今后如有机会再补这一课，望能实现这个愿望。"正因如此，在时隔两年后，傅大卣因事赴澳门，要途经广州，因而致函宋良璧，表达了弥补这一遗憾的意愿。该信书于 1985 年 3 月 23 日，书写在十六开普通红格信笺上，用钢笔横写，一页，书文曰：

良璧吾友：

时间易去，转眼又是数年。每念相聚之情，再晤有日矣。

兹定于四月十五日由京去澳门，路过广州稍停，可能要住下一日，再起身去澳。

八三年曾约余去广州，因身体欠佳，未能赴约。这次去澳往返经过广州，未知老兄有无要让我谈一谈文物的打算，如果没有更好，如有此意请先来一信。我稍做预备一下某种讲义。匆此，顺祝近安！

弟傅大卣，1985.3.23，上午。

此信的信封上书"广州市广东省博物馆宋良璧同志启，傅大卣"，信封上印有"北京市文物事业管理局，北京市东城区府学胡同 36 号"，上贴一枚面值八分和一枚二分的邮票。此信专

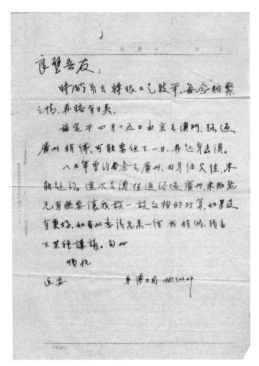

傅大卣致宋良璧信札　1985 年 3 月 23 日

门谈及 1983 年未能赴邀之事。宋良璧收到信后，随即于 4 月 5
日便回复。复信为三页，前两页书写在十六开印有"广东省博
物馆"字样的公文纸上，后一页书写在三十二开印有"广东省
博物馆便笺"的小纸上，书文曰：

> 傅老师：
>
> 您好！来信已收悉多日。首先谢谢您对我们广东的关怀。
> 所谈 15 日赴港时路经广州，要否讲课一事，我给老苏同志作
> 了商量，后请示文管办领导，得到吴处长等领导同志的热情支
> 持，认为机会难得。上次没能请您来广州讲课，这次来到门

口求之不得，希能给我们讲讲业务知识，内容包括：①铜器的鉴定；②铜镜的鉴定；③杂项的鉴定。讲授时间一个星期。参加听课的有文管会鉴定小组，省市博物馆有关人员、省市文物商店有关人员、广州地区海关、公安机关负责文物的同志参加听讲。您可到我馆提取文物标本。若有讲课资料可带些来，费用我们这里出。但不知您具体那天到香港，什么时间才能到广州开始讲课。望能告知，好作安排。老苏同志问您好！致敬礼！

良璧，4月5日。

（若时间允许，能讲讲拓片也好，如何？另，现在讲课都有讲课报酬，文管会领导已答应支付，具体由省博接待，到时间详谈，良璧。）

信中，宋良璧将"澳门"作"香港"，当为误记。此信信息量很大，既谈到了傅大卣授课的主要内容（铜器、铜镜和杂项的鉴定），也谈到了授课对象的组成部分（文博系统专业人员和负责文物业务的海关、公安人员），甚至还谈到了接待的细节（提取馆藏标本、支付课酬等）。但在此信之后，傅大卣和苏庚春、宋良璧之间的书信往还就再没有提及授课之事。此次邀约是否成行，最后也不得而知。但在广东省博物馆藏青铜器伏虎卣的卡片中，有1985年4月14日提取拍照的记录，刚好与傅大卣拟赴广东省博物馆上课的大致时间吻合，故极有可能是傅大卣在收到宋良璧回复后，便利用路过广州的机会顺道授课了。提取青铜器拍照，即是以此为实物向学员授课。诚如是，无论对于傅大卣，还是苏庚春、宋良璧来说，则总算是了却了一桩多年的心愿。

（原载《随笔》2022年第3期总第260期）

贞古斋中裱画人

李世尧致苏庚春短札谈

    李世尧为北京琉璃厂字画古玩店"贞古斋"学徒。该店为先师苏庚春之父苏剔夫于民国八年（1919）创立，主营鉴定和买卖明清书画，民国时期寓居京城的学者、书画收藏家、书画家如黄宾虹、容庚、张大千等都是经常光顾的常客，容庚颂斋中的明清书画大多来自该店所搜集，其他如郭沫若、启功等也经常光顾，因而在二十世纪上半叶的书画收藏界中，享有一定的口碑。其学徒除李世尧外，尚有满其昌（西伯）、樊文同（君达）、牛长春（伯生）、崔振崑（伯源）、陈林川、陈万书、李俊山等。笔者曾撰有《贞古斋学徒崔振崑》（载《收藏》2017 年第 03 期总第 333 期）对崔氏予以详细考订介绍，而对其他学徒则鲜有涉及。近日发现一些关于李世尧的新资料，结合早前收藏的一通李世尧致苏庚春的信札，遂援笔成文，以志鸿爪。

    李世尧，字雍民，河北枣强县崔铺村人。关于其生平事迹，留存下来的文字记录极少，只能从一些碎片记录中，大致洞悉其梗概。

    在民国二十六年（1937），苏庚春十四岁时即开始在贞古斋中做学徒。当时，在店中随其父学艺的师兄有樊君达、李世尧、崔振崑。据此可知，李世尧的年龄当较苏庚春为长。1951年，李世尧与谢肇康、李伯五、刘九庵、苏凤翔等联合在西琉璃厂万源夹道十四号举办"历代文物书画展览"（在刘九庵致黄宾虹的信札中谈及此事，笔者曾专文论及，此不赘述，见《随笔》2019年第3期）。后来，经过公私合营改造后，贞古斋并入国营管理系统中，改为专门经营工艺品宫灯的商店，李世尧继续留在店里上班。再后来，他被调整到位于王府井的北京画店，直到二十世纪八十年代时，他还一度被调到北京地安门文物商店。

李世尧和其他书画古玩经营的从业者一样，也擅长书画，尤其喜欢画一些写意的花卉草虫。笔者曾见其《墨虾图》，所绘六只虾徜徉游弋，水墨写意，笔意简洁，属典型的意笔草草之作，很有白石老人遗韵。可惜画不多见，故知道其擅画的人也不多。

在一通李世尧致苏庚春的信札中，可大致知道其晚年的生活状态。

李世尧在信封上书："广州市文明路144一栋之一402室，苏庚春师弟台启，河北省枣强县崔铺村李"，邮票为八分面值的万里长城图案，邮戳日期不清。其信札为一通两页，乃钢笔书写在普通红格信笺上，西式横书。信札全文曰：

庚春师弟、蕴贞弟妹：

接读正月初三来书，得知春节过的很愉快，我的全家都非常高兴，祝乘快乐的春风，身体一直健康，工作永远顺利，并感谢您们对我的一切关怀和帮助。

关于我打算在家搞一搞装裱的事，过些天小儿去京津办事的时候，我叫他持我的信，顺便去联系联系。自己预想，京津搞这种业务的多，技术人员也多，初步恐怕是应不了多少活来，读来书后，增加了勇气，决定搞搞，先把工具设备按（安）排起来，裱裱自己的东西。设备因房屋限度，适合裱小件的作品，

李世尧致苏庚春信札及信封
1986 年 2 月 24 日

如超过 2×4 尺的画心，裱轴、手卷就不好装裱了。根据我的能力，适合裱破的东西。根据原材的限度，适合修补纸地的，不适合绢地（因为我没有旧绢），特此先请弟台知道，免的日后做不了脸，受朋友责斥，不然我心里是不安定的。

自觉身体虽健，而年较高，不愿远离家乡，家中一些事务，都由小儿存智负担，他也不能久住外地，还是请弟劳烦找些裱件，给尧寄来（别找急件），装裱完成后即刻叫小儿送去。但希望多找些件，最为相宜，比仿（方）说：如若是拾件贰拾件的裱价，再加往返的花费，那裱价就显的高了，会引起物主的不满，有伤情谊，盼弟照顾到这一事实，是所至念。

在寄件时，请附一清单，注明件号，每件品名后写明规格、尺寸、式样，以及画心怎样修装的要求。尧好按照去做，力求达到物主的满意，给弟增光。

春节过去，气候渐暖，北方天气是忽冷忽热，想广地也这样，对人身体不利，万望弟注重衣食，增加运动，减轻应酬，保护体质的健康，至念至念。

专此复上，祝一切顺心！

李世尧托，86.2.24 号。

此信写于 1986 年，此前的 1984 年，苏庚春已从广东文物出境鉴定组组长职位退休，到 1987 年 2 月，正式办理退休手续。作为苏庚春的师兄，此时李世尧应该也已退休。从信中可推知，他从北京回到了河北老家乡居。此信乃复函，遗憾的是现在已无从知道苏庚春去信的内容。从李世尧信中我们知道，李退休后在乡间拟重操装裱古旧字画的旧业，委托苏庚春帮其寻找一些裱件，并对裱件提出具体的要求，如尺幅不宜过大、时间不能太急以及数量不能太少（若量少加上运费其单件的成本就会增加）等。看似琐碎的托付，却可看出两位同门师兄弟之间的情谊。在信中，"健康"的"健"还用了二十世纪八十年代初实行了一段时期的简化字写法，"肀"写作"占"，反映出特定历史时期的语境。还有一些词，出现别字现象，如"比方"写作"比仿"，"安排"写作"按排"，或为笔误所致。

关于李世尧在贞古斋中鉴画和裱画、学徒的情况，史料阙如，当初一起共事的同行大多已退出历史舞台，也就无从访谈。近日无意间浏览网页，在河北新闻网中有一段关于李世尧的间接记载，说现年六十岁的衡水裱画师阴秀根的父亲阴金城"13岁进北京琉璃厂当学徒，早年和书画装裱同行张贵桐（曾任荣宝斋装裱车间主任）、刘金涛（当代书画装裱宗师）以及杨立申、李世尧等老前辈在京闯荡，艰苦学艺，并成为当时的装裱高手之一"，这说明李世尧在北京是以裱画著称的。今读其致苏庚春的信札，恰好可以互为印证，信而可征。

（原载《随笔》2019 年第 5 期总第 244 期）

想起了梁守中
从三通信札说起

2019 年岁杪，因到广州参加高剑父研讨会和古文字学家马国权遗著《章草字典》首发活动，得以重回位于德政路的寓所。在整理旧存的各类书物时，发现有三通梁守中（1938—2012）给我的手札。因多年未通音讯，遂发微信于中山大学古文献学者钟东兄询问其近况，未曾想得知其早已于七年前归道山，不禁令人喟然久之。

我和梁守中先生的交游，大多是碎片式的，依稀记得在二十世纪九十年代初因在某次会议上相识，后来遂有书信往还，而后因工作关系，久疏问候，渐行渐远。而今翻检出发黄的信笺，曩日断断续续的交往残片串联在一起，其形象遂逐渐清晰起来。

梁守中为广东南海人，面容清瘦，身材不高，属典型的广东人形象。他曾供职于中山大学中国古文献研究所，点校或译注过《刘禹锡诗文选译》《刘禹锡诗选》《南园前五先生诗·南园后五先生诗》《五百四峰堂诗钞》等，著有《艺文絮语》《武侠小说话古今》和《梁守中诗文集》，参与撰写或编纂《岭南文学史》和《全粤诗》等。虽然谈不上著述宏富，但他对于古籍文献（尤其是乡邦文献）的整理与研究在业内却是有口皆碑。

不仅如此，他在诗词书画上也有很深的造诣。我曾见过他画的小品山水及菊花小雀、芭蕉、墨竹等，颇具文人的笔情墨趣；其书法以行草为主，亦具学问文章之气。他在1989年所写的七言绝句《谢稚柳先生画展观后二首》给我留下深刻印象。其一曰："凝眸驻足久徘徊，斗室丹青扑面开。川嶂神游何用梦，飞泉奇岳入云来。"其二曰："燕舞莺歌白鹭闻，山茶酏醉柳毵毵。申江画送珠江畔，色墨淋漓压岭南。"显然，非熟谙书画之道者不能言此。他对谢稚柳画艺的观感，可谓于我心有戚戚焉。

我和梁守中的相交，大约也是从对书画及广东地方文献的关注和兴趣开始的。我记得在二十世纪九十年代初，初涉书画鉴藏领域的我对明清时期的广东书画尤为痴迷，当时在博物馆的库房，几乎每周都能看到诸如林良、张穆、黎简、谢兰生、苏六朋、苏仁山、吴荣光、陈澧、朱次琦、居巢、居廉、康有为、高剑父等众多广东籍书画名家作品。在兴奋之余，往往有感而发，从文史学的角度写了不少考证兼赏析的文章，发表在香港《大公报》艺林周刊和广州地方志办公室主办的《羊城今古》上。也许正是在这段时期，梁守中看到了我的文章，我们有了通信往来。此信写于1997年6月10日，邮戳时间为1997年6月13日，书写在小三十二开的印有红色"中山大学古文献研究所"字样的便笺上，信封则印有绿色字体"中山大学中国古文献研究所"。信笺已经发黄变脆，字为钢笔书写，标准的小行书，典雅文气。其信全文曰：

万章兄：

屡从《羊城今古》中拜阅大文，甚佩。兄为川人，对岭南的书画文史如此热爱，真令人肃然起敬。杨永衍与潘飞声为忘年交，他的生卒年我所不知，今读大文方始了然。潘飞声赴德国讲学时，曾写有一首《台城路》词，乃题杨永衍所绘的《秋

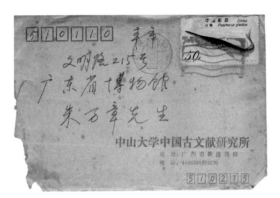

梁守中致朱万章信封　1997 年 6 月 10 日

岩宴坐图》的。此词《岭南文学史》"潘飞声"一节中有引用，
兄可找来一看。前几年撰写《岭南文学史》中黎简一章时，顺
手写了一篇《黎二樵的绘画及题画诗》，刊于《诗词》中。拙文
不知你有用否？现随信寄奉，请教正。

　　匆匆，即颂夏安！

守中，六月十日。

　　在信笺抬头空白处，梁守中还补记曰："我的住址为中大蒲
园区 695 栋 xxx 房，家中电话为 xxxxxxxx，如有赐教，请寄家中。"

　　随信寄来的《诗词》报亦已发黄变脆。报纸为 1994 年 7 月
第 13 期总第 249 期。该报由广州诗社主办，南方大厦集团股份
有限公司协办。在第二版下侧，刊登着梁文。信中提及的《羊
城今古》杂志，在此之前我共计在其上发表了《流寓名人咏海幢》
《"海珠风物"诗话》《深度和尚的诗书画》《张二乔埋香"百花
冢"》《澹归禅师的诗文书法》《善仿古画的王竹虚》《海幢寺开
山大师今无和尚》七篇文章，都是谈广东地区明清书画和文史
杂谈方面的。梁信中谈及关于杨永衍（1818—1903）文，并未

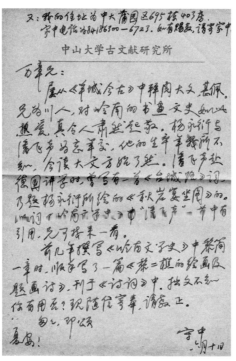

梁守中致朱万章信札　1997 年 6 月 10 日

刊发在《羊城今古》上，而是刊载于此年三月十四日的《大公报》
艺林周刊，题目为《杨永衍疑年及其他》。该文乃据我找到的符
翕（子琴）的《蔬笋庐诗略》中有《题邱园雅集图·并序》中有"己
亥春三月……座上杨椒坪司马年八十二"推知其生年，再据《番
禺县续志》中"年八十六卒"的记载而推断其卒年，并详列相
关作品做辅证。文章刊出后，想必是因为我寄去了剪报，因而
梁先生有此回信。而随信寄来的关于黎简诗画的文章，应该也
是其看了我在 1993 年 7 月 23 日的《大公报》艺林周刊上发表
的《二樵黎简的印刻》之后有感而致。当时我入职博物馆不久，
便参与广东省博物馆、广州美术馆与香港中文大学文物馆联合

梁守中随信寄赠之《诗词》报剪报

主办的"黎简谢兰生书画"展览的相关工作，因而对包括黎简、谢兰生在内的清代粤籍书画家有所了解，兴趣盎然。

第二封信写于1998年10月1日，信笺、信封与上一封信同，邮戳时间为1998年10月4日。此信称得上是真正的便条，全文不足百字：

> 万章兄：
>
> 　　1935年之《学术世界》，中大图书馆有藏。专此奉答。即候秋安！
>
> 守中，10.1。
>
> （又：打了几次电话均找你不到，故不得不写信也。）

信中提及1935年的《学术世界》，乃因其时正在写一篇谈康有为之女康同璧绘画的文章，因有相关文献资料显示在该杂志上曾刊载过康同璧画作，而遍查广东省博物馆图书室和广东省中山文献馆等，均不见此刊，故有写信向梁守中询问之事。

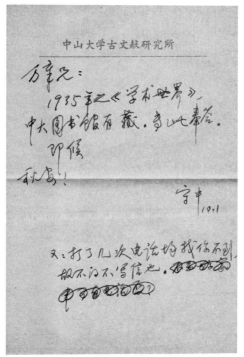

梁守中致朱万章信札　1998年10月1日

该文在梁守中先生的协助下，于次年写成，题目为《康同璧擅画》，刊登于2月12日的《大公报》艺林周刊。

第三封信则是时隔四年之后，写于2002年3月31日，邮戳时间为2002年4月2日，信封为牛皮纸，印有"中山大学"和地址、邮编等字样，信笺则是十六开公文纸，印有"中山大学古文献研究所"字样，纸张同样发黄变脆。信笺凡三页，洋洋洒洒一千余字，全文曰：

万章兄：

近日辗转收到贵馆请柬，料是我兄所赠，谢谢。我已于前年迁至蒲园区 606 栋 ××× 室，我兄不知，按旧址投寄，故未能及时收到也。以后如有赐教，请寄新址。

兄为川人，有志于研究岭南金石书画，甚可敬佩。兄任职于省博，得其地利，勤于动笔，无怪作品多多也。大著《岭南金石书法论丛》，搜罗甚富，蔚然可观，尤赏谈清初诸僧书法数篇，读后有所得也。此书尚未读毕，仅从眼所及者略提数点意见如下：

一、此书校对较粗疏，甚多形似音近字之误。兄于书末附有勘误表，改正了一些，未勘者尚有不少。建议以后不要附勘误表了，因为勘后尚漏眼甚多，恐起反作用也。

二、兄翻阅古书整理材料时，常会遇到一些异体字，若照原字抄写，势必增加排印困难。因现在书籍一般只用简体字排印，若遇到异体字，排印者不识，便要临时造字。这些临时造出的字，与原来的字排在一起，显得不协调，有的甚至是造错了的。现就观看所及，摘出数字一说。如"踈"，即"疏"，书中印成"踈"，无此字。"抄"，即"挲"。"椀"即"碗"。"寘"，即"置"。"眎"即"视"。"稺"即"稚"。"佇"即"伫"。"週迴"即"周回"。"迴"非"迴"，实"回"也。另有一"徧"字，实即"遍"，书中多处误"徧"为"偏"，大错也。澹归和尚著有《徧行堂集》，非《偏行堂集》，今简化后取消异体"徧"字，应书《遍行堂集》。建议兄去书店找一本《简体、繁体、异体字对照表》，遇有生疏的疑字，即找来一查，可免此误。

三、书中暂见有数处硬伤，他日此书再版时，务须改正。下面仅以《吴荣光致叶梦龙书札》一文，略举数例，与兄共议：

①254 页之吴荣光题跋，所引黎二樵诗句，"荣名只觉饥后贵，绝技原非眼前宝"，兄不熟二樵诗，将之断为五言句，则大误矣！

②257 页倒数第三行"定佳"后之逗号似删去好些，"定佳"似是叶云谷之子名，举其一以接"诸郎君"也。又：紧接下面一句，"惠书"后之两个逗号亦应删去为好，此句句式实是"惠书可托

商公递至京中某某廨中"，
故中间不宜断开也。

③258页谓"吴荣光
另有一致吕坚的信札传于
世"，接着即引吴氏赠"时
帆老前辈"之信札。此处
显见是误"时帆"为"石
帆"。吕坚为布衣，称不
上为"老前辈大人"。且
"叫""吊"一字，一为平
声，一为仄声，二字不可
通，二名亦不通。"时帆"
乃法式善，号时帆，官至
侍讲学士，比吴荣光年长
20岁，可称"老前辈大人"。
文中凡下断语，必须有据，
不能仅凭猜想。类似的推
断，如疑"卓仕"为"组似"
（伊秉绶），疑"花冢"为
"百花冢"，都是所据未确，
尚可斟酌的。

絮絮写来，不知我兄
厌烦否？读后有疑，不敢
自秘，故在信中一谈，以
供参考。得罪之处，祈请
见谅。即候春安！

守中顿首，三月卅一
日。

梁守中致朱万章信札　2002年3月31日

　　文中谈及的《岭南金石书法论丛》，乃笔者的第一本个人论著，于2001年8月由文化艺术出版社付梓。所遴选内容都关涉岭南地区金石书法，包括广东隋唐及清代碑刻三篇，宋至明清以降岭南书法研究三十篇。这些文章均已在报刊或研讨会文集中刊出过，是一本同主题的论文结集。书甫一梓行，我即邮寄给梁先生。次年的三月收到了他的来信。由于当时电脑尚未普及，书中文章大多以搜集的报刊或手稿复印件而请人输入电脑中，未及仔细校对，故出现梁先生所说的"甚多形似音近字之误"，实在是不该有的低级错误。尤为不可宥恕的是，梁先生信中提出的各种"硬伤"，归结起来为两点：一为异体字与简体字混用问题，一为"大胆猜想"与"粗心求证"问题。虽然这些文章都是刚刚入道时的稚嫩之作，可以自我宽慰说是涉世未深，阅历肤浅所致，但梁信中所提出的"凡下断语，必须有据，不能仅凭猜想"的治学方法，却是我当初未能引以为戒的。正如信中所指出的各种错谬，都是治学态度所引发。自此以后，我便常常以此为警钟，有一分材料讲一分话，即便"大胆假设"，必定"小心求证"，以纸上之材料加上书画实物资料相印证的二重证据法为依托，这样庶几可减少悔其少作之憾。而梁守中先生的只言片语，均透露出一个传统的文史学者严谨笃实的学风，足资后学之楷式。信中提出关于人名考订及别字、异体字等问题，后来我已逐篇校对、修订并已补充完善，在书中做了眉批，以俟他日再版时改订。

　　三通信札的往来，只是我和梁守中先生交游的一个片断。此外，我们还在一些共同所关注的岭南文化的研讨会上有过碰面，坐而论道，聆听教诲。他也曾与书法家兼古文献学者陈永正先生一起到过我曾供职的广州文明路的旧博物馆观摩展览。我一般恭恭敬敬地跟随其侧，认认真真地倾听他们赏评书画，谈笑无间。记得在我策划的一个馆藏书画展览中，有一件明末清初文人兼书画家方以智的书法，乃系不易辨认的草书，纵笔取势，可堪回味。两位先生站在挂轴前，以粤语摇头晃脑地吟诵着方以智的自书诗："每怀双岁傍阑干，折寄余花带晓寒。幸有春风相识久，却教吹道梦中看。"作为后学晚辈的我，完全沉浸在一种余音绕梁三日不知肉味的幸福中。这样的体验，已然成为前尘往事。

（原载《随笔》2020 年第 2 期总第 247 期）

学人之痕

周积寅致苏庚春信札小记

最早和南京艺术学院周积寅教授认识，大致是在 1996 年。

时任广东画院研究室主任的王璜生带着周积寅和日本学者近藤秀实到我供职的广东省博物馆观摩馆藏沈铨作品。我以该馆书画保管人员的身份在鉴赏室接待了他们。其时，他们正在做关于清代花鸟画家沈铨的研究。第二年，周积寅和近藤秀实再来访问时，便带来了由江苏美术出版社梓行的《沈铨研究》，并由两人签名相赠。

到 1997 年 11 月，我受单位委派到扬州参加由国家文物局主办的全国书画鉴定高级研讨班，周积寅为我们主讲郑板桥的书画及其鉴定。我们除了上课外，周老师还和我们一起到博物馆、文物商店观摩所藏书画，晚上为学员释疑解难，或大家聚在一起坐而论道，他还为我们写字画画等。印象最深的是周老师讲郑板桥的六分半书是典型的"乱石铺街"，而他写赠给我们的书法也是标准的"板桥体"。再后来，我们还在北京、上海、苏州等地的研讨会中有过交集。其中，我有着深刻印象的是 2009 年 4 月在中国美术馆举行的"俞剑华学术国际研讨会"和 2011 年 10 月在苏州博物馆举行的"文人墨竹国际学术研讨会"。前者，

2011年10月25日，朱万章与周积寅（左）在苏州

周老师是东道主，既要发表演讲，还要和南京艺术学院的同仁一起招呼客人，迎来送往；后者，我们都是客人，除了在会场交流外，会后我们还一起参观博物馆、到附近考察，合影留念。直到2020年10月，由我和广西艺术学院李永强教授策划的"艺术史家的艺术：第二届中国当代美术史论家艺术作品展"在桂林举行，周积寅教授以八十三高龄受邀参展并赴会，而我因为疫情管控未能到现场，但却通过视频与包括周积寅教授在内的与会学者隔空交流。这些碎片式的记忆串起来，以就成了我和周积寅教授较为完整而清晰的交游脉络。正因如此，我在整理业师苏庚春资料而惊喜地发现一通周积寅的来信时，兴奋和喜悦心情自然也就难以言表。

　　信札为两页，以钢笔书写在十六开、抬头印有红色"南京艺术学院"字样的公用信笺上，无信封。信札书文曰：

　　苏庚春老师：

　　　　非常感谢您馆对我的支持，寄来的曾鲸肖像画底片两张，我即寄北京人美，王靖宪同志来信说，已放大好，将底片寄还

周积寅致苏庚春信札　1979年6月22日

了您们，不知收到了否？非常感谢！

　　我是 1962 年本校中国画专业毕业的，毕业后向俞剑华老教授进修中国画论，现在担任了这方面的教学工作。

　　虽然没有和您见过面，但广州美术学院的陈少丰老师早已向我介绍过您，说您待人非常热情，加上在刊物上拜读到您的佳作，知悉您的学问渊博，值得我好好向您学习。在学术上能希望得到您的指导。

　　我正在做这样一项工作，打算编一部《中国历代画家现存画目》已搜集到国内外许多博物馆主要藏画目录和解放前后出版的画集、刊物中的古代绘画目录，做了数万张卡片，但还有不少博物馆主要藏画目录尚未搜集到，我院于五月份以组织名义向全国各博物馆发了函，请给予协助，提供藏画目录。这一工作也得到北京人美支持，他们已列入出版计划，作为工具书，对科研很有用处。广东容庚先生续福开森《历代著录画目》，已做出不小成绩，而《历代画家现存画目》则未知有人搞过，但这项工作，只有得到各方面的支持，才能做到，才能做得好。

寄来我院学报第二期，请批评指正，如您能为我们写稿，非常欢迎。第三期暑假之前可正式出版。此致敬礼！

周积寅，79.6.22。

（来信请寄南京市工人新村66幢4号，因我除了上课外，大部分时间在家备课科研。）

我在整理此信之时，特地致电周积寅教授，想了解一下当时通信的语境，以及能否找到苏庚春的复函。因为已经过去了四十多年，周积寅已经回忆不出具体的细节，也无法找到苏庚春的信札（也不清楚是否有复函），似乎并未与苏庚春谋面云。

从信札内容看，周积寅大致讲了两件事：一是向广东省博物馆征集馆藏曾鲸作品图版并已归还，二是谈及编著《中国历代画家现存画目》之事。前者是因为周积寅应人民美术出版社之约编著《曾鲸的肖像画》，该书后于1981年2月出版，王靖宪为责任编辑；后者则是周积寅领衔编著一套搜集整理现存绘画作品目录的书，现已出版《中国历代画目大典（战国至宋代卷）》和《中国历代画目大典（辽至元代卷）》。从信札可知，这套书至少在二十世纪七十年代末就已发轫，历时近半个世纪。信札中，谈及的人物有王靖宪、陈少丰和容庚三人。王靖宪生于1928年，美术史学者，曾为人民美术出版社古典美术编辑室主任，主编美术类丛书多种，著有《现代国画家百人传》《古砚拾零》等。我为写此文，亦专门致电已九十三岁高龄的王靖宪先生。王先生思维敏捷，还能回忆起当初编《曾鲸的肖像画》的事，但因苏庚春在广东，故二人交集不多，也并未晤面，而与周积寅则交集较多；陈少丰为广州美术学院教授，美术史论家，著有《中国雕塑史》《中国美术史教学纲要》等；容庚为中山大学教授，古文字学家和书画鉴藏家，著有《中国文字学义篇》《金文编》《武英殿彝器图录》《历代著录画目续编》《颂斋述林》和《丛帖目》等。三人都是在学术界颇具影响的重要人物。信中还谈到寄来《南京艺术学院学报》并向苏庚春约稿之事，我遍查该学报目录及苏庚春的著述存目，均未找到相关记录，故后来苏庚春应该并未奉稿。

周积寅写此信时，还没有明显的"板桥体"书法痕迹，但其工整而秀逸的笔触已显现出临池之功。彼时，周积寅时年四十二岁，苏庚春五十六岁，都是年富力强的年纪。如今，周积寅已届耄耋之年，而苏庚春归道山已有近二十年。一代又一代的学人因时间的积淀，其人其学如佳酿，愈久而弥香，而透过这些仅存的零缣断楮，便能体验到若隐若现的个中况味。

（原载《大众书法》2021 年第 4 期总期 38 期）

附录

主要人物生卒年

B

巴　金（1904—2005）

鲍君白（1905—1951）

卞孝萱（1924—2009）

C

蔡　守（1879—1943）

岑学恭（1917—2009）

柴德赓（1908—1970）

陈　盘（1905—1999）

陈　垣（1880—1971）

陈半丁（1876—1970）

陈恭尹（1631—1700）

陈汉第（1874—1949）

陈济棠（1890—1954）

陈荆鸿（1902—1993）

陈敬第（1876—1966）

陈梦家（1911—1966）

陈铭枢（1889—1965）

陈少丰（1923—1997）

陈叔通（1876—1966）

陈树人（1884—1948）

陈寅恪（1890—1969）

陈湛铨（1916—1986）

陈中凡（1888—1982）

陈柱尊（1890—1944）

D

丹斯里·刘贤镇（1937—2018）

邓　白（1906—2003）

邓　芬（1894—1964）

邓尔雅（1884—1954）

邓以蛰（1892—1973）

段　栻（1914—1969）

F

方人定（1901—1975）

方孝岳（1897—1973）

方以智（1611—1671）

冯师韩（1875—1950）

冯先铭（1921—1993）

傅大卣（1917—1994）

傅振伦（1906—1999）

G

高　亨（1900—1986）

高吹万（1879—1958）

高二适（1903—1977）

高剑父（1879—1951）

高辠成（1916—2009）

高奇峰（1889—1933）

古　直（1885—1959）

顾　飞（1907—2008）

顾颉刚（1893—1980）

顾也鲁（1916—2009）

郭沫若（1892—1978）

郭世五（1867—1940）

郭预衡（1920—2010）

H

何镜涵（1923—2008）

何香凝（1878—1972）

侯　过（1880—1974）

胡　适（1891—1962）

胡道静（1913—2003）

胡根天（1892—1985）

胡义赞（1831—1902）

华　嵒（1682—1756）

黄　节（1873—1935）

黄　裳（1919—2012）

黄般若（1901—1968）

黄宾虹（1865—1955）

黄际遇（1885—1945）

黄君璧（1897—1991）

黄牧甫（1849—1908）

黄树滋（1893—1970）

黄永雩（1902—1975）

黄志坚（1919—1994）

惠孝同（1902—1979）

J

简经纶（1888—1950）

江朝宗（1861—1943）

江孔殷（1864—1952）

金　梁（1878—1962）

居　巢（1811—1865）

居　廉（1828—1904）

K

柯昌泗（1899—1952）

柯劭忞（1848—1933）

L

赖少其（1915—2000）

黎　简（1747—1799）

黎葛民（1894—1977）

黎锦熙（1890—1978）

黎雄才（1910—2001）

李凤公（1884—1967）

李凤廷（1884—1967）

李济深（1885—1959）

李景康（1892—1960）

李泰棻（1896—1972）

李学勤（1933—2019）

李研山（1898—1961）

李瑶屏（1883—1937）

李约瑟（1900—1995）

梁纪（1926—2017）

梁伯誉（1903—1979）

梁守中（1938—2012）

刘衡裁（1915—1960）

刘九庵（1915—1999）

刘作筹（1911—1993）

柳亚子（1887—1958）

卢振寰（1887—1979）

卢子枢（1900—1978）

陆丹林（1896—1972）

伦明（1875—1944）

罗球（1900—1972）

罗时宪（1914—1993）

罗振玉（1866—1940）

M

马衡（1881—1955）

马国权（1931—2002）

马小进（1888—1950）

马叙伦（1885—1970）

麦英豪（1929—2016）

冒效鲁（1909—1988）

梅贻琦（1889—1962）

P

潘曾绶（1810—1883）

潘达微（1880—1929）

潘景郑（1907—2003）

潘祖荫（1830—1890）

庞虚斋（1864—1949）

彭恭甫（1897—1963）

溥儒（1896—1963）

Q

齐白石（1864—1957）

齐佩瑢（1911—1961）

启功（1912—2005）

钱君匋（1907—1998）

钱玄同（1887—1939）

乔友声（1907—1972）

R

容庚（1894—1983）

容肇祖（1897—1994）

容祖椿（1872—1942）

S

商承祚（1902—1992）

沈从文（1902—1988）

沈尹默（1883—1971）

邵章（1872—1953）

师陀（1910—1988）

史树青（1922—2007）

帅铭初（1896—约1978）

宋良璧（1929—2015）

苏庚春（1924—2001）

苏剔夫（1888—1963）

苏卧农（1901—1975）

苏宗仁（1904—1989）

T

汤涤（1878—1948）

汤世澍（1831—1903）

汤贻汾（1778—1853）

唐兰（1901—1979）

唐云（1910—1993）

滕固（1901—1941）

W

汪涤崖（1738—1821）

王蓮（1884—1944）

王国维（1877—1927）

王蘧常（1900—1989）

王森然（1895—1984）

王世襄（1914—2009）

王中秀（1940—2018）

魏建功（1901—1980）

闻宥（1901—1985）

吴灏（1930—2017）

吴宓（1894—1978）

吴鸣（1902—？）

吴大澂（1835—1902）

吴湖帆（1894—1968）

吴剑青（1909—1975）

吴南生（1922—2018）

吴三立（1897—1989）

吴式芬（1796—1856）

吴咏香（1913—1970）

吴载和（1897—1971）

伍崇曜（1810—1863）

X

夏承焘（1900—1986）

冼玉清（1894—1965）

向达（1900—1966）

谢兰生（1769—1831）

谢稚柳（1910—1997）

徐邦达（1911—2012）

徐同柏（1775—1854）

徐孝穆（1916—1998）

许承尧（1874—1946）

后 记

　　早在 2019 年，《尺素清芬：百年画苑书札丛考》（初编）付梓不到一年，因受旧雨新知厚爱，很快便重印，这是我始料不及的，可见晚清以来的学人和鉴定家的信札已越来越成为学界和收藏界的一个关注点。在此之后，我又陆续撰写了一批同类信札专文，先后刊发于《美术研究》《美术学报》《齐白石研究》《荣宝斋》《随笔》《书法》《文博学刊》《艺术品》《文汇报》《中华读书报》《叶恭绰研究》《东方博物》《中华书画家》《中国文化报》和《大众书法》等刊物。集腋成裘，无论就数量还是文章所涉内容，都与初编有相近之处，遂将其按"艺术家"和"学者、鉴定家"两个不同类别，以信札所涉人物的生年为序，裒为一书，成此《续编》。

　　文章所讨论的信札，主要来自于博物馆、图书馆或寒斋所藏，少量来自家属或其他私人所藏。这些信札源流清晰，且大多寓目，摩挲把玩，故信而可征。

　　值得一提的是，三年前，因为有广西师范大学出版社张明兄的策划和刘玲女士的编校，玉成《初编》。如今，又因为有该出版社冯波总编的策划与成能兄的编校，赓续了前缘，使《续编》得以付之剞劂。在此，隔着屏幕的感念与谢忱，不尽万一！

朱万章

2022 年 4 月 24 日于金水桥畔